문우영 신무협 장편소설
ORIENTAL FANTASY STORY & ADVENTURE

악공전기(樂工傳記) 2
우검(遇劒), 그리하여 검을 만나다

초판 1쇄 인쇄 / 2008년 2월 29일
초판 1쇄 발행 / 2008년 3월 10일

지은이 / 문우영

발행인 / 오영배
편집장 / 김경인
펴낸 곳 / (주)삼양출판사 · 드림북스

주소 / 서울특별시 강북구 미아8동 322-10호
대표 전화 / 02-980-2112~4 팩스 / 02-983-0660
편집부 전화 / 02-980-2116 팩스 / 02-983-8201
홈페이지 / www.sydreambooks.com

등록번호 / 제9-00046호
등록일자 / 1999년 3월 11일

ⓒ 문우영, 2008

값 8,000원

(주)삼양출판사 · 드림북스의 서면 허락 없이는 어떠한
형태나 수단으로도 이 책의 내용을 이용하지 못합니다.

ISBN 978-89-542-2586-1   04810
ISBN 978-89-542-2584-7   (세트)

* 지은이와 협의하에 인지는 생략합니다.
* 잘못된 책은 구입한 곳에서 바꾸어 드립니다.

문우영 신무협 장편 소설
ORIENTAL FANTASY STORY & ADVENTURE

樂工傳記

악공전기 ②

우검, 그리하여 검을 만나다

목차

제1장 눈 같고 꽃다우니(雪膚花貌) • 007

제2장 해운관(海雲館)의 새 제자 • 037

제3장 나비의 마음(花蝶之心) • 063

제4장 악사(樂士)의 윤리(倫理) • 099

제5장 상당문(尙堂門)을 부르다 • 131

제6장 풍류(風流)의 도(道), 강호(江湖)의 도(道) • 157

제7장 들리지 않음을 듣다(聽於無聲) • 191

제8장 결과(結果)는 언제나 오늘이다 • 231

제9장 일만격(一萬擊)을 얻다 • 265

제10장 과거(過去)가 남긴 매듭 • 289

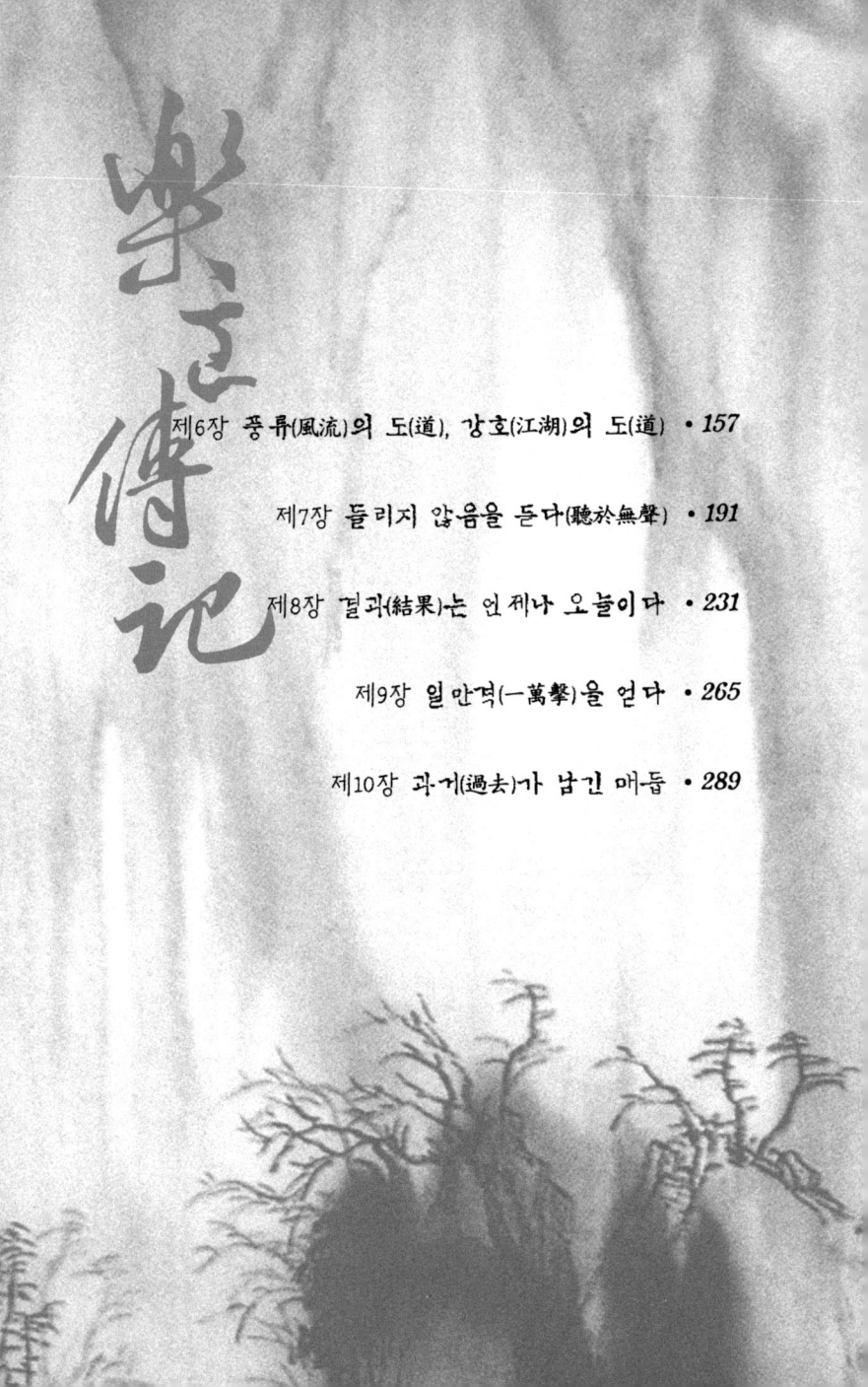

제1장
눈 같고 꽃다우니
(雪膚花貌)

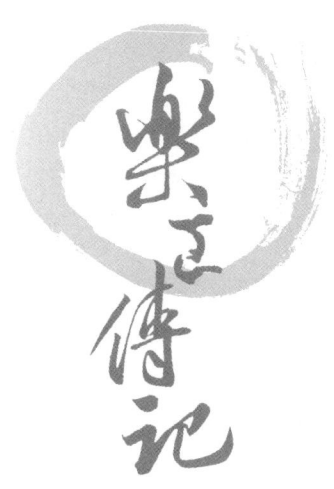

육중한 대문이 굳게 닫혀 있다.
대문 한가운데는 모란꽃 한 송이가 돋을새김으로 정교하게 새겨져 있다. 만개(滿開)한 꽃봉오리가 탐스럽고 그 아래로는 여인의 속눈썹 같은 초승달이 줄기를 감고 있는 모습이다.
꽃과 달.
천하제일의 기루라는 화월루(花月樓)의 상징이다.

석도명이 화월루의 대문을 두드렸다.
헌데 안에서 쉽게 대답이 들리지 않는다.
쿵쿵.

석도명이 다시 대문을 두드렸다.

삐걱.

그제야 문이 열리며 얼굴에 기름기가 자르르한 중년 사내가 문틈으로 얼굴을 내민다. 사내는 석도명의 허름한 행색을 위아래로 훑어보더니 반갑지 않은 기색을 감추지 않았다.

"이봐, 잠 좀 자자고! 여긴 아직 새벽이거든."

"예……?"

석도명이 당황하며 고개를 들었다.

'헐, 내 눈에는 분명히 해가 중천에 높이 떠 있는데…….'

하늘을 바라보는 석도명의 눈에는 아무것도 가려져 있지 않았다.

석도명은 여가허를 떠나면서 10년을 차고 있던 안대를 벗어 버렸다. 다른 길을 가보라는 사부의 유훈(遺訓)도 유훈이거니와 진명선인이 남긴 열여섯 자의 법문 때문이다.

석도명이 궁금한 것은 석경에는 눈으로 알아볼 수 없는 글귀를 새겨놓은 진명선인이 대체 무슨 까닭으로 나머지 글귀를 서찰의 형식으로 남겼냐는 점이다.

사부는 석경을 믿고 눈을 버렸다. 사부가 아무리 귀신같다고 해도 가죽 쪼가리에 남겨진 글자를 읽기는 어려웠을 것이다. 버젓이 눈을 버리라고 해놓고는 무슨 장난이란 말인가?

혹시 석경을 남긴 사람과 진명선인이 서로 다른 사람인지,

아니면 또 다른 비밀이 숨겨져 있는 것인지 알 수 없는 일이었다.

석도명은 그래서 일단 두 눈으로 세상을 보리라고 마음을 먹었다. 두 눈이 필요한지, 그렇지 않은지는 써봐야 알 테니 말이다.

"저, 새벽이라고 하기에는……."

뜬금없이 새벽 타령을 하는 사내의 말에 당황한 석도명이 주저하며 입을 열었다. 눈으로 보는 일이 아무리 서툴다고 해도 해를 잘못 봤을 리는 없질 않은가!

그에 돌아온 것은 퉁한 목소리의 타박이었다.

"참나, 말귀하고는. 이봐, 밤늦게까지 영업을 했으니 우리도 좀 쉬어야 한다고!"

석도명은 아차 싶었다. 생각해 보니 화월촌은 밤을 낮 삼아 사는 동네다. 게다가 해가 훤히 떴다지만 시간상으로는 아직 오전이기도 했다.

"아, 그랬군요. 죄송합니다. 저는 석도명이라고……."

사내가 짜증스럽다는 듯이 말허리를 자르고 들어왔다.

"이름은 됐고, 용건이 뭔데?"

석도명이 가볍게 한숨을 내쉬면서 품 안으로 손을 넣었다. 무림맹에서의 기억, 대문을 쉽게 통과하는 방법이 떠오른 것이다.

석도명의 손끝에 작은 옥패(玉佩)가 딸려 나왔다.

"헉!"

그때까지 문 뒤에서 얼굴만 내놓고 있던 사내가 놀라서 밖으로 튀어나왔다.

옥패에는 대문과 똑같은 그림이 새겨져 있었던 것이다.

옥패는 석도명을 곧장 화월루의 제일 깊은 곳까지 데려다주었다. 석도명은 안채에서 잠깐 기다린 뒤에 화월루의 주인인 진가렴(陳嘉廉)에게로 안내되었다.

"어르신께서 돌아가셨다니 참으로 안타까운 일일세."

"예."

진가렴은 유일소의 죽음을 전해 듣고는 안타까움을 표했다.

석도명은 애도의 말을 들으면서도 딱히 대꾸할 말이 떠오르지 않았다. 사부와 화월루 주인이 대체 어떤 사이인지를 전혀 알지 못했기 때문이다.

유일소는 죽으면서 석도명에게 작은 함을 하나 남겼다. 그 안에는 유일소가 모아 둔 얼마간의 재물과 함께 옥패가 들어 있었다. 그 옥패 뒷면에 새겨진 화월루의 이름을 보고서 사부의 과거에 대한 궁금증을 풀 수 있을까 해서 온 길이다.

묻고 싶은 것은 많았지만 상대가 과연 사부에 대해 얼마나 알고 있는지, 또 어디까지 물어도 되는 것인지는 조금 망설여졌다.

그러나 먼저 질문을 한 것은 진가렴 쪽이었다.
"그래, 이 옥패를 들고 나를 찾아온 이유가 무엇인가?"
"예, 그게……."
석도명이 잠시 뜸을 들였다. 진가렴의 질문은 해석하기에 따라서는 '너는 굳이 나를 찾아올 이유가 없는 게 아니냐'는 반문으로 들렸기 때문이다.
그 탓에 석도명의 대답도 모호해질 수밖에 없었다.
"사부님께서는 돌아가시면서 제게 모든 것을 남기셨습니다. 제자 된 도리로써 그 말씀을 받들려고 합니다."
"그런가?"
진가렴의 얼굴에 잠깐 실망의 기색이 떠올랐다가 사라졌다.
'허, 사부가 죽자마자 그것부터 챙기러 왔다는 건가?'
진가렴이 생각하기에 유일소가 죽은 마당에 자신이 그 제자와 얼굴을 마주해야 할 까닭은 별로 없었다. 화월루가 피치 못하게 맡아두고 있는 그것만 제외하면 말이다.
진가렴이 생각과는 다르게 흔쾌히 대답을 했다.
"과연 자네 사부께서 남긴 것이 있으니 그걸 주기는 해야겠군."
진가렴이 종이 한 장을 꺼내 뭔가를 적어 내려갔다. 그리고는 그 끝에 직접 수결(手決)까지 한 다음 석도명에게 내밀었다.
"이걸 갖고 하남전장에 가면 어르신의 것을 내어줄 걸세. 나도 그게 정확히 얼마나 될지는 모르지만……."

"예, 알겠습니다."

석도명이 종이를 힐끗 훑어보고는 아무것도 아니라는 듯이 품 안에 갈무리하자 진가렴의 눈빛이 묘하게 흔들렸다.

'거참, 어린놈이 보통이 아니로구나. 그만한 재물이면 나도 신경이 쓰이겠거늘.'

진가렴이 하남전장에서 찾으라고 한 것은 그동안 화월루에서 유일소에게 지급된 일종의 사례비였다.

유일소는 진가렴의 할아버지인 진후영(陳厚永)과의 인연으로 중요한 자리에 종종 악사로 나서곤 했다. 헌데 단 한 번도 그 사례비를 받아가지 않았다. 진후영에게 진 신세가 적지 않다는 이유에서였다.

유일소의 고집을 꺾지 못한 진후영은 '언제고 필요할 때 찾아가라'며 사례비를 하남전장에 맡겼는데 그 일이 진가렴의 대에까지 수십 년 동안 계속 되었던 것이다.

정확한 액수는 진가렴도 알지 못했지만 30년이 넘게 쌓였으니 어지간한 사람이 평생을 먹고 놀아도 크게 부족하지 않을 재물이었다.

하지만 애초에 돈 따위를 챙기러 온 것이 아니었기에 석도명은 진가렴이 건넨 종잇장에는 신경을 쓰지 않았다.

다만 진가렴의 눈에는 석도명이 사부의 무덤에 흙이 채 마르기도 전에 얼씨구나 하고 돈을 챙기러 온 속물로 보인 것이다.

고까운 마음과 달리 따뜻한 음성으로 진가렴이 입을 열었다.
　"정말로 대단한 어르신이었지. 그 음악을 이승에서는 다시 들을 수 없다니 가슴 아픈 일이야."
　"예."
　"그분께 배웠으니 자네의 경지도 보통은 아닐 터."
　진가렴은 과연 화류계에서 잔뼈가 굵은 사업가다웠다. 비장의 한 수나 다름없던 유일소의 연주를 잃었으니 그 제자라도 잡아야겠다는 생각이 재빨리 떠오른 것이다.
　설령 돈을 밝히는 속물이면 어떤가? 솜씨만 좋으면 그만이지.
　"아닙니다, 보잘것없는 솜씹니다. 사부님께는 늘 꾸중만 들은 걸요."
　자신의 솜씨를 사부와 견주어 짐작해 보려는 진가렴의 말을 석도명이 황망하게 받아들였다.
　'헐, 어울리지 않게 겸양이라……. 처세마저 밝은 건가?'
　이미 석도명을 속물로 규정지은 진가렴에게는 석도명의 진심 어린 대답마저도 계산된 겸손으로 비춰졌다.
　그러나 진가렴은 석도명의 실력을 확인해 보고 싶었다. 인간성이야 어떻든 실력이 훌륭하다면 화월루에 도움이 될 테니 말이다.
　"사부를 잃고 경황이 없는 줄은 아네만 한 가지 부탁을 해도 되겠는가?"

"무엇인지요?

"사흘 뒤에 아주 귀한 손님을 뫼셔야 한다네. 갑자기 통보를 받은 일이라 좀 고민을 하고 있었는데 마침 자네가 나타나 주었구먼. 그 자리에서 연주를 해줬으면 고맙겠네."

그 말에 석도명이 몸 둘 바를 모르겠다는 듯이 손을 내저었다.

"당치 않으신 말씀입니다. 그런 중요한 자리에 어찌 제가……."

"허허, 내가 얼마나 다급하면 이런 부탁을 하겠는가? 자네 사부와의 30년 정리를 생각해서라도 해주면 안 되겠나? 사례비는 송나라 최고 수준을 보장 하겠네."

"송나라 최고 수준이라고요?"

석도명이 다시 크게 놀랐다. 사부인 유일소가 천하제일이라는 믿음과는 달리 스스로의 실력에 대해서는 자신(自信)과 자각(自覺)이 부족한 석도명이다. 송나라 최고 운운하는 이야기는 뜻밖이다 못해 충격이었다.

"그래, 송나라 최고 수준일세."

진가렴의 얼굴에 득의의 미소가 떠오른다. 역시 돈에 약한 놈이라는 확신과 함께였다.

"죄송합니다. 제가 감당할 수 있는 일이 아닌 것 같습니다."

유일소와의 정리를 생각해 달라는 말에 진가렴을 돕고 싶은 마음이 없지는 않았다. 하지만 사부가 죽은 지 며칠이나 됐다고 술자리에서 연주를 하겠는가?

게다가 송나라 최고 대우 운운하는 것을 보니 진가렴이 기대하는 것은 사부와 같은 경지의 솜씨다. 감히 사부와 비견되는 자리에 설 자신은 없었다.

석도명이 거듭해서 거절을 하자 진가렴도 더 이상 권하지는 못했다.

"허, 정히 그렇다면 할 수 없는 일이로군."

진가렴이 가볍게 혀를 찾다.

'쩝, 고인(故人)께서 어찌 저런 자를 제자로 거두신 건지.'

안타까워하는 석도명의 표정을 보니 돈에 탐이 나기는 하지만 실력이 되지 않는 모양이라는 생각이 들었다.

그 순간 진가렴은 석도명에 대한 일말의 기대마저 거두었다. 3대를 이어온 유일소와의 인연은 이렇게 끝이 났다고 마음을 정리했다.

그리고 대화를 마무리 짓기 위해 그저 의례적인 한 마디를 던졌다.

"그래, 앞으로 뭘 할 생각인가? 내가 뭐 도와줄 일이 있으면 말하게."

"예, 사부님의 가문을 찾아뵐 생각입니다. 혹시 식음가가 어디 있는지 아시는지요?"

석도명이 기다렸다는 듯이 입을 열었다. 화월루에 찾아온 진짜 이유였다.

"식읍가라……, 그 어르신의 가문은 아주 오래 전에 사라진 걸로 아네만."

"후, 그렇군요."

어두워진 석도명의 얼굴을 보면서 진가렴은 생각했다. 뭘 챙겨갈 게 있다고 이미 망한 집안까지 찾는 걸까 하고. 한 번 속물로 비치고 보니 연상되는 것이 온통 그런 식이었다.

"흠, 지배인이 혹시 알까? 내 한 번 수배를 해보라고 하겠네."

석도명은 진가렴에게서 그 이상의 대답을 들을 수 없었다.

*　　*　　*

해가 설핏 기울 무렵 석도명은 화월루를 벗어나 어딘가를 걷고 있었다.

사부의 과거를 알고 있을 거라는 지배인 정구만은 외출해서 쉽게 돌아오지 않았다.

석도명은 가슴이 답답해서 방 안에 그냥 앉아 있을 수만은 없었다.

"하아……."

발이 너무 무거웠다. 거리를 걷노라니 희미한 기억들이 새록새록 살아났다. 저 모퉁이만 돌면 보일 것이다. 사춘각, 증

오할 수도 그리워 할 수도 없었던 그곳이 말이다.

사춘각이 코앞에 있다는 생각만으로 가슴이 두근거렸다.

이제 와서 정연을 만나면 무슨 말을 할 것인가? 자신이 팔아넘긴 게 아니라고 말하면 믿어 줄까? 경비무사 당환지는 지금에 와서도 자신을 보면 죽이려고 들까? 석도명이 이런저런 생각 속에 주저하며 모퉁이를 돌았다.

"허어……."

기억에 또렷한 사춘각의 건물이 그곳에 있었다.

헌데 석도명은 난감한 얼굴이었다. 대문에 걸려 있어야 할 사춘각의 간판이 보이지 않았기 때문이다. 한창 영업을 준비하기에 바쁠 시간인데도 문은 굳게 닫혀 있다.

혹시 잘못 찾은 건가 싶어 주변을 다시 살펴봐도 분명히 어린 시절 정연의 손을 잡고 드나들던 그 골목, 그 대문이다.

지금이라도 문이 열리며 정연이 걸어 나올 것만 같은데 무슨 변고가 있어 간판을 내린 것일까?

석도명이 머뭇거리며 다가가는 순간 문 안에서 누군가가 걸어 나왔다. 옷차림을 보니 일꾼임이 분명한 젊은 사내다.

"뭐요?"

"예, 저, 여기가 사춘각 아닌가요?"

사내가 마뜩치 않은 얼굴로 석도명을 훑어본다.

"헐, 사춘각이 이사를 간 게 벌써 2년 전이구먼."

"예? 이사요? 어디로요?"

"글쎄, 어딘지 알면 뭐하게? 험험, 사춘각은 말이야, 아무나 드나드는 곳이 아니거든."

사내가 은근히 어깨에 힘을 줬다. 너 같은 촌놈이 뭘 알겠냐고 무시하는 투가 역력했다.

하지만 석도명의 눈에는 아무것도 들어오지 않았다. 정연이 화월촌을 떴다면 대체 어디로 가서 찾아야 하는 걸까 하는 조바심 때문이다.

"멀리 간 겁니까? 전부 갔나요?"

"푸흐흐, 뭐 멀리 갔냐고? 이거 정말 촌놈일세. 사춘각이 떼돈을 벌어서 바로 요 앞으로 확장이전을 했다는 건 개봉이 다 아는 이야긴데 말이야."

"아, 그렇군요."

석도명의 얼굴에 금방 화색이 돌자 이번에는 사내가 되레 궁금해진 모양이다.

"그런데 사춘각에는 뭔 볼일이 있기에 옛날 건물에 와서 궁상인가?"

"저……."

석도명이 쉽게 말을 잇지 못했다. 정연이라는 이름을 입에 올리기가 두려운 것이다.

"아, 뭔데 뜸을 들여?"

"저기 혹시 사춘각에 정연이라는 기녀가 있나요?"

사내가 고개를 갸웃거렸다.

"정연이? 처음 듣는 이름인데."

"그…… 런가요?"

석도명은 사내가 정연의 이름을 모를 수도 있다고 생각했다. 아무래도 정확한 것은 사춘각에 물어봐야 알 수 있으리라.

하지만 다음 순간에 들려온 사내의 한 마디는 석도명의 기대를 산산이 부숴 버렸다.

"내가 사춘각에서 3년째 일하고 있거든. 소연이, 지연이, 채연이는 있어도 그런 이름은 처음 들어."

석도명은 가슴에 납덩어리가 떨어지는 기분이었다. 당장 달려가 정연의 얼굴을 볼 생각은 아니었다. 그저 어떻게 살고 있는지 귀동냥이라도 하고 싶었을 뿐이다.

그런데 정연이 사춘각에 없단다. 대체 무슨 변고가 생긴 것일까? 혹시 장아삼이 벌였던 납치극 같은 일이 또 있었던 걸까?

석도명은 왠지 속절없이 흘러간 세월에 배신당한 기분이 들어 그 자리에 주저앉고 싶었다. 아무래도 정연에게 지난 10년의 세월이 평탄치 않았을 것만 같은 불길한 예감을 지울 수가 없었다.

이제 이 넓은 세상에서 어디로 가야 정연을 다시 만날 수 있다는 말인가?

　　　　　　　＊　　　＊　　　＊

　석도명이 화월루에 되돌아온 것은 밤이 이슥한 시간이었다. 정연이 사춘각에 없다는 이야기에 마음을 가눌 길이 없어 이 곳저곳을 정처 없이 헤매고 다닌 탓이다.
　화월루의 지배인 정구만은 돌아온 지 오래였다. 하인의 안내를 받아 나타난 석도명을 정구만은 정중하고 깍듯하게 맞아 주었다.
　"어르신은 편히 가셨겠지요?"
　"제가 너무 부족해서……."
　정구만의 물음에 석도명은 고개를 들지 못했다. 편안히 떠나셨노라고 말하기에는 사부가 남긴 한이 너무 컸다. 그게 모두 자신의 탓만 같았다.
　석도명의 얼굴이 눈에 띄게 어두워지자 정구만이 얼른 화제를 바꿨다.
　"식음가를 찾으신다구요?"
　"예."
　"허, 참으로 오래전의 일이라……."
　정구만이 말꼬리를 흐렸다.
　자신이 알기로 식음가가 문을 닫은 건 40여 년 전이다. 화월루의 주인인 진가렴이 태어나기도 전이고, 자신은 겨우 열 살 남짓하던 때의 일이다.

"제가 아는 건 어르신의 가문이 한때 송나라 최고의 악사 가문으로 떠받들어졌다는 것과 황제의 진노(震怒)로 문을 닫았다는 정도입니다."

"그렇군요."

유일소가 자신에게 남긴 이름이 송나라 최고의 악사 가문이라는 사실에 석도명은 한쪽 가슴이 뜨거워졌다.

"어르신께서 눈을 잃고 황궁에서 쫓겨난 것도 그 일과 무관하지는 않는 걸로 압니다만. 그때 어르신을 거두어 주신 전전(前前)대 주인께서 오래전에 세상을 뜨셨으니 자세한 사연을 알기가 쉽지 않을 것 같군요."

"사부님께서 황궁에 계셨습니까?"

"허허, 그렇게도 과거를 입에 올리지 말라고 하시더니 제자 분께도 말씀이 없으셨군요."

"예, 제가 너무 불초(不肖)해서……."

정구만이 석도명의 눈에 가득한 그리움을 읽어내고는 천천히 고개를 끄덕였다.

'사부에 크게 못 미치는 그릇이라 했는데 젊은 사람이 어찌 이리 진지한고?'

정구만이 진가렴으로부터 석도명에 대해 들은 이야기는 오직 '기대 이하'라는 한 마디였던 것이다.

하지만 진가렴과는 달리 처음부터 기대를 걸지 않았기 때문일까? 정구만의 눈에 비친 석도명은 그렇게 나쁘지만은 않았다. 어쩌면 살아온 세월이 다르기에 사람을 보는 안목조차 다른 것인지도 몰랐다.

"험, 저도 주워들은 이야기입니다만 어찌된 영문인지 어르신께서는 황궁에서 당신의 눈을 찔러 스스로 맹인이 되셨다고 합니다. 아무래도 지엄한 황궁에서 그게 문제가 됐겠지요. 결국 광인(狂人)으로 몰려 내침을 당하셨답니다. 그때 어르신을 돌봐주신 분이 전전대 주인이신 진후영 나리셨지요. 그 옛날부터 식음가와 화월루는 인연이 꽤 깊었던 모양입니다."

"......"

석도명은 아무런 말도 할 수 없었다.

젊은 날의 유일소가 스스로 눈을 찔러 피를 흘리는 모습이 선하게 그려졌다. 광인 취급을 받으며 황궁에서 쫓겨나던 날, 사부의 심경은 얼마나 참담했을까? 그리고 대체 무슨 사연이 있었기에 사부는 그런 절박한 선택을 한 것일까?

'사부님, 그렇게도 아프고 또 아프셨습니까?'

유일소가 눈을 감으며 '아프고 또 아픈 것이 인생'이라 했던 말은 스스로의 회한을 견딜 수 없었던 것이리라.

그때 정구만이 다시 입을 열었다.

"공덕(孔德)이라고, 식음가에 오래 몸을 담았던 악사가 있습니다. 개봉에 살고 있다고 들었는데 그 노인이라면 좀 더 자세한 내용을 알고 있지 않을까 싶습니다. 사람을 풀어 찾아보도록 했으니 조금만 기다려 보시지요."

"그렇게까지 마음을 써주시니 감사합니다."

석도명이 진심을 다해 고마움을 표시하자 정구만이 환하게 웃었다.

"허허, 남들은 천하다 손가락질하지만 이래봬도 풍류(風流)를 가슴에 안고 살아가는 직업입니다. 제 평생에 어르신 같은 분의 음악을 접할 수 있었던 것만 해도 영광입지요. 그분의 유지를 받드는 일이라면 어찌 수고를 아끼겠습니까?"

"고맙습니다."

식음가의 흔적을 어떻게 찾을 것인지에 대해 이런저런 이야기가 오간 뒤에 정구만이 석도명에게 물었다.

"당분간 기다리셔야 할 것 같은데 좀 지루하시겠습니다. 제가 사람을 붙여드릴 테니 황도가 어떤 곳인지 관광이라도 하시는 게 어떻겠습니까?"

"말씀은 감사합니다만, 개인적으로 누굴 찾고 있어서 혼자 돌아다녀 봐야 할 것 같습니다."

"허, 또 누굴 찾으신다. 이번에는 어디로 가시게요?"

정구만이 바로 도움을 주겠다는 뜻을 나타냈다.

"예, 화월촌에 있던 사람인데……."

석도명이 계면쩍은 얼굴로 말꼬리를 흐렸다.

정구만에게 거듭 폐를 끼치기가 미안했기 때문이다.

하지만 화월루의 지배인쯤 되면 손쉽게 정연을 찾아낼 것도 같았다. 어쨌거나 정연은 기녀가 아니던가.

"허, 화월촌의 일이라면 더더구나 제가 나서야죠."

그 말에 용기를 얻은 석도명이 어렵게 정연의 이름을 입에 올렸다.

"사춘각에 있던 정연이라고……."

석도명이 말을 채 끝내기도 전이다.

"예? 사춘각의 정연이요?"

정구만이 잠시 놀라는 표정을 짓더니 이내 참을 수 없다는 듯이 웃음을 터뜨렸다.

"푸하하핫!"

"어찌해서……?"

석도명이 영문을 알 수 없다는 얼굴로 물었다.

하지만 정구만의 입에서 나온 것은 뜬금없는 한 마디였다.

"하하, 차라리 개봉에서 황궁을 찾으시죠."

"예?"

"하하하!"

석도명의 놀람에도 아랑곳하지 않고 정구만은 하염없이 웃기만 했다.

* * *

밤이 깊어지다 못해 새벽으로 기울고 있는 시간이다. 끝없이 타오를 것만 같던 화월촌의 화려한 불빛도 이 시간에 이르러서는 하나둘씩 꺼져가고 있었다.
 석도명은 그 밤길을 걷고 있다. 가슴이 떨려와 도무지 잠을 이룰 수가 없었기 때문이다.

 "개봉에서 황궁을 찾는다는 게 무슨 뜻인지요?"
 "화월촌에서 설화(雪花)를 찾으시니 드리는 말씀입니다.
 찾고 말고 할 것도 없지요."

 정구만이 웃음을 참지 못했던 데는 이유가 있었다. 정연은 개봉에서 모르는 사람이 없을 정도로 유명한 기녀였기 때문이다. 다만 지금은 정연이라는 이름 대신 설화로 불리고 있었다.
 낮에 만난 사춘각의 일꾼이 정연의 이름을 듣고도 알지 못한 것은 꽤 오래전부터 설화라는 이름으로 알려졌기 때문이다.
 수련기녀 때부터 명성이 자자했던 정연의 본명은 이제는 개봉에 오래 산 사람들이나 기억하는 이름이 돼 있다고 했다.
 하필이면 석도명이 만난 사내는 외지에서 흘러들어온 지가 오래 되지 않았던 모양이다.
 "설부화모(雪膚花貌)라⋯⋯ 누이의 미모는 여전한가 보네."
 낯설기만 한 설화라는 이름을 곱씹으며 석도명이 조용히 중얼거렸다.
 세인(世人)들이 붙여준 정연의 새 이름은 설부화모 즉, 눈같이 흰 피부에 꽃 같은 얼굴이라는 말을 줄인 것이다.

당대(唐代)의 문인 백거이(白居易)가 현종과 양귀비의 비극적 사랑을 노래한 '장한가(長恨歌)'라는 시에서 양귀비의 미모를 그 같이 표현했는데, 그 구절이 정연의 별호(別號)가 되었다. 그 미모가 얼마나 대단한지 가히 상상이 가는 대목이었다.

혹시 사고를 당한 게 아닐까 가슴을 졸였던 정연이 천하의 사내들을 웃고 울리는 명기(名妓)가 됐다는 소식에 석도명은 스스로의 마음을 알 수 없었다.

바로 지척에 있는 것을 알았는데도 오히려 손이 닿지 않을 만큼 너무 멀리 가 있는 느낌이다. 반가움보다 아쉬움이 자꾸만 더 크게 느껴졌다.

어느새 석도명의 발걸음은 낮에 왔던 골목으로 접어들고 있었다. 간판이 내려진 사춘각의 옛 건물이다.

그리운 눈길로 대문 앞을 서성이던 석도명이 담장을 따라 뒤편으로 돌아갔다. 그 옛날 정연이 머물던 뒤채에 한 걸음이라도 더 가까이 가고 싶어서다.

석도명이 담장 밑에서 걸음을 멈추고 두 눈을 감았다. 볼 수 없으니 듣는 거라도 하고 싶었다.

주악천인경을 끌어올린 석도명이 익숙한 어둠에 온몸을 맡겼다.

헌데, 보고 싶은 마음이 너무 간절해서였을까, 아니면 과거의 영상이 깊게 각인되어 있었던 탓일까? 석도명의 의식 안에 옛 사춘각의 모습이 또렷하게 펼쳐졌다. 몇 걸음만 걸어가면 정연이 있을 것 같아서 석도명이 자신도 모르게 손을 뻗었다.

그 순간 어둠 속에서 또 하나의 석도명이 만들어졌다. 그것은 세상에는 존재하지 않는 형상, 석도명의 의념이 만들어 낸 또 하나의 자아였다.

석도명이 발을 내딛어 사춘각으로 걸어 들어가기 시작했다. 몸이 나아가는 게 아니라, 의념이 소리를 따라 움직인 것이다.

석도명의 의념이 거침없이 담장을 뚫고 들어가더니 어느 창문 아래 가만히 멈춰 섰다. 추억이 가득한 정연의 방이었다.

> "설화가 얼마나 유명한지 말입니다. 그 별 볼일 없던 사춘각이 불과 몇 해 만에 새 건물을 지어 이전을 했지요.
> 헌데 재미있는 건 사춘각에서 새 건물에 따로 처소를 마련해 줬는데도 설화는 아직도 수련기녀 시절의 좁은 방에 머물고 있답니다. 초심(初心)을 잃지 않겠다는 뜻이라나……."

정구만의 이야기대로라면 정연이 여전히 그 방에 머물고 있으리라.

잠시 망설이던 석도명의 의념이 드디어 창문마저 지나 방 안으로 들어섰다. 방 안에는 누군가가 있었다. 석도명은 그 소리에 숨을 멈췄다.

사람이 움직이는 소리에 따라 그 모습이 흐릿한 영상으로 그려지기는 했다. 하지만 정연이 과연 어떻게 변했는지를 소리만으로 알아낼 수는 없었다. 안타까움이 북받쳐 올라왔다.

'누이, 나 여기 있어요. 오랜만이네요.'

석도명이 마음속으로 정연에게 인사를 했다. 손을 뻗치면 만질 수도 있을 것 같은 느낌에 오히려 가슴이 저려왔다.

딸그랑, 딸그랑.

거울을 보면서 화장이라도 지우고 있는 것일까? 한곳에 앉아 정면을 응시하던 정연이 손을 움직여 몸에 걸치고 있는 장신구를 떼어냈다.

사르륵, 사르륵.

뒤이어 비단이 스치는 소리가 들렸다.

'헉!'

석도명이 속으로 외마디 비명을 질렀다. 얼마나 놀랐는지 하마터면 눈을 뜰 뻔했다. 정연에게서 들려온 비단 스치는 소리가 무엇을 의미하는지를 깨달았기 때문이다. 장신구를 떼어낸 정연이 옷을 벗기 시작했던 것이다.

석도명이 허겁지겁 의념을 불러들인 다음에 눈을 떴다.

가슴이 벌렁대고 얼굴이 화끈거려 견딜 수가 없었다. 그리운 마음에 정연의 기척이라도 들으려 했을 뿐인데 본의 아니게 음험한 짓을 하고 만 것이다.

'헐, 남의 소리를 함부로 듣는 게 아니구나. 경솔했어.'

잠시 민망하기는 했지만 석도명은 쉽게 자리를 뜨지 못했다. 지척에 두고도 아는 척을 하지 못하는 것이 못내 아쉬웠다.

'누이, 떳떳하게 나타날 때가 오겠지요. 약속대로 훌륭한 악사가 되어서 말이오.'

발길을 돌리던 석도명이 걸음을 문득 멈추었다. 정연에게 해주고 싶은 것이 남아 있었다.

석도명이 품 안에서 뭔가를 꺼내 들었다. 줄곧 벗고 있던 안대다.

안대로 눈을 가린 석도명이 암중모색의 구결을 펼쳐 온몸에 소리의 기운을 끌어올렸다. 그리고는 소매 안에서 작은 나무 피리를 꺼내 불기 시작했다.

이렇게라도 자신의 연주를 정연에게 들려주고 싶은 것이다.

굳이 안대까지 꺼내 든 까닭은 주악천인경을 펼치는 동안에 실수로라도 눈을 뜨게 될까 싶어서다. 갈수록 강해지는 소리의 기운을 다스리려면 주변에서 새어나오는 희미한 불빛조차도 방심할 수 없었던 것이다.

휘리리 휠릴리.

낮은 피리 소리가 어둠 속으로 퍼져 나갔다.

그 가락을 따라 석도명은 마음속으로 노래를 부르고 있었다.

키가 자라고 꿈이 자라, 작아진 옷을 벗어 놓듯 고향을 떠났지…….

어머니의 노래, 그리고 정연과의 추억이 담긴 추향(追鄉)이다.

듣는 이의 심장을 도려낼 것같이 서글픈 석도명의 피리 연주는 더 이상 이어지지 못했다.

담장 안에서 발걸음이 들리나 싶더니 다음 순간 담 안에서 누군가가 날아올라 석도명의 머리를 넘어 등 뒤에 떨어져 내렸기 때문이다.

"뭐하는 놈이냐?"

"예? 저, 저는……."

사내는 어느새 석도명이 물러설 길목을 막고 있었다. 석도명이 말을 더듬는 사이에 또 다른 사내가 나타나 석도명에게 뭔가를 들이댔다.

얼굴이 확 달아오르는 것을 보니 횃불이다.

"뭐야? 이거 장님이잖아."

"장님이고 뭐고 왜 이 시간에 여기서 지랄이야?"

사내들은 안대를 보고 석도명을 장님으로 쉽게 단정했다.

그래도 뭔가 의심스러웠는지 횃불을 든 사내가 손을 뻗어 석도명의 몸을 훑어 내렸다.

"아무것도 없어. 그냥 악사 나부랭이인 모양인데."

"예, 악사 맞습니다."

석도명이 얼른 악사라는 말에 맞장구를 쳤다.

"악사는 지랄……. 보아하니 빌어먹는 처지구먼."

처음 나타난 사내가 빈정거리는 투로 한 마디를 쏘아붙였다.

화월촌에 널린 것 중 하나가 길에서 빌어먹고 사는 거리의 악사다. 너도 그중 한 놈이 아니냐는 이야기였다.

"악사고 나발이고 이렇게 야심한 시간에 뒷골목에서 어슬렁거리지 마라. 칼 맞는다."

"앞이 안 보이면 길이라도 물어보고 다니란 말이야. 이런 데서 뭘 빌어먹겠다고……."

두 사내가 한 마디씩을 번갈아 내뱉으며 석도명의 등을 떠밀었다.

석도명이 몸에 밴 장님 걸음걸이로 서둘러 골목을 벗어났다.

사내들은 물을 것도 없이 사춘각의 경비무사일 것이다. 사춘각에 다시 나타나면 죽이겠다고 엄포를 놓던 당환지가 떠올랐다.

석도명은 생각했다.

'아직은, 아직은 아니다. 이뤄 놓은 것도 없이 빈손으로 나타나서 결백을 믿어달라고 구차한 변명이나 늘어놓고 싶지는 않다. 떳떳하게 오해를 풀 수 있으려면 나 자신부터 당당해져야 할 것이다.'

석도명이 골목에서 벗어난 직후 어이없는 웃음을 지으며 돌아서던 두 사내가 화들짝 놀랐다. 안에서 누군가가 급하게 달려왔기 때문이다.

 사내들이 밤이슬을 맞아가며 자리를 지키는 이유, 바로 천하제일의 미녀라는 설화, 바로 정연이었다.

 뭐가 그리 급했는지 겉에 비단장포를 두르기는 했지만 서둘러 옷을 챙겨 입은 티가 역력했다. 비록 어두운 밤이었지만 사람의 마음을 뒤흔드는 눈부신 미모가 다 가려지지는 않았다.

 정연이 떨리는 음성으로 사내들에게 물었다.

 "조금 전의 피리…… 누가, 누가 불었나요?"

 "아, 그거요? 웬 장님 악사가 길을 잃고 뒷골목으로 잘못 들어왔나 봅니다."

 "그러게요. 영업도 다 끝난 시간에 뭘 빌어먹겠다고 헤매고 다니는 건지."

 사내들은 정연이 느닷없는 피리 소리에 놀란 모양이라고 생각했다. 이런 야심한 시간에 누군가 뒷골목에서 피리를 분다는 건 왠지 스산한 일이기는 했다.

 "장님, 장님이라구요?"

 "예, 멀리 쫓아 버렸으니 걱정하지 마시고 들어가세요. 저희가 계속 지키고 있겠습니다."

 그 말에 정연이 사내들을 향해 가볍게 머리를 숙이고는 돌아섰다.

사내들은 보지 못했다. 정연의 눈빛이 크게 흔들리고 있음을.
 '하아, 내가 대체 무슨 생각을 한 거지? 그 아이는 오래전에 죽었는데…….'
 정녕 착각이었을까? 한 소절을 채 못 넘기고 멈춰 버린 연주였지만 정연은 마치 그 피리 소리가 자신을 부르는 것만 같았다.
 "대체 누굴까? 남의 마음을 꿰뚫는 것 같은 그런 연주를 들려줄 수 있는 사람은……."
 정연이 낮은 한숨을 내쉬며 안으로 들어갔다. 그리고 그날 밤이 새도록 그녀의 방에서는 불이 꺼지지 않았다.

제2장
해운관(海雲館)의
새 제자

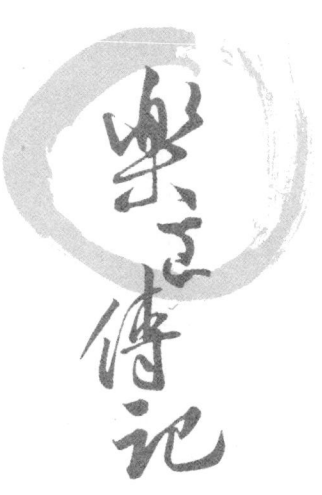

 화월루의 지배인 정구만이 은퇴한 노 악사(老樂士) 공덕을 찾아 데려오는 데는 그리 오랜 시간이 걸리지 않았다.
 "어르신께서 그예 떠나셨군요. 그예……."
 "예."
 공덕은 석도명을 보자마자 두 손을 잡고 안타까운 눈길을 보내왔다.
 그저 고개를 끄덕이는 것 외에는 달리 말을 하지 못했지만 석도명은 진정으로 고마웠다. 세상에서 사부를 기억해 주는 사람이 또 있다는 사실이.
 정구만이 아랫사람을 시켜 차를 내오게 하기도 전에 공덕은 서둘러 유일소의 이야기를 꺼냈다. 그 역시 오랜 세월을 가슴에 담고만 살았기에 조갑증이 일었으리라.

"식음가의 역사에 대해서는 아십니까?"

백발이 성성한 노인이 자신에게 깍듯이 공대(恭待)를 하자 석도명은 황망했다. 그렇지 않아도 오십 줄에 접어든 정구만이 자세를 낮추는 게 부담스럽던 판에 말이다.

"저, 말씀을 너무 높이시니 몸 둘 바를 모르겠습니다."

"당치 않은 말씀입니다. 제가 몸담고 있던 가문의 유업을 이으신 분이니 제게는 주인이나 다름없으시지요."

공덕이 손을 휘휘 내저었다. 옆에 있던 정구만마저 그를 거들고 나섰다.

"그렇지요. 저에게는 주인 나리의 식객(食客)이셨던 분입니다. 그분의 모든 것을 이으셨으니 주인의 손님으로 모셔야지요."

"하아, 그래도……."

"저희로 하여금 비례(非禮)를 저지르게 하지 마십시오. 주인에 대한 불충(不忠)이 따로 있겠습니까?"

정구만이 예법을 운운하며 아예 쐐기를 박고 나섰다.

'헐, 가시방석이 따로 없구나.'

할아버지, 아버지뻘이 되는 두 사람이 그리 말하니 석도명은 달리 말을 할 수 없었지만 마음이 편치 않았다. 본시 예절이란 이리도 사람을 불편하게 하는 것이었던가.

"이야기가 너무 돌아간 게 아닌가 싶습니다만……."

식음가의 역사를 아느냐는 질문에 대한 대답을 재촉하는 공덕의 말이었다.

"사부님께서는 제게 당신이 식음가의 장손이라는 말씀 밖에는 남기지 않으셨습니다."

"그렇군요. 유씨 가문이 식음가의 현판을 하사 받은 것은 어르신의 고조부(高祖父) 때의 일입니다. 본시 '식음(識音)'의 칭호는 수(隋)나라 때 음악의 신(神)으로까지 추앙을 받던 만보상(萬寶常)이란 분에게 내려졌던 것이지요. 식음가의 칭호가 내려진 이래 악공 최고의 영예인 대악정의 자리는 언제나 유씨 가문의 것이었습니다."

"예."

석도명이 감회 어린 눈으로 고개를 끄덕였다. 자신이 바로 천하제일 음악가의 전인(傳人)이라는 뿌듯함보다 사부의 아픈 과거에 가슴이 아려왔다. 그 영광스러운 자리를 잃고 스스로 눈을 찌른 사부의 상실감은 얼마나 컸을까?

"식음가의 현판을 떼어 낸 것은 전전대 황제였습니다. 당시 황제의 손가락이 문제였습죠."

"예? 손가락 때문에요?"

석도명은 어처구니가 없어 입을 다물지 못했다. 옆을 보니 정구만도 '정말로 그런 일이 있었냐'는 얼굴이다.

공덕이 말을 이었다.

"정확히 말하자면 황종(黃鐘)을 어떻게 정하느냐 하는 게 문제였지요."

석도명은 내심 짚이는 것이 있었다.

"황종이라면 음고(音高) 때문인가요?"

"바로 그겁니다."

공덕이 경탄 어린 표정으로 고개를 크게 끄덕였다.

석도명의 머릿속에 냉소를 날리던 유일소의 음성이 떠올랐다.

"클클클, 이놈의 나라는 황제란 자들이 전부 변태거든……."

석도명이 음계(音階)에 대해서 배우던 때의 일이다.

궁, 상, 각, 치, 우의 다섯 음계를 사용하는 것이 5음계이고, 여기에 궁과 치보다 각기 반음(半音)이 낮은 변궁(變宮)과 변치(變徵)를 더한 것이 7음계다.

헌데 현재 7음계는 황명으로 사용이 금지되고 있었다. 5음 가운데 궁(宮)이 임금을 가리키는 것이므로 변궁을 둘 수 없다는 이유였다. 황제는 바뀌어도, 둘이 존재해서도 안 된다는 논리에서다.

그 일을 두고 유일소는 황제가 변태라서 그렇다고 잘라 말했던 것이다.

"봐라, 변방에 외적이 들끓고 있는데 황제가 고작 '음고(音高)는 이래야 한다', '이런 음계는 쓰지 마라' 그런 짓거리나 하고 있으니 나라꼴이 엉망인 게다.
적이 쳐들어오면 나가 싸울 생각을 해야지, 예악만 떠들고 있어야겠더냐? 적이 무서워서 방구석에 처박혀 음악만 파고 있으니 그게 변태지, 달리 변태더냐?"

유일소는 황제가 음계나 음고를 좌지우지(左之右之)하는 데 대해 심하게 경기를 일으키곤 했었다.

석도명이 공덕으로부터 황종이라는 단어를 들었을 때 불현듯 떠오른 것이 바로 그 대목이었다. 황종이란 바로 나라의 음높이(音高)를 정하는 기준이 되는 기본 음률이었던 것이다.

공덕이 말을 이어갔다.

"그러면 황종을 정하는 황종관의 규격에 대해서도 아시겠지요?"

"예, 전한서(前漢書) 율력지(律曆志)에 기록된 내용을 따라 기장쌀을 기준으로 삼는다고 배웠습니다. 기장쌀 알갱이 한 알의 길이를 1분(分)으로 해서 황종관은 길이가 90분, 지름이 3분이 되거나, 기장쌀 1,200알이 들어갈 수 있는 용량이 되어야 하지요. 문제는 기장쌀의 크기가 같지 않아서 늘 논란이 되고 있는 것으로 알고 있습니다만……."

석도명이 말꼬리를 흐린 것은 대체 황종과 황제의 손가락 사이에 무슨 연관이 있냐는 질문이었다.

"그래서 당시 대소 신료(臣僚)와 학자들 사이에서 음고를 새로 정해야 한다는 논쟁이 끊이질 않았지요. 그때 한 사람이 나서서 황제의 손가락 길이에 맞춰 황종관을 만들어야 한다고 한 겁니다."

공덕은 그자의 이름이 위한진(魏漢津)이라고 했다.

위한진은 상고시대의 임금인 황제(黃帝; 3황 5제의 한 사람이자 중국 최초의 임금)가 황종을 정했고, 훗날 우(禹)임금이 황제를 본받아 황종관을 만들었다는 이야기를 들고 나왔다.

당시 우임금이 자신의 오른손 중지 세 마디와 약지 세 마디, 새끼손가락 세 마디의 길이를 합쳐서 9촌으로 보고 이를 황종관의 길이로 정했다는 설명이었다. 따라서 황종관은 황제의 손가락 길이를 재서 만들어야 한다고 위한진은 주장했다.

그 누구도 듣지 못한 이론이었지만 황제는 모든 건의를 물리치고 그 말을 덥석 받아들이고 말았다.

"그 일을 반대하던 태상경(太常卿; 예악을 담당하는 최고 관직) 관철(寬哲) 나리가 파직을 당하면서 황궁에서 악리(樂吏; 음악을 맡은 관리)와 악공이 무더기로 쫓겨났지요. 어르신의 부친이신 유벽(劉璧) 나리가 대악정 자리에서 물러난 것도, 식음가의 현판을 박탈당한 것도 그때의 일입니다."

"……"

석도명은 쉽게 입을 열지 않았다.

세상 일이 정말 이래도 되는가 하는 생각이 가장 먼저 떠올랐다. 황제는 고작 자기 손가락 길이로 음고를 정하고 싶어서 수많은 사람들을 희생시켰다는 말인가?

헌데 석연치 않은 것이 있는지 석도명이 고개를 갸웃거렸다.

"식읍가의 현판을 잃었다고 해서 사부님의 가문이 멸문을 당한 것은 아니지요? 그러면 남아 계신 분들이 있지 않겠습니까?"

정구만이 같은 생각이라는 의미로 고개를 크게 끄덕였다.

"그게 또 공교롭단 말입니다. 당시 유벽 나리께서는 파직(罷職)과 함께 하북(河北)으로 추방을 당하셨지요. 헌데 하북으로 가던 길에 나리께서는 급작스럽게 병사(病死)를 하셨습니다. 나리를 따라 나섰던 가솔들은 어디론가 뿔뿔이 흩어져서 끝내 찾을 수가 없었습니다. 도적 떼를 만났다는 소문만 들려왔지요."

"허, 공교로움이 몹시 지나치군요."

가만히 앉아 두 사람의 대화를 듣고만 있던 정구만이 불쑥 입을 열었다.

세 사람의 눈이 허공에서 얽혔다. 모두 같은 생각을 한 것이다.

'우연이라고 하기엔 석연치 않아.'

세상 물정에 어두운 석도명조차도 그런 짐작이 들었다.

"어르신께서도 몇 년을 수소문하셨지만 끝내 아무것도 찾지 못한 걸로 알고 있습니다. 제가 아는 것도 거기까지입니다."

석도명은 머릿속이 복잡했다. 사부의 과거에 대해서 많은 것을 알게 되었지만 어째 그보다 더 큰 의혹이 남겨진 것 같았다.

이제 자신은 어떻게 해야 하는가? 사부는 앞으로의 성취를 식음가와 나눠달라는 부탁을 남겼을 뿐이다. 사부의 유언 그 어디에도 가문의 원한이나 의혹을 풀어달라는 말은 없었다.

그런데도 식음가의 비극으로부터 자신이 자유로울 것 같지 않다는 기분은 어째서 드는 것일까?

어지러운 생각을 털어내며 석도명이 공덕에게 다시 물었다.

"사부님 가문의 일을 알아볼 방법이 전혀 없습니까?"

"글쎄요……."

공덕이 잠시 뜸을 들였다.

"어르신께서 애타게 찾다가 포기하신 분이 있는데 아직 살아 계실지는 모르겠습니다."

"그분이 누구신가요?"

"장기수(張伎修)라는 분입니다. 어르신과는 수련악공 시절부터 오랜 맞수였습니다. 유벽 나리께서 대악정에서 파직을 당한 뒤 그 자리를 차지한 사람이기도 하지요. 그분 역시 어느 날 갑자기 황궁에서 모습을 감췄다고 하는데 종적이 묘연합니다. 고아 출신이라 딱히 찾아볼 연고지도 없고……."

사막에 떨어진 바늘을 찾아보라는 것과 같은 막막한 이야기였다. 유일소와 같은 연배라면 나이가 팔십 줄에 접어들었을 것이다. 살아 있을 가능성도 낮았지만, 살아 있다고 해도 대체 어디에 가서 찾는다는 말인가?

 석도명으로서는 긴긴 한숨을 내쉬는 것 말고는 당장 할 수 있는 일이 없었다.

* * *

 다음날 석도명은 답답한 마음을 이기지 못하고 화월루를 나와 이곳저곳을 쏘다녔다.

 정처 없는 발길이 저잣거리로 이어진 건 꼭 우연만도 아니었다. 고작 반년뿐인 화월촌의 생활이었지만 가장 행복했던 순간은 정연과 함께 저잣거리를 쏘다니던 추억이었기 때문이다.

 사념에 젖어 터벅터벅 걷고 있다가 주변의 소란스러움에 정신을 차린 석도명은 자신이 그 추억의 한가운데에 놓여 있음을 알았다. 정연이 먹을 것을 사주곤 했던 노점 식당들이 석도명의 좌우로 펼쳐져 있었던 것이다.

 세월은 흘러도 사람 사는 모습은 쉽게 변하지 않는 법인지 노점 식당은 오늘도 사람들로 북적였다. 저쯤 어디서 정연과 같이 국수를 먹고 포만감과 따스함에 젖어 있던 자신의 모습이 어른거리는 것만 같았다.

하지만 석도명은 회상에 깊이 빠져들지 못했다. 어디선가 앙칼진 여인의 음성이 들려온 탓이다.

"내가 오늘 또 속을 줄 알아? 당장 꺼지라고!"

목소리의 주인공은 수레를 끌어다 놓고 거기서 만두를 만들어 파는 중년의 아낙네다. 만두가 수북하게 쌓인 수레 앞에는 꾀죄죄한 차림의 볼품없는 노인 하나가 눈치를 보며 서 있었다.

"헤헤, 왜 그러셔? 하루 이틀 볼 사이도 아닌데."

"됐다고 그러셔! 난 영감 더 안 보고 싶거든!"

여인이 휘휘 손을 내젓는데도 노인은 쉽게 물러날 기미가 아니다. 그저 손가락 하나를 펴들고 계속 '한 번만' 소리를 반복할 뿐이었다.

'가라', '못 간다' 실랑이를 벌이던 아낙네가 성질을 못 이기고는 손에 들려 있던 바가지를 노인에게 던져 버렸다.

딱.

시원하게 날아간 바가지가 노인의 이마로 정확하게 날아가 경쾌한 소리를 냈다.

일순 정적이 찾아들었다. 두 사람의 실랑이를 구경하던 주변의 사람들도 노인이 이 망신스런 상황을 어떻게 할지 궁금해 하며 침을 삼켰다.

석도명은 아낙네의 소행이 좀 과하다는 생각이 들었다. 힘없는 노인네가 무슨 잘못을 했는지는 모르겠지만 말이다.

과연 노인은 더 이상 웃고 있지 않았다.

노인이 굳은 얼굴로 입을 열었다.

"나…… 나……, 그런 사람 아니오. 내게…… 꼭…… 이런 걸 던져야 했소?"

"흥, 그러면?"

만두 장사 아낙네가 지지 않겠다는 듯이 노인의 말을 받아쳤다.

하지만 그 음성은 어딘가 자연스럽지 않았다. 본인도 당황스러운 것이다. 홧김에 던진 바가지가 그렇게 정확하게 노인을 맞출지는 몰랐으리라.

노인이 그런 여인의 얼굴을 처연하게 바라보며 말했다.

"하아…… 정녕 뭔가를 던져서 화를 풀어야 했다면, 날 이렇게도 부끄럽게 할 거였으면……, 차라리…… 차라리 만두로 맞추는 게 좋지 않았겠소? 여기 이렇게 산처럼 쌓여 있는데 말이오."

"핫!"

여인의 입에서 헛바람이 뿜어졌다. '산처럼 쌓여 있다'고 하면서 노인이 슬그머니 만두를 향해 손을 뻗었기 때문이다.

"영감…… 자꾸 그러면 죽는다."

여인의 입에서 스산한 음성이 새어나왔다.

만두 하나를 채 가려던 노인의 손이 허공에서 우뚝 멈추었다.

여인이 이번에는 식칼을 집어 들고 있었던 것이다.

노인이 억울하다는 듯이 뒤로 한 걸음 물러나더니 고개를 들어 먼 하늘을 바라봤다.

"아아, 일신의 절학(絶學)이 다 소용없구나. 연약한 여인에게 차마 손을 쓸 수도 없고……."

싸움 구경에 막 재미를 붙여 보려던 주변 사람들이 머리를 흔들며 흩어졌다. 요란한 말과는 달리 노인이 계속 뒤로 물러나고 있었기 때문이다. 볼 것도 없이 끝난 싸움이었다.

석도명이 입에 진한 미소를 머금고 노인에게 다가섰다.

"그 만두 제가 하나 드리면 안 되겠습니까?"

할아버지를 길에서 잃고 10년 동안 유일소를 모셨던 석도명이다. 노인이 배를 주리고 있는 모습을 모른 척 하기가 어려웠다.

노인의 반응은 번개보다 빨랐다.

"어이쿠, 어디 하나뿐이겠소? 얼마든지 환영이라오."

쭈글쭈글한 노인의 얼굴에는 걷잡을 수 없는 웃음이 번지고 있었다.

"여기 노인장께 만두 좀 주세요. 돈은 제가 낼 테니."

"나참, 그게……."

석도명이 돈을 내겠다는데도 만두 장수 아낙네는 우물쭈물하며 선뜻 만두를 차리려 하지 않았다. 석도명은 아까의 실랑이 때문에 앙금이 가라앉지 않은 모양이라고 생각했다.

"하하, 노여움은 그만 푸시고 이제 장사를 하셔야죠."

"미안한데 그 영감에게는 장사할 생각이 없다우. 나만 그런 게 아니고 여기 상인들이 모두 그러기로 했거든."

석도명이 의아한 얼굴로 노인을 바라봤지만 노인은 뭔 죄를 지었는지 발로 땅바닥만 긁고 있었다.

"무슨 연유인지 여쭤도 되겠습니까?"

"연유는 개뿔, 외상만 처먹고 돈을 안 갚으니까 그렇지."

옆에서 국수를 팔던 사내가 대뜸 끼어들어 언성을 높였다.

석도명이 주변을 둘러보니 여러 상인들이 그 말에 고개를 끄덕이고 있었다.

석도명이 노인을 잠시 쳐다보다가 만두 장수에게 물었다.

"외상이 얼마나 됩니까? 제가 갚아 드리지요."

"정말이우? 동전 쉰 닢만 주면 나머지는 안 받을게."

그 말과 동시에 여인은 만두를 주섬주섬 주워 담기 시작했다.

그걸 보면서 석도명이 품에서 돈주머니를 꺼내 들었다.

그때였다.

"그러면 섭섭하지."

"우리는 땅 파서 장사하나?"

"그럼, 그럼. 같이 먹고 살자고."

주변의 음식 장사꾼들이 우르르 석도명을 에워쌌다. 노인이 외상을 깔아놓은 곳은 만두 장수만이 아니었던 것이다.

"……."

이번에는 석도명이 난감한 얼굴이 되었다.

"우적, 우적."

잠시 뒤 노인은 게걸스럽게 음식을 먹고 있었다. 저잣거리 한구석에 아예 자리를 펴고 앉은 노인의 앞에는 만두에 국수, 닭 꼬치 등이 수북이 쌓여 있다.

"우헤헤, 자네도 같이 들자고. 음식은 나눠야 맛이라고 하질 않던가?"

"네에, 많이 드십시오."

노인이 게 눈 감추듯 음식을 해치워대는 솜씨를 바라보며 석도명은 쓴웃음을 지었다. 솔직한 마음으로는 속이 적잖이 쓰렸다.

'헐, 아직 집도 못 구했는데 은자 열 냥을 날렸으니…….'

노인의 외상값을 갚아주느라 무려 은자 열 냥을 썼다. 그것도 상인들이 반만 갚아주면 나머지는 탕감해 주겠다고 해서 그렇지, 노인의 외상은 스무 냥이 넘었다.

대체 상인들에게 어떤 수를 썼기에 외상을 그렇게 깔아놓을 수 있었는지 신기할 따름이다.

석도명의 쓰린 속을 아는지 모르는지, 노인은 이름 석 자를 밝힐 겨를도 없다는 듯이 음식을 먹어치우기에 바빴다. 저 많은 음식도 외상을 해결해 줘서 고맙다며 상인들이 석도명에게

준 것인데 인심은 되레 노인이 쓰고 있었다.

'에고, 돈을 아까워하면 안 되는 건데……'

석도명은 초라한 행색의 노인이 음식에 코를 박고 있는 모습을 보고 있자니 마음이 심란했다. 왠지 노인에게 말려서 생각보다 거금을 날린 것 같았기 때문이다.

그러나 길에서 호금을 연주하고 동전 몇 닢을 구걸하던 할아버지를 생각하면 곤궁한 노인에게 도움을 준 걸 후회할 수는 없는 일이었다. 더욱이 자신도 사부가 거두어 주지 않았더라면 오갈 데 없는 처지가 아니었던가.

문제는 그런 마음과는 별개로 자신의 주머니 사정도 그리 넉넉하지만은 않다는 점이었다.

유일소가 남긴 은자 가운데 이제 수중에 남은 건 서른 냥 정도다. 그 돈으로 머물 곳을 구하고, 당분간 생활까지 해야 했다. 화월루에 있어도 되겠지만 정구만의 환대가 너무 부담스러워서, 게다가 사부와 비교되는 게 싫어서 더 있을 생각은 없었다.

'사부님의 재물을 내가 쓸 수는 없어.'

석도명이 가지고 있는 재산은 은자 서른 냥만이 아니었다.

유일소가 남긴 함에는 은자 500냥짜리 전표가 들어 있었다. 그리고 화월루의 주인 진가렴이 건네 준 서류가 있다. 그 서류에는 '하남전장에 유일소의 이름으로 보관된 돈을 석도명에게 지급하라'고 쓰여 있었다.

하지만 석도명은 은자 500냥짜리 전표도, 하남전장에 맡겨진 돈도 찾아 쓰고 싶지 않았다. 언제고 사부의 유지를 받드는 일-아마도 식음가를 재건하는 일이 되겠지만-에 그 돈을 쓸 생각이었다.

 그러니 당분간은 은자 서른 냥으로 버티면서 따로 생계 수단을 구해야 했다. 문제는 석도명이 세상살이에 심하게 서툴다는 것이다.

 석도명의 고민과 상관없이 노인은 순식간에 음식을 해치웠다.

"우헤헤, 이제야 세상이 제대로 보이는구먼."

"맛있게 드셨다니 다행입니다."

"맛은 모르겠고, 덕분에 잘 먹었네."

 순박하게 생긴 것과 달리 은근히 뻔뻔한 노인이었다. 얻어먹은 주제에 맛있다는 소리는 절대 할 생각이 없는 모양이다.

"나는 염장한(廉壯漢)일세."

"저는 석도명이라고 합니다."

"도명(道明)이라, 길을 밝힌다. 흐흐 좋은 이름이야. 팔자를 보니 앞으로 많이 돌아다녀야겠어."

"글쎄요……."

 노인이 식사를 하는 사이에 훌쩍 가 버리기가 어려워 자리를 지키고 있던 터였다. 석도명은 이제 자리를 떠나도 되리라 생각하며 허리를 숙였다.

염장한이 다급하게 손을 저었다.

"에이, 그렇게 가면 안 되지. 자네가 어떤 사람인지를 알아야 오늘 먹은 걸 나중에라도 갚지 않겠나? 나 그런 사람 아니거든!"

"아닙니다. 그러지 않으셔도 됩니다."

염장한은 생각보다 집요했다. 은자 스무 냥에 달하는 외상의 비결에는 그런 집요함이 포함돼 있는 게 분명했다. 결국 마음 약한 석도명이 그 손길을 뿌리치지 못했다.

"허, 그래. 이 넓은 개봉에서 아직 살 곳을 정하지 못했다고?"

"이제 찾아봐야죠."

석도명에 대해서 이것저것을 캐묻던 염장한의 눈이 잠시 반짝였다. 석도명이 집을 구하고 있다는 이야기를 한 직후다.

"이거 조금이나마 신세를 갚을 수 있겠구먼. 내가 대대로 개봉 토박이 아닌가? 싸고 좋은 집을 많이 알거든. 아, 소개비나 받아먹으려고 그러는 건 절대 아닐세. 나 그런 사람 아니거든. 허허."

석도명의 얼굴이 조금 밝아졌다. 염장한이 싸고 좋은 집을 알고 있다니 걱정거리 하나를 덜어낸 기분이었다.

"자자, 그러지 말고 자세한 건 우리집에 가서 이야기 하자고. 신세를 졌으니 차라도 한잔 대접해야 하질 않겠나? 얻어먹고 입을 닦을 수는 없지. 나 그런 사람 아니란 말일세."

해운관(海雲館)의 새 제자 55

석도명이 엉겁결에 염장한을 따라나섰다.

혼자 살면서 끼니를 걱정하는 처량한 신세와 달리 염장한의 집은 꽤 컸다. 제법 당당하게 버티고 선 대문을 올려다보면서 염장한이 뿌듯하게 입을 열었다.
"우헤헤, 내가 바로 이 집의 주인일세. 흐흐, 혼자 살기는 너무 큰가?"
"예, 그렇군요."
석도명이 대문 위쪽을 잠시 올려다보며 고개를 갸웃거렸다. 먼지가 자욱하게 덮여 있기는 하지만 분명 그 자리에 현판이 걸렸던 흔적이 보였기 때문이다.
'현판을 걸 정도로 대단한 가문이었나?'
석도명이 궁금증을 안고 집 안으로 들어섰다.
순간 석도명의 입이 떡 벌어졌다. 대문 안에 펼쳐진 풍경이 가히 가관이었기 때문이다.
마당은 연무장으로 써도 손색이 없을 정도로 드넓었다. 문제는 그게 온통 풀로 덮여 있다는 점이다. 늦가을이기에 망정이지 풀이 무성한 여름에는 드나들기가 쉽지 않을 것 같았다.
'헐, 뱀 나오겠다.'
석도명이 몸서리를 치며 조심스레 걸음을 옮겼다. 가뜩이나 지금은 뱀이 한창 독이 올라 있을 가을이 아니던가 말이다.
염장한을 따라가며 좌우를 둘러보던 석도명이 연신 고개를 저었다. 마당 양 옆에는 제법 큰 건물이 좌우로 버티고 있는데 그조차도 군데군데 지붕이 내려앉고 문짝이 떨어져나가 귀신이 진을 치고 있을 분위기였다.

"어때? 분위기가 그윽하지 않은가?"

염장한이 담장을 따라 줄지어 서 있는 키 큰 나무들을 가리키며 물었다. 확실히 이 집에서 봐줄 만한 것이라고는 수령을 알 수 없을 만큼 오래된 고목(古木)들뿐이기는 했다.

"예, 집이 꽤 오래된 모양입니다."

"흐흐, 내가 말하지 않았나? 대대로 개봉 토박이라고. 우리 가문이 여기서만 300년을 살았지."

염장한이 갑자기 석도명에게 바짝 붙어서더니 귓가에 속삭였다.

"알만 한 사람들은 다 알고 있다네. 이 집이 대단한 유적이라는 걸 말이야."

"아, 예……."

천만다행으로 염장한이 기거하는 본채는 그런대로 집의 형태를 유지하고 있었다.

수선을 떨며 차를 끓여온 염장한이 은근한 목소리로 입을 열었다.

"직업이 악사라고 했지?"

"예, 그렇습니다만."

"사람들이 안 좋아할 게야."

"예?"

"개봉처럼 집들이 다닥다닥 붙어 있는 곳에서 밤낮으로 음악을 연습한답시고 띵가띵가 할 테니 누가 좋아하겠냔 말일세."

"아, 그렇겠군요."

외진 산속에서만 살았던 석도명으로서는 미처 생각지 못한 일이었다.

석도명이 진지하게 고개를 끄덕이자 염장한이 회심의 미소를 지었다. 이제는 결정적인 한 마디를 던질 때가 됐다는 의미다.

"개봉 어디를 가도 이만한 집이 없다네. 여기서는 밤새 비명을 질러도 뭐라 할 사람이 없을 게야."

"예? 아……."

석도명이 반 박자 늦게 염장한의 말을 알아들었다. 염장한이 구해 주겠다던 싸고 조용한 집이 바로 이곳이었던 것이다.

"개봉은 물가가 아주 비싸거든. 방 한 칸에 월세가 은자 석 냥일세. 여기서는 방을 몇 개를 쓰든 마음대로 하고 은자 두 냥만 내게나."

석도명의 표정이 한층 심각해졌다. 개봉의 방값이 그렇게 비쌀 줄은 몰랐다. 한 달에 은자 석 냥이라면 수중의 돈으로는 1년 치 방값도 안 된다는 이야기였다.

'그래, 무공 연습도 해야 하고…… 이렇게 넓고 조용한 집이 좋겠지.'

무엇보다 시세보다 싸다는 말을 쉽게 뿌리칠 수 없었다.

석도명이 거의 체념하듯 마음을 정했다.

"예, 그렇게 하지요."

"우하하, 정말 생각 잘했네. 나랑 한집에서 살아보면 알 거야. 나 정말 그런 사람 아니거든."

대체 어떤 사람이 아니라는 건지, 혼자 박수를 치며 좋아하던 염장한이 갑자기 생각이 났다는 듯이 석도명에게 물었다.

"참, 자네 건강에는 문제가 없는가?"

"예, 별 다른 문제는 없습니다만."

염장한의 뜬금없는 질문에 석도명이 고개를 갸웃거렸다.

유일소에게 찔린 어깨와 손목의 상처가 아직 다 아물지 않아서 거동이 다소 불편하기는 했다. 하지만 건강이라면 지난 10년 동안 병이란 걸 모르고 지낸 몸이 아니던가.

"그거 잘 됐구먼. 자고로 건강은 건강할 때 지키는 법이라네."

"그렇기는 하지요."

"그러니까 그런 차원에서 무공을 배우는 게 어떨까? 건강에 아주 좋을 텐데."

"예?"

"이 몸이 이래봬도 역사와 전통을 자랑하는 명문 무관 해운관(海雲館)의 11대 관장일세. 음하하!"

"해운관이요?"

석도명이 놀란 눈으로 염장한을 위아래로 살폈다. 이 꼬질 꼬질한 노인이 무림인이라는 말이 당최 믿어지지 않았기 때문이다. 조금 전에 저잣거리에서 날아오는 바가지도 피하지 못했던 노인이 아니던가.

그러나 다시 생각해 보니 이리저리 짚이는 것들이 있었다. 저 넓은 마당은 애초에 연무장으로 만들어진 것일 테고, 마당 양 옆의 건물에는 한때 무공을 배우는 제자들이 가득했을 것이다. 그리고 대문에는 원래 '해운관'이라는 현판이 달려 있었으리라.

'바가지는 일부러 맞았다는 건가? 만두가 먹고 싶어서?'

석도명이 전후 사정을 알겠다는 듯이 고개를 끄덕였다.

그 모습을 본 염장한이 황급히 달려들어 석도명의 어깨를 두드렸다.

"그래, 그래. 생각 잘했네. 고마우이, 고마워. 드디어 우리 해운관에 새 제자가 생긴 거야. 으허허."

석도명은 뭔가 잘못 됐다고 느끼면서도 차마 염장한의 손을 뿌리치지 못했다. 늙은 노인이 이리도 기뻐하고 감격하는데 거기에 대고 어떻게 진실을 말하겠는가? 무공을 배우겠다는 뜻으로 고개를 끄덕인 게 아니라고 말이다.

잠시 뒤 석도명은 해운관의 담장을 의연하게 지키고 있는 고목 아래를 걷고 있었다.

 "헐, 아무래도 내 팔자 어디에 무공을 배우라고 정해져 있었던 건가? 구화문에 이어, 이번에는 해운관이라니."

 확실히 기이한 운명이다. 무공을 배울 생각은 하지도 않았는데 단호경에게 강제로 구화진천무를 배우게 되더니 이제 그 정체를 알 수 없는 해운관의 하나뿐인 제자가 된 것이다.

 "에휴……."

 석도명이 한숨을 내쉬었다. 자신이 처해 있는 현실이 다시 떠올랐기 때문이다.

 염장한은 월세로 은자 두 냥을 받는 것 외에 무술 수업료로 한 냥을 더 요구했다. 대신 갚아준 은자 열 냥이라도 까자고 했으면 좋았을 텐데 염장한은 긴한 사정이 있다면서 그 돈은 나중에 따로 갚겠다고 했다.

 결국 당장에는 한 달에 은자 석 냥씩을 내게 된 것이다. 먹는 문제를 고려하면 지금 갖고 있는 은자 서른 냥으로는 그리 오래 버틸 수 있을 것 같지가 않았다. '언제 밥벌이를 하겠냐'던 사부의 구박이 현실로 다가오고 있었다.

 "집은 구했고 이제 일자리를 구할 차례인가?"

 석도명이 아득한 눈으로 하늘을 올려다봤다. 날이 차가워져서 그런지 하늘은 며칠 사이에 더 높아진 것만 같았다.

제3장
나비의 마음
(花蝶之心)

서걱, 서걱.

바싹 마른 늦가을의 잡초는 제법 요란한 소리를 내며 베어졌다.

석도명이 허리를 펴고 뒤를 돌아봤다. 낫질을 한참 한 것 같은데도 오늘의 작업량은 고작 방 몇 칸 정도의 면적에 지나지 않았다.

"에휴, 차라리 염소를 키우는 게 더 빠를까?"

석도명은 마당을 뒤덮은 잡초와 며칠째 씨름을 하고 있었다. 폐가나 다름없는 해운관의 풍경이 누렇게 마른 풀 때문에 더욱 청승맞아 보였기 때문이다.

생각만큼 진도가 나가지 않아서일까? 석도명이 마당을 둘러보다 말고 그 자리에 큰대 자(大)로 누워 버렸다.

누런 잡초가 생각과 달리 따듯하게 석도명의 몸을 받쳐주었다. 석도명은 그 느낌에 마음이 푸근해져서 하늘을 물끄러미 바라보다가 지그시 눈을 감았다.

쏴아.

눈이 닫히자 바람 소리가 세상을 뒤덮었다.

눈을 가리고 살 때는 몰랐는데 요즘 들어 눈을 감고, 뜨는 차이가 더욱 뚜렷하게 느껴진다.

전에는 보지 못하는 대신 소리를 듣고 다니면서도 오히려 적막 속에 사는 것 같았는데, 이제는 눈을 감으면 온갖 소리가 거침없이 고막을 파고 들어왔다.

빛은 소리를 가린다.

사부는 분명 그렇게 가르쳤다. 헌데 요즘은 빛을 느끼기 때문에 반사적으로 소리가 더 커지는 것 같은 느낌이다.

석도명이 누운 자세에서 눈을 감고 주악천인경의 모든 구결을 마음속으로 떠올려 읊고 읊기를 거듭했다.

정해진 순서를 따라가듯 어둠이 찾아오고, 그곳에서 소리가 받아들여지고, 다시 소리의 기운이 몸에 가득히 차올랐다. 모두가 익숙한 현상의 반복일 뿐이다.

'일기만허(一氣滿虛), 천성일제(天聲齊象).'

주악천인경에 이어 열여섯 자의 법문을 떠올려 보지만 달라지는 것은 없다.

"대체, 무슨 뜻일까? 하나의 기운(一氣)은 뭐고, 채우는 것(滿)과 비우는 것(虛)은 또 뭐란 말인가?"

석도명이 다시 침묵에 빠져 들었다.

주악천인경조차 잊고 그저 막막한 사념에 젖어 자신을 바라보기 시작했다.

여전히 어둠 속이다. 바람 소리가 점점 거세지는 것 같다. 그리고 마당에 가득한 잡초가 그 바람을 따라 울기 시작했다.

석도명이 문득 뭔가를 떠올렸다.

> 무릇 땅이 내뿜는 기운을 바람이라고 한다. 이것은 일어나지 않을 뿐, 일단 일어나면 뭇 구멍이 노해 울부짖게 된다.
>
> 너는 홀로 긴 바람 소리를 듣지 못했느냐? 산 숲과 백 아름이나 되는 큰 나무의 구멍들이 코 같고, 입 같고, 귀 같고, 목 긴 병 같고, 바리 같고, 절구와 같고, 깊고 얕은 웅덩이 같다.
>
> 물 흐르는 소리, 화살 나는 소리, 꾸짖는 소리, 바람 들이마시는 소리, 외치는 소리, 곡소리, 아득히 먼 소리, 새 우는 소리가 있다. 앞에 것이 위잉 하고 외치면 뒤에 것이 휘익 하고 따라 외친다.
>
> 작은 바람에는 작게 울리고, 날랜 바람에는 크게 울린다. 사나운 바람이 그치면 뭇 구멍이 비게 된다. 너는 나뭇가지가 홀로 하늘거리는 것을 보지 못했느냐?

나비의 마음(花蝶之心)

장자(莊子) 제물론(齊物論)에 나오는 '하늘의 피리(天籟)'에 관한 구절이다. 석도명이 단호경의 흑화검을 들고 갔을 때 유일소가 비유를 들었던 바로 그 이야기다.

'땅이 내뿜는 기운을 바람이라고 한다(夫大塊噫氣 其名爲風). 그리고 제물(齊物)이라……'

석도명이 벌떡 일어나 앉았다.

"헐, 깨달음은 이미 알고 있는 곳에 있다고 하더니……"

의문스런 열여섯 글자 가운데 최소한 두 글자가 어디에서 비롯된 것인지를 자신은 이미 알고 있었던 것이다.

"바람이 기운이면 채우고 비우는 건 뭘까? 아니, 하나(一)는 또 뭐지?"

뭔가가 금방이라도 머릿속에서 튀어나올 것 같으면서도 쉽게 떠오르지 않았다.

석도명은 다시 생각했다.

'그래, 욕심 부리지 말자. 그저 바람을 따라 가는 거다. 바람을……'

석도명이 앉은 자세로 주악천인경을 끌어올려 바람 소리를 듣기 시작했다.

어둠 속에 석도명의 형상, 석도명의 의념이 다시 나타났다. 그 형상이 둥실 떠올라 흔들리는 풀잎 소리를 하나하나 세어가며 바람을 쫓기 시작했다.

그렇게 얼마를 걸었을까? 풀 위를 걸어가던 석도명의 의념이 바람 속으로 막 사라지려던 찰나였다.

"도명아! 도명아—!"

누군가가 멀리서 외쳐 부르는 소리가 들려왔다.

'헛!'

석도명이 자신도 모르게 헛바람을 내뱉었다. 머릿속에서 또렷한 형상을 이루고 있던 석도명의 의념이 그 순간 산산이 부서져 내렸다. 석도명의 의식은 빠르게 현실로 되돌아 왔다.

'아깝다······.'

바람 속에는 대체 뭐가 있었을까? 석도명은 문턱에 발만 디뎌놓고 허무하게 미끄러진 것 같은 기분에 입맛이 썼다.

"우헤헤, 도라도 닦고 있었냐?"

석도명을 깨운 목소리의 주인공, 염장한이 눈치 없이 다가와 너스레를 떨었다.

석도명은 은근히 약이 올랐지만 그렇다고 자신이 뭘 잘못했는지도 모르는 사람에게 화를 낼 수는 없었다.

"에휴, 영감님 때문에라도 도를 닦기는 해야겠습니다."

"어허, 영감님이라니? 해운관의 제자가 됐으니 사부님이라 부르라 했거늘!"

"됐습니다, 관장님!"

거듭되는 염장한의 불평에도 불구하고 석도명은 사부라는 호칭을 쓰지 않았다. 엉겁결에 해운관의 관원이 되기는 했으나, 염장한에게 구배지례를 올릴 생각이 없기 때문이다.

석도명에게 사부는 오직 한 사람, 유일소뿐이었다.

"아참, 내 정신 좀 봐라. 너한테 기쁜 소식이 있어서 달려온 건데."

"말씀하시지요, 관. 장. 님."

석도명이 관장님이라는 단어에 특별히 힘을 실었다. 중요한 깨달음을 망쳐 놓은 데 대한 보복이었다.

"그놈 참, 지놈 일자리를 알아왔는데 그깟 사부 소리도 못 해주냐?"

"일자리요?"

석도명이 반색을 했다. 염장한은 반갑지 않아도, 그 소식만큼은 반가운 것이다.

"쯧, 좋아하기는……. 일자리도 아주 끝내주는 일자리지. 악사들이 목을 빼고 들어가고 싶어 하는 사춘각이니까."

"사춘각에 자리가 났습니까?"

석도명의 음성이 가늘게 떨렸다. 다른 곳도 아니고 정연이 있는 곳이다.

"그럼, 자리가 났지, 그것도 아주 많이 났지!"

석도명이 염장한을 바라봤다. 그 말에서 뭔가 묘한 점을 느낀 탓이다. 악사들이 목을 뺀다는 사춘각에 갑자기 자리가 많이 났다니 뭔가 사연이 있으리라 싶었다.

아니나 다를까, 묻기도 전에 염장한이 그 내막을 털어놨다.

"흐흐, 엊그제 도흉사괴(桃凶四怪)라는 흉악한 놈들이 사춘각에서 설화를 보겠다고 난동을 피웠다는 거야."

"도흥사괴요?"

석도명이 놀라서 반문을 했다.

"아, 너는 강호인을 잘 모르겠구나. 도흥사괴는 말이지, 호북성(湖北省)에서는 꽤나 알아주는 고수거든. 이놈들이 스스로는 정사지간이라고 외치고 다니는데 세간에서는 사파에 더 가깝다고 보는 게 중론이야. 왜냐하면 애들이 눈에 거슬리는 사람을 손보는 방법이 여간 악랄하지 않거든. 여기저기 지저분한 사건에 이름 깨나 걸쳤는데 지금까지 용케 꼬리를 잡히지 않아서……."

"아뇨, 그거 말고 사춘각에 무슨 일이 생겼다는 겁니까?"

도흥사괴에 대한 설명이 길어지자 석도명이 염장한의 말을 자르고 들어갔다.

"그놈 급하기는……. 그러니까 그런 흉악한 놈들이 난리를 떨다가 사춘각의 경비무사들하고 한판을 뜬 거지. 경비무사들이 작살이 난 건 두말할 것도 없고. 도흥사괴가 워낙 한 무술하거든. 도흥사괴는 말이야 네 놈이 전부 무공이 달라요. 첫째인 기도랑(奇燾浪)이 검, 둘째인 모개(牟愷)가 쇄겸도(鎖鎌刀; 낫 모양의 칼), 셋째 구청대(具淸臺)는 권각(拳脚), 넷째 종간(宗幹)은 월아자(月牙刺; 초승달 모양의 칼날에 손잡이를 단 짧은 병기)를 쓰는데, 그게 또 애들 합격술이 워낙 기가 막혀서……."

"에휴, 그래서 어떻게 됐냐구요?"

도통 급할 것 없는 염장한의 설명에 석도명이 절로 한숨을 내쉬었다.

"에, 그러니까 사춘각의 무사들이 전부 나가떨어졌다. 거기까지 이야기했던가? 그런데 다행인지, 불행인지 도흥사괴가 들어 있던 건너편 방에서 상당문의 고수들이 한잔 하고 있었다네. 아, 상당문이 어떤 문파냐? 개봉 일대에서는 또 애들을 함부로 대할 수 없거든."

"하아……."

"알았다, 이놈아! 결론만 말하마. 도흥사괴가 상당문의 고수들한테 박살이 나서 쫓겨 갔단다."

"그럼 설화는 무사한 겁니까?"

"염병, 설화가 네놈 마누라라도 되냐? 설화 예쁜 줄은 알아가지고. 뭐, 하여튼, 아직까지는 무사하단다."

염장한이 눈을 흘겼지만 석도명은 '아직까지는'이라는 말이 또 마음에 걸렸다.

"아직까지는…… 이라면?"

"그렇지. 일이 다 끝난 게 아니거든. 어젯밤에 사춘각의 악사 몇 명이 집에서 무참하게 도륙을 당했다는 거야. 가족까지 싹 쓸어서! 그리고 벽에 이런 글이 남겨져 있었대. '도흥사괴는 잊는 법을 모른다'라고. 뭐, 그렇게 흉악한 놈들이 벼르고 있으니 앞으로 사춘각에 무슨 일이 생길지는 아무도 모르지."

"……."

석도명은 가슴이 막막했다. 옛날 일이 악몽처럼 남아 있는데 흉악한 자들이 또 정연을 노린다니 견디기가 어려웠다.

그런 눈치를 알 리 없는 염장한이 말을 계속했다.

"그 바람에 사춘각의 악사들이 겁을 먹고 우르르 그만뒀다는구나. 이럴 때 찾아가면 무조건 합격일 게다. 크흐흐, 방세랑 수업료랑 제때 내려면 빨리 취직을 해야지. 이런 기회는 자주 오는 게 아니거든."

염장한의 웃음소리를 뒤로 하고 석도명은 서둘러 집을 나섰다.

* * *

사춘각의 영업 준비 시간이다.

악사들을 챙기던 수석 악사 우만호가 인상을 찌푸렸다.

"아, 정말 돌겠구나. 하필 오늘 같은 날……."

우만호는 정말 죽을 맛이었다. 도흉사괴라는 놈들 때문에 솜씨 좋은 악사를 여럿 잃었다.

그런데 남아 있는 악사들 가운데 그나마 믿을 만하던 소면우(蘇勉佑)가 오늘 출근을 하지 않은 것이다. 몸이 아프다는 전갈을 받았지만 정말 아픈 건지, 아니면 다른 악사들처럼 도망을 가려는 것인지 도통 알 수가 없었다.

'제길, 풍화장(豊華莊) 놈들은 대체 뭘 하는 거냐고?'

풍화장은 대대로 사춘각의 뒤를 봐주고 있는 문파다.

헌데 어찌된 영문인지 도흥사괴가 심하게 사고를 친 뒤에도 풍화장의 움직임은 소극적이기만 했다. 도흥사괴가 언제 다시 올지 모르니 고수를 보내 달라는 요청을 했는데도 하급 무사 열 명을 보낸 게 전부였다.

그 때문에 우만호의 상전들이 매일 모여 앉아 대책회의를 하고 있다는데 딱히 대책이 없는 눈치다.

하지만 지금 우만호가 걱정할 것은 풍화장과 도흥사괴가 아니라 당장 오늘 밤을 어떻게 넘길 것이냐 하는 문제였다.

인상을 쓰며 고민하던 우만호가 자신 앞에 줄 지어 서 있는 악사들 가운데 구석 자리를 차지하고 있는 젊은 청년을 손으로 가리켰다.

"야! 거기 새로 온 놈! 너 칠현금 좀 한다고 했지? 믿어도 되겠냐?"

"예."

청년이 얌전하게 대답을 했지만 우만호는 대뜸 손을 내저었다. 믿고 말고 할 것도 없다. 저놈이 아니면 달리 써먹을 놈이 없는데 어쩌겠는가?

"에고, 이놈들을 데리고 뭘 할 수 있을지 나도 모르겠다."

우만호는 악사들 가운데 여덟을 따로 추려 출장 준비를 지시하고는 안으로 사라졌다.

다른 악사들도 영업 준비를 한다며 흩어지고 나니 마당에는 출장을 지시 받은 악사 여덟만 덜렁 남게 됐다.

그중 하나가 갑자기 칠현금을 맡은 청년의 옆으로 다가섰다.

"어이, 신입! 너 운도 좋다."

"아, 예."

청년이 공손히 대꾸를 했다.

"흐흐, 나 심기전(沈基全)이야. 온 지 며칠 안 돼서 잘 모르겠지만 이 몸이 바로 사춘각의 악사 가운데 제. 2. 인. 자. 이시다. 험험."

심기전은 유독 2인자라는 말에 힘을 실었다. 자신을 알아달라는 이야기였다.

심기전이 원래부터 사춘각의 2인자였던 것은 아니다. 사춘각에서는 나이만 먹고 실력은 중간쯤 가는 평범한 악사였지만 도흉사괴가 두려워 고참 악사들이 몽땅 달아난 바람에 졸지에 서열이 올라갔을 뿐이었다.

사실 심기전이 목숨의 위험을 느끼면서도 계속 버티고 있는 이유는 하나였다. 졸지에 2인자 소리를 듣고 보니 그 희열을 쉽게 포기할 수가 없었던 것이다.

어디 그뿐이랴? 이렇게 버티다 보면 언젠가는 수석 악사의 자리도 꿈만은 아닐 거라는 기대까지 슬슬 부풀고 있었다.

그런 사정을 알고 있는 다른 악사들이 소리를 내며 노골적으로 키득거렸지만 청년은 2인자를 자칭하고 나선 선배에게 그저 깍듯이 머리를 숙였다.

심기전이 흐뭇한 얼굴로 청년을 바라봤다.

'내가 예전의 심기전이 아니거든. 내 밑으로 줄을 잘 서야지. 그럼, 그럼.'

말을 잘 듣는 놈은 예뻐하고, 기어오르는 놈은 밟아 주리라. 심기전은 두 주먹에 은근히 힘을 실었다.

"그래, 신입 너 이름이 뭐라고 했더라?"

"예, 석무(石霧)라고 합니다."

석무라고 자신을 밝힌 청년은 다름 아닌 석도명이다. 정연 앞에 본명으로 나설 수가 없어 지어낸 이름을 앞세운 것이다.

"아, 그래. 석무였지. 오늘은 특별히 중요한 자리니까 너는 내 옆에만 꼭 붙어 있어라. 그러면 되는 거야. 우허허!"

"어, 심 선배는 오늘 어디로 가는지 알고 있는 거요?"

"그러게. 뭐가 그렇게 중요한 건데?"

다른 악사들이 얼른 심기전을 둘러쌌다. 수석 악사 우만호가 중요한 자리니 특별히 신경을 써야 한다고만 했을 뿐 행선지를 밝히지 않았기 때문이다.

"이놈들아, 2인자쯤 되면 그 정도는 당연히 알아야지."

심기전이 어깨에 힘을 주며 후배들을 둘러봤다. 그리고 천천히 입을 열었다.

"흐흐흐, 이 썩을 놈들아 잘 들어라. 오늘은 우리가 소헌부로 행차를 하신다 이 말씀이야. 그것도 사춘각의 자랑 설화와 함께."

"아아!"

"선배, 정말이오?"

악사들 사이에서 탄식인지, 탄성인지 알 수 없는 소리가 퍼져 나왔다.

도흥사괴가 나타나기 전, 그러니까 사춘각의 쟁쟁한 악사들이 버티고 있던 때에는 이들 중 그 누구도 소헌부 같은 명문가에 불려간 일이 없었다. 2인자를 자처하는 중견 악사 심기전조차도 말이다.

다른 악사들이 긴장과 흥분을 감추지 못하는 가운데 석도명은 남몰래 한숨을 내쉬었다.

'누이……, 이렇게 만나게 되는 게요?'

10년 만에 정연을 다시 보게 되리라는 기대에 가슴이 떨려 석도명은 미처 의식하지 못하고 있었다. 소헌부가 누구의 집인지를.

* * *

소헌부로 걸어가는 동안 석도명은 줄곧 마음이 어지러웠다. 바로 저 앞의 가마 안에 정연이 타고 있다고 생각하니 공연히 갈증이 나서 계속 마른침만 삼켰다.

다행인지 불행인지 소헌부에 도착한 뒤에도 정연과는 얼굴을 마주할 수 없었다. 정연은 어딘가로 안내를 받아 사라졌고, 악사들은 곧장 연회장으로 보내졌기 때문이다.

저녁이면 날씨가 제법 쌀쌀한데도 잔치 자리는 후원(後園) 마당에 마련되어 있었다.

"이거 생각보다 후원이 작네."

"어이, 소박(素朴)해서 소헌부라는 말도 못 들었어?"

생각보다 아담한 후원을 둘러보면서 악사들이 수군거렸다. 확실히 명성에 비하면 규모나 꾸밈새가 평범하기는 했다.

'소박해서 소헌부라……. 아, 한 소저가 이곳에서 자랐구나.'

석도명은 그제야 소헌부가 우문 낭자 한운영의 집이라는 사실을 떠올렸다. 그리고 그 생각 끝에 자신도 모르게 후원을 다시 살펴보고 있었다.

석도명의 눈에는 정원에 심어진 나무 한 그루, 돌 하나가 소박하고 단정했다. 억지로 멋을 내지 않아서 보면 볼수록 자연스럽고 정감이 가는 느낌이었다.

'가풍은 소박한데 이런 곳에서 자란 한 소저는 왜 그리 날카로운 걸까?'

자신을 바라보던 한운영의 차가운 눈길이 떠올랐지만 긴 생각을 할 겨를은 없었다. 연회가 시작된다는 전갈과 함께 사방에서 분주한 발걸음 소리가 들려왔기 때문이다.

옆에 꼭 붙어 있으라던 심기전의 말과 달리 석도명은 사춘각의 악사들 가운데 제일 뒤편에 자리를 잡았다.

정연의 시야에서 조금이라도 멀리 떨어져 있고 싶어서였다. 왠지 아직은 그 눈길을 받아낼 자신이 없었다.

특별히 중요한 자리라는 우만호의 걱정은 과연 지나친 게 아니었다.

소헌부의 가주인 한지신이 청한 손님 가운데는 육부(六部)의 수장만 2명이 들어 있을 정도로 고관들이 많았다. 소헌부의 장남 한무영(韓務瑛)이 강소성 숙천부(宿遷府)의 지부(知府; 현감)로 발령이 난 것을 축하하기 위해 한지신이 가까운 친구들만 불렀다는 게 그 정도였다.

한무영이 어른들에게 일일이 인사와 함께 술을 올리고, 한마디씩 덕담을 듣는 것으로 술자리가 제법 길게 이어졌다.

술잔이 오가는 동안 사춘각의 악사들과 소헌부의 악사들이 번갈아 가며 연주를 했지만 정연은 의외로 모습을 드러내지 않았다.

분위기가 무르익었다고 생각한 소헌부의 가주 한지신이 자리에서 일어났다.

"무릇 공자께서는 '덕이 있는 자는 외롭지 않으니 반드시 이웃이 있다(德不孤 必有隣)'고 하셨소. 하하, 고맙소이다. 오늘 벗들이 이렇게 찾아주어 이 몸의 부덕함을 조금이나마 씻어 주는구려."

"허허, 원래 맑은 물에는 물고기가 모이지 않는다지만 소헌부는 대대로 맑으면서도 바르니 누가 따르지 않겠나?"

"그러게 말일세. 사실은 지금도 깨끗하다 못해 까칠한데 뭘 더 씻겠다고……."

"우하하! 그렇지."

막역한 친우들의 입에서 칭찬과 농담이 쏟아지자 한지신이 두 손을 내저었다.

"자, 엉뚱한 금칠은 그만들 하시고……. 자고로 도를 깨치는 것도 오래하면 지루하다 했거늘, 우리도 조금은 놀아줘야 하지 않겠는가?"

그 말이 끝나기가 무섭게 소헌부의 총관이 얼른 우만호에게 눈짓을 보냈다.

우만호의 신호에 따라 사춘각의 악사들이 준비된 음악을 연주하기 시작했다. 그리고 후원의 문이 열리면서 한 여인이 나는 듯이 가벼운 몸짓으로 춤을 추며 들어왔다.

정연이었다.

흰옷을 입은 정연은 넓은 소매 자락을 허공에 펼치며 너울너울 춤을 추었다.

일렁이는 불빛에 흔들리는 정연의 얼굴은 웃고 있지 않았다. 그저 넋을 잃은 듯 무심하기만 해서 도리어 사내의 가슴을 흔드는 처연함이 물씬 풍겨왔다.

그러나 흔들리지 않는 눈빛에서는 값싼 연민으로는 감히 넘

볼 수 없는 도도함이 함께 배어나왔다.

그리고 불타는 듯한 붉은 입술.

눈같이 서늘하고, 꽃처럼 화려하다는 설부화모(雪膚花貌)의 명성은 과연 허언이 아니었다. 좌중의 사내들이 하나같이 말을 잃고 정연의 춤에 빠져 들었다.

칠현금을 뜯느라 부지런히 손을 놀리고 있었지만 석도명은 정연의 모습을 놓칠 수 없었다. 사뿐사뿐 걸음을 옮기며 두 팔을 펼쳐든 정연의 춤을 보면서 석도명은 문득 한 마리 나비를 떠올렸다.

실제로 정연이 추고 있는 춤의 이름이 화접무(花蝶舞; 꽃나비춤)이기도 했다.

'그렇게도 나비를 좋아하더니.'

정연이 유독 나비를 좋아하는 까닭, 석도명은 알고 있었다.

어느 날 꽃밭에 나풀대는 나비 한 마리를 보며 정연이 들려준 이야기가 있었던 것이다.

"나는 나비 같은 남자를 만날 거야."
"나비가 그렇게 좋아요?"
"나비가 왜 저렇게 예쁘게 춤을 추는지 알아? 그건, 꽃을 위해서야."
"꽃을 위해서 춤을 춘다구요?"
"그래, 벌은 날아와서 그냥 꿀만 먹고 가 버리잖아. 그런데 나비는 꽃에 내려앉기 전에 꼭 춤을 추거든.
나비는 아는 거야. 꽃에게도 마음이 있다는 걸. 나는……

움직일 수 없는 꽃이지만…… 마음은 꼭 나비에게 주고 싶어."

"헤헤, 그럼 나도 나비 같은 여자를 만날래."

그때는 너무 어려서 몰랐지만, 이제는 알고 있다. 가난 때문에 기녀의 길을 선택한 정연이 어떤 마음으로 그런 이야기를 했는지.

석도명이 고개를 떨어뜨렸다. 정연의 춤을 더 이상 볼 수가 없었기 때문이다.

정연이 몇 곡의 반주에 맞춰 춤을 끝내고 상석으로 다가가 술잔을 받을 때도, 한지신의 청을 받아 손님들에게 일일이 술을 올릴 때도 석도명은 끝내 고개를 들지 않았다. 그리고 생각했다. 과연 이중에 누가 꽃의 마음을 알고 있을까?

잠시 뒤 누군가가 입을 열었다.

"자, 이제는 악사들의 솜씨도 좀 봐야 하지 않을까?"

"암암, 그래야지."

그 소리를 들으며 한지신이 다시 일어섰다.

"손님들이 원하시니 주인으로서 좋은 음악을 청하지 않을 수가 없구려. 이왕이면 먼 길을 떠나는 내 아들놈을 위해 어울리는 곡을 들려줬으면 하오만."

"허허, 이보게! 음악을 청했으면 상이라도 걸어야 맛이 나질 않겠나?"

"그러게. 술은 나눠야 맛이고, 재주는 겨뤄야 맛이라지 않던가?"

친구들이 은근히 악사들의 경연(競演)을 부추기자 한지신이 너털웃음을 터뜨렸다. 확실히 악사들의 재주를 겨루게 하는 게 요즘의 유행이기는 했다. 이왕 아들을 위해 음악을 청했으니 상을 피할 이유도 없었다.

"험, 자네들이 그리 말하니 가장 마음에 드는 곡을 연주한 악사에게 은자 열 냥을 내겠네."

"거기에 은자 열 냥을 더하지."

한지신의 막역지우인 형부상서(刑部尚書) 문직수(文稷秀)가 거들고 나섰다.

그때 누군가가 한 마디를 더 보탰다.

"흐흐, 우리 같은 중늙은이들만 나서면 누가 좋아하겠나? 천하일색(天下一色) 설화가 상을 내려야지."

그 말에 좌중의 사람들이 큰 웃음과 함께 일제히 정연을 바라봤다.

"천기(賤妓)가 감히 대감들 앞에서 재물을 자랑할 수는 없겠지요."

정연이 소매 안에서 곱게 접힌 비단 손수건을 꺼내 들었다.

"제가 정성을 들여 수를 놓았습니다. 보잘것없는 물건이지만 흥취를 돋우는 데 작은 도움이나마 됐으면 합니다."

"설화가 수를 놓았다면 천하의 사내들이 침을 흘리겠구면."

"거, 은근히 탐이 나는걸."

"흐흐, 그러면 자네도 한 곡 불러 보든지."

 술 몇 잔의 취기 덕분인지, 막역한 사이라 서로 허물을 잊은 것인지 점잖은 선비들 사이에서도 제법 농담이 쏟아져 나왔다.

 한지신이 짓궂은 소리는 그만 하라는 듯이 손을 흔들며 나섰다.

"자자, 어서 음악이나 들어 보세. 객(客)에게 먼저 청하는 것이 도리겠지."

 우만호에게 하는 이야기였다. 소헌부의 악사보다는 손님인 사춘각의 악사가 먼저 시작해 보라는 뜻이다.

 우만호가 생황을 들고 앞으로 나섰다. 아무리 생각해도 오늘 이 자리에 내세울 수 있는 사람이 별로 없었기 때문이다.

'어이쿠, 하필 경연이라니! 오늘 개망신을 당하겠구나.'

 도흥사괴 때문에 솜씨 좋은 악사들이 모두 줄행랑을 놓고 남은 떨거지들을 겨우 긁어모아서 온 자리다. 도무지 좋은 끝을 볼 것 같지 않았다.

 우만호가 그런 걱정을 애써 감추고 생황을 불기 시작했다.

 좌중의 사람들이 이내 고개를 끄덕이며 우만호의 연주에 젖어 들었다.

 그중 누군가가 우만호의 연주에 맞춰 낭랑하게 시 한 수를 읊었다.

위성의 아침 비가 가벼운 먼지를 적시니
객사의 푸른 버들잎은 한층 더 푸르구나.
그대에게 한 잔 술을 권하노니
양관을 나가 서쪽으로 나가면 아는 이가 없겠구려.

渭城朝雨浥輕塵 客舍靑靑柳色新
勸君更盡一杯酒 西出陽關無故人

 당대의 문장가 왕유가 지은 '송원이사안서(送元二使安西)'라는 시다. 우만호가 연주한 곡이 바로 왕유의 시에 곡을 붙인 '양관삼첩(陽關三疊)'이라는 유명한 가곡이었던 것이다.
 연주가 끝나자 박수가 쏟아졌고, 그 박수 끝에 한지신이 가볍게 촌평을 남겼다.
 "허허, 친구를 떠나보내는 석별의 정이라. 환송의 노래로 이 만한 곡이 또 있겠소이까? 자, 그러면 이번에는 소헌부에서 누가 나서겠는가?"
 뒤이어 소헌부의 악사 하나가 연주를 했고, 다시 사춘각과 소헌부를 오가며 연주가 계속 됐다.
 헌데 첫 단추를 꿴 양관삼첩의 영향이었을까? 하나같이 벗과의 이별을 아쉬워하거나, 무운장도(武運壯途)를 기원하는 비슷비슷한 곡들뿐이었다.
 언제 밑천이 바닥날까 가슴을 졸이는 우만호의 근심 속에서 사춘각 쪽의 연주가 2인자인 심기전을 지나 3인자 격인 양삼

나비의 마음(花蝶之心) 85

재(梁三材)까지 이어진 직후의 일이었다.

소헌부의 악사들 가운데 머리가 희끗희끗한 노 악사가 비파를 들고 나섰다.

노 악사는 비파를 퉁기며 노인답지 않게 카랑카랑한 음성으로 노래를 불렀다.

> 장안은 세모에 접어들었는데
> 성내엔 큰 눈이 가득 내리네.
> 눈 속에 퇴청하는 이들이 있으니
> 홍색 자주색 인끈 찬 고관들이로세.
> 귀족들에겐 풍설의 흥취 있고
> 부자들에겐 배고픔과 추위의 근심 없네.

> 秦城歲云暮 大雪滿皇州
> 雪中退朝者 朱紫盡公侯
> 貴有風雪興 富無饑寒憂

그 노래가 채 끝나기도 전에 손님들 가운데 몇몇이 헛기침을 했고 몇몇은 얼굴이 굳어졌다.

곡조는 생소했지만 노래의 가사만은 너무나 잘 알고 있었기 때문이다.

백거이(白居易)가 지은 '가무(歌舞)'라는 제목의 시였다.

노 악사의 노래는 여섯 구절로 끝이 났지만 백거이의 시는 그보다 길었다. 뒤에 이어지는 구절은 고관대작들이 호화 저

택에 살면서 향락 추구에만 눈이 멀어 백성들의 힘겨움을 돌보지 않는다는 내용이다.

오늘처럼 고관들이 모인 자리에서 흥취를 돋울 수 있는 노래는 결코 아니었다. 아니, 지은 죄가 없더라도 공연히 발이 저리게 만드는 곡이라 함이 옳았다.

그런 분위기를 눈치챈 한지신이 서둘러 입을 열었다.

"하하, 내 아들 녀석이 지방에 내려가 향락에 빠지지 말고, 백성들의 어려움을 살피는 좋은 관리가 되라는 쓴소리로다. 좋구나, 아주 좋아!"

한지신의 호탕한 말이 끝나자 장남 한무영이 얼른 일어나 허리를 숙였다.

"소자, 그 가르침을 잊지 않겠습니다."

손님들을 불편하게 할 수 없다는 부친의 마음을 눈치 빠르게 읽은 것이다.

그제야 좌중에서 띄엄띄엄 박수가 터져 나왔다.

노 악사는 그것으로 족하다는 듯이 형형한 눈길을 한 번 던지고는 구석 자리로 돌아가 앉았다.

대충 분위기가 수습되는 듯하자, 한지신이 사춘각의 악사들이 줄지어 앉은 쪽으로 고개를 돌렸다. 누구든 어서 나서라는 눈빛이었다. 이런 상태에서 연주를 끝내자니 어색했던 것이다.

그러나 사춘각 쪽에서는 쉽게 나서는 사람이 없었다. 우만호에 이어 2인자, 3인자까지 나선 뒤라 진짜로 밑천이 떨어진 것이다. 우만호가 고민 끝에 자신이라도 다시 나서야겠다며 머뭇거리는 순간이었다.

한지신의 눈길이 엉뚱한 곳에 날아가 꽂혔다.

"저 끝에 젊은 악사는 누군가? 대체 무슨 생각이 그리 많은지 도통 고개를 들지 않는군."

한지신은 석도명을 가리키고 있었다.

우만호가 서둘러 해명에 나섰다.

"예, 나리. 석무라고 갓 들어온 악사인데 이런 자리가 처음인지라 긴장을 한 모양입니다."

"흠, 그런가? 하긴, 쟁쟁한 선배들이 실력을 겨루고 있으니 그럴 법도 하겠군."

한지신이 알겠다는 듯이 잔잔하게 웃음을 지었다. 그리고는 무슨 생각이 떠올랐는지 한 마디를 더했다.

"술은 오래 묵어야 명주(名酒)가 되는 법이지만, 새 술에는 새 술의 맛이 있는 법이네. 내 오늘은 저 청년의 연주를 한 번 들어 보고 싶네만."

"새 술, 그거 좋지. 무릇 선비의 근본은 초심(初心)에 있다고 하지 않나. 악사의 초심은 어떤지 궁금하구먼."

형부상서 문직수까지 거들고 나서자 모두들 박수를 치기 시작했다.

풋내기 악사의 연주다. 솜씨가 있으면 흥겨울 것이요, 서툴면 또 놀려먹는 재미가 있으리라. 그런 생각들이었다.

"아니, 저 그게……."

우만호가 우물쭈물 말을 잇지 못했다. 거절을 하고 싶은데 상황이 이쯤 되니 감히 그럴 수가 없었다.

'젊은 놈이 곧잘 연주를 하기는 했지만 이런 자리를 견뎌낼까?'

석도명이 취직을 하겠다고 찾아왔을 때 직접 기본기를 확인했음에도 불구하고 우만호는 불안했다. 높은 벼슬아치들 앞이라는 중압감을 이겨내기에는 너무 어리다고 생각했기 때문이다.

그런 우려와 달리 석도명은 담담하게 앞으로 걸어 나갔다.

'헐, 오늘은 잡스럽게 놀면 안 되는 거겠지?'

무림맹에서 수천 명이 지켜보는 가운데 연주를 했던 석도명이다. 이 정도 분위기에 주눅이 들 리 없다. 다만 먹물들하고 놀지 말라던 사부의 말이 떠올라서 석도명의 입에는 어느새 작은 미소가 걸려 있었다.

그러나 석도명은 미처 느끼지 못했다. 자신을 지켜보는 따가운 눈길이 있음을 말이다.

'처음 보는데……, 왜 낯이 익지? 아니야, 아냐.'

정연은 자신도 모르게 고개를 젓고 있었다.

사춘각의 악사라는데 자신은 처음 보는 청년이다. 그런데

저 눈매는 왠지 처음인 것 같지가 않다.

 정연이 잠시 누군가를 떠올렸다가 곧 지웠다. 생김새가 어딘가 비슷하기는 했지만 자신이 기억하는 그 얼굴은 금방이라도 울음을 터뜨릴 것처럼 언제나 겁이 가득했다.

 담담해서 오히려 당당하게까지 느껴지는 저런 눈빛은 상상할 수도 없었다. 그리고 무엇보다 그 사람은 이미 죽지 않았던가? 해마다 그 무덤에 꽃을 갖다 놓은 게 벌써 10년째였다. 죽은 사람이 살아서 돌아왔을 리가 없질 않은가.

 그 사이 석도명은 마당 한가운데 자리를 잡고 앉아 능숙한 솜씨로 칠현금을 연주하기 시작했다. 눈을 가리지도, 굳이 소리의 기운을 끌어올리지도 않은 상태였다. 그럼에도 누구와 비교해도 손색이 없는 훌륭한 연주였다.

 제법 맑은 소리가 울려 퍼지는 가운데 석도명이 담담한 음성으로 노래 한 곡을 불렀다.

> 더벅머리 어린아이 낚시를 드리우고
> 이끼 낀 바위 옆에 풀로 몸을 가리고 앉았구나.
> 나그네가 저만치서 손 흔들며 길을 묻는데
> 행여 고기가 달아날까 대답을 않네.

> 蓬頭稚子學垂綸 側坐莓苔草映身
> 路人借問遙招手 怕得魚驚不應人

석도명이 생각보다 정교한 연주솜씨를 보이자 슬슬 입이 찢어지고 있던 우만호의 얼굴이 노래 가사를 들으면서 험하게 구겨졌다.

 '이런 우라질 놈. 이 자리가 코흘리개들 노는 자리더냐?'

 우만호는 기가 막혀 죽을 지경이었다.

 소헌부의 가주는 분명히 외지로 나가는 자신의 아들을 위해 음악을 들려달라고 청했다. 헌데 고작 생각해 낸 게 어린아이가 물고기를 잡는 노래라니!

 그런 생각은 우만호뿐이 아니었던 모양이다.

 "으허허, 초심을 듣자 했더니 초심 중에서도 으뜸이라는 동심(童心)일세."

 "이거 원……, 세대차이가 나서……."

 좌중에서 허탈한 웃음과 혀 차는 소리가 뒤섞여 들려왔다. 모두들 어이가 없기로는 한결같았던 것이다.

 "아씨, 사춘각 망신을 혼자 다 시키는구먼."

 "저런 걸 왜 데려와 가지고……."

 우만호 뒤에서 악사들이 한결같이 쑥덕거렸다.

 하지만 소헌부의 가주이자, 이 자리의 주인인 한지신은 오히려 옅은 웃음을 머금고 있었다.

 '젊은이의 치기(稚氣)인가? 아니야. 저 담담함은 뭐지?'

 한지신은 젊은 악사가 분위기를 몰라서 엉뚱한 곡을 연주했으리라고는 생각이 들지 않았다. 뭔가 다른 이유가 있을 것만 같았다.

"하하, 군더더기 없는 깔끔한 연주일세. 헌데 선곡(選曲)은 매우 기발하구먼. 이 곡에 담긴 뜻을 물어도 되겠는가?"

석도명이 칠현금을 들고 천천히 자리에서 일어섰다. 그리고는 한지신을 향해 한 차례 허리를 굽힌 뒤 칠현금을 허리 옆에 기대 세웠다.

언뜻 보기에는 한지신의 칭찬에 예를 표한 것 같았지만, 또 달리 보기에는 더 이상은 연주를 하지 않겠다는 뜻으로도 비쳤다.

"호영능(胡슈能)이 지은 '소아수조(小兒垂釣; 어린아이가 낚시를 하다)'라는 시에 제 사부님께서 직접 곡을 붙이신 노래입니다."

"호영능이라…… 그랬구먼."

한지신이 가볍게 고개를 끄덕였다. 소재가 가볍기는 했지만 그 안에 담긴 시정(詩情)이 꽤 담백하다 했더니 제법 이름이 알려진 옛 시인의 작품이었던 것이다.

석도명이 말을 이어나갔다.

"이 곡을 배울 때 사부님께서 제게 물으셨습니다. '너는 과연 누구의 마음으로 연주할 것이냐'고 하셨지요. 저도 아드님께 같은 말씀을 올리고 싶었습니다."

"허어, 누구의 마음이냐……."

한지신은 그 말에 문득 크게 깨달아지는 것이 있었다.

노래 속에서 아이는 물고기 잡는 일에 정신이 팔려 갈 길이 바쁜 나그네의 마음을 생각하지 못한다. 하지만 나그네 역시 길을 묻느라 아이가 물고기를 놓칠 것에는 관심이 없다.
　어디 그뿐이랴? 물속의 고기는 미끼에 홀려 물 밖에 있는 아이를 알기나 할까?
　따지고 보면 세상 자체가 그렇다. 남의 마음을 헤아리기보다는 자신이 보고 싶은 것만을 보고 살기에 바쁜 게 인생이다.
　임금이 천하를 위해 하는 일이 천하에 도움이 되지 않고, 관리가 백성을 위해서 하는 일이 백성을 돕지 못하는 게 따지고 보면 그런 이치가 아니던가 말이다.
　마치 대놓고 묻고 있는 것 같았다. '당신의 아들은 과연 누구의 마음으로 관직에 나갈 것이냐'고 말이다.
　그렇게 뜻을 새기니 이 노래야말로 고관대작들의 향락을 질타한 백거이의 가무보다 더 따가운 질책이었다.
　'허, 생긴 건 샌님인데.'
　한지신의 눈에는 그저 어린 악사로 얕잡아 봤던 석도명이 전혀 다른 사람으로 보였다.
　잠시 넋이 나간 듯했던 한지신이 서둘러 정신을 챙기며 다시 물었다.
　"허면, 자네는 지금 누구의 마음으로 연주를 한 겐가?"
　"……."
　석도명이 쉽게 입을 열지 못했다. 가슴에 담긴 것이 너무 무거웠기 때문이다.

"허어, 소헌부의 가주께서 묻지 않나? 어서 대답을 하게."

누군가가 석도명을 채근했다. 계속 해서 '마음' 운운하는 두 사람의 대화에 다른 사람들까지 은근한 호기심을 느끼고 있었던 것이다.

"저는 오늘 어린아이의 마음을 담고 싶었습니다."

"그 까닭을 물어도 되겠는가?"

석도명이 망설이다가 입을 열었다. 어쩌면 이 자리에는 전혀 어울리지 않는 이야기다. 그러나 여기에 있는 누군가에게는 꼭 들려주고 싶었다.

"제가 어렸을 때…… 한동안 물고기를 잡느라 혈안이 되어 있었습니다. 그때는 물고기를 많이 잡으면 누군가를 행복하게 해줄 수 있을 줄 알았지요. 하지만…… 그게 씻을 수 없는 오해를 불러오리라고는 꿈에도 알지 못했습니다. 마음을 다해서 하는 일이 오히려 마음에 상처로 남을 수도 있다는 걸 그때 배웠습니다. 철없는 아이의 마음을 헤아려 주는 게 어른의 몫이 아닐런지요."

"우하하! 옳거니, 백성의 마음을 헤아리는 게 바로 목민(牧民; 백성을 돌봄)이로고!"

한지신보다 형부상서 문직수가 먼저 석도명의 말을 받았다. 문직수 역시 느껴지는 바가 있었다.

"허허, 생긴 거와 달리 혀가 매서운 청년일세."

"그러게, 시퍼런 비수를 비단으로 둘둘 말아서 거침없이 찔러대는구먼."

"여보게들 원래 풍자(諷刺)가 찌를 자(刺)를 쓰지 않던가."

뒤이어 여기저기서 박수와 함께 탄성이 쏟아졌다. 글공부나 생각의 깊이가 남다른 선비들인 만큼 누가 먼저라고 할 것도 없이 거의 동시에 비슷한 생각을 떠올린 것이다.

갑자기 쏟아진 찬사에 석도명이 몸 둘 바를 모르겠다는 듯이 다시 한 번 허리를 숙이고는 자신의 자리로 돌아갔다.

그 와중에 한지신은 연신 고개를 끄덕이고 있었다.

석도명의 마지막 한 마디, '마음을 다해서 하는 일이 오히려 마음에 상처로 남을 수 있다'는 말이 또 다른 의미로 다가왔기 때문이다.

한지신은 자신의 집안에서 쉽게 풀지 못 하고 있는 어려운 문제를 떠올리며 속으로 긴 한숨을 내쉬었다.

'허어, 과연 나는 그 아이의 마음을 제대로 헤아리고 있는 걸까?'

한지신은 석도명과 이야기를 더 나눠보고 싶었다. 너는 누구고, 너를 가르친 네 사부는 어떤 사람이냐고.

하지만 지금은 한낱 어린 악사를 붙잡고 말을 늘어놓을 자리가 아니었다.

한지신은 스스로 이 자리의 주인임을 떠올리며 서둘러 정리에 나섰다.

"하하, 노래 한 곡에 참으로 많은 것을 담은 밤이었소. 이제 상을 내려야 할 것 같은데…… 설화 낭자가 상 받을 이를 골라 주겠소?"

한지신의 청을 받은 정연이 망설이지 않고 대답을 했다.

"저에게 물으신다면 저는 목민관(牧民官)의 길을 올곧게 일러 주신 소헌부의 노 악사를 추천하고 싶습니다."

"허허, 설화 낭자가 소헌부의 위신을 애써 살려주는구려. 그러면 소헌부의 악사에게는 낭자가 직접 수를 놓은 비단 손수건을 내려주시오. 흠, 아무래도 내 상은 사춘각으로 가야 서로 공평할 것 같은데……."

한지신이 잠시 말을 끊었다.

"나는 오늘 밤 저 청년을 행복하게 해주고 싶소이다."

한지신이 손을 들어 석도명을 가리켰다.

"푸하하, 저 녀석이 그예 자네 마음을 낚았구먼. 내가 약속한 은자 열 냥도 같이 가야겠지."

형부상서 문직수가 호탕하게 웃었다. 손님들이 하나같이 유쾌하게 웃으며 박수를 거들었다.

'어휴, 죽다가 살아난 기분이야.'

수석 악사 우만호가 고개를 절레절레 흔들었다. 결과가 좋았기에 망정이지 정말로 진땀나는 순간이었다. 술자리에서 사소한 말실수로 고관대작들의 기분을 거슬려 치도곤을 당하는 악사들이 어디 한둘이던가 말이다.

그 뒤에서는 2인자 심기전이 또 다른 의미로 고개를 젓고 있었다.

'망할 놈, 소경이 문고리를 덜컥 잡았구나. 어휴 은자 스무 냥이면······.'

어쨌거나 석도명이 정연과 어렵게 해후한 소헌부의 잔치는 그렇게 막을 내렸다.

    *   *   *

"하하, 선배 좋으시겠소."

"천하제일 기녀의 손길이 닿았으니 회춘(回春)하시겠구려."

"이놈들, 못하는 소리가 없구먼."

소헌부의 노 악사 천광수(千光修)는 후배들의 놀림에 얼굴이 붉어졌다. 50대 중반에 접어든 나이에 천하제일 기녀가 수놓은 비단 손수건이 다 무슨 소용이란 말인가? 공연히 놀림이나 받지 말이다.

"흐흐, 늙어도 남자는 남자 아니요?"

"그러게, 내가 달라는데도 끝내 안 내놓는 걸 보면 선배도 꿍꿍이가 있는 게지."

짓궂은 놀림이 이어지자 천광수가 주먹을 불끈 치켜들었다.

"한 대 맞으면 정신이 들겠냐?"

"야야, 노인네가 힘쓰는 것 좀 봐라."

"어이쿠, 무서워라."

후배들이 과장 섞인 몸짓으로 멀리 달아나자 천광수가 길게 한숨을 내쉬었다.

"하이고, 차라리 주려거든 은자 스무 냥을 주지. 이깟 걸 어따 써먹으라고……, 쯧."

그때 천광수의 뒤에서 누군가가 말을 걸었다.

"그 손수건 저한테 주시겠습니까? 은자 스무 냥을 드리지요."

상대의 얼굴을 확인한 천광수의 입에 웃음이 걸렸다.

"으허허, 은자 스무 냥이면 충분하지. 충분해."

제4장
악사(樂士)의
윤리(倫理)

 소헌부의 출장을 마치고 돌아온 다음날 오후 석도명은 우만호에게 따로 불려갔다.
 "어제는 수고 많았다. 흠잡을 곳 없는 좋은 연주를 하더구나."
 "아닙니다."
 우만호의 칭찬에 석도명은 가만히 고개를 숙였다.
 "내가 너를 왜 불렀는지 아느냐?"
 "……"
 석도명이 물끄러미 우만호를 바라봤다. 이유는 알 수 없지만 우만호의 말투를 들어 보니 자신이 뭔가 잘못을 한 것 같다는 느낌이 들었기 때문이다.

"네가 어디서 그런 훌륭한 솜씨를 익혔는지는 모르겠다만 처신하는 방법은 제대로 배우지 못한 것 같더구나."

"예……?"

"앞으로 손님 앞에 나설 때 이걸 잊지 말아라. 악사는 천한 신분이다."

"악사는…… 천하다. 그렇지요."

악사가 미천한 신분이라는 사실을 석도명이라고 모를 리가 없다. 헌데 이렇게 직접 불러들여 그 말을 다시 강조하는 건 대체 무슨 까닭이란 말인가?

석도명의 대답에서 마뜩찮은 기색을 느낀 우만호가 흐리게 웃었다.

"악사의 자부심을 버리라는 이야기가 아니다. 음악을 하는 자로서의 긍지가 있다면 마음껏 품어라. 하지만 가슴에 담고 밖으로 내보이지는 말라는 뜻이다. 그게 바로 직업을 가진 자의 윤리요 본분이라는 것이지."

"윤리와 본분이요?"

석도명은 우만호의 이야기를 어렴풋이 알 것도 같았다.

하지만 우만호의 이야기는 끝난 게 아니었다.

"우리의 본분은 손님에게 즐거움을 주는 것이다. 절대로 손님의 마음을 거슬러서는 안 되는 게야. 그러니까 손님이 너를 노리개로 생각한다면 너는 기꺼이 노리개가 되어야 한다는 뜻이다. 네 연주가 아무리 훌륭하다고 해도 무슨 이유에서든 손님 마음에 들지 않으면 소용이 없는 게야."

"……."

석도명이 고개를 끄덕였다. 연주가 훌륭해도 상대의 마음에 들지 않으면 소용이 없다는 말은 확실히 부정할 수 없는 것이었다.

"헌데 어젯밤에 말이다, 너는 이해할 수 없는 연주를 했어. 네놈이 뭔가 심오한 뜻을 담고 싶었는지는 모르겠다만 그 자리에서 대부분의 손님들이 한순간이나마 너 때문에 고개를 가로저었다. 소헌부의 가주께서 너그러이 웃어주지 않았다면 우리 모두가 낭패를 볼 수도 있었지. 네놈은 사춘각의 명예를 걸고 한 판의 도박을 벌인 거나 다름없는 짓을 한 게야."

"죄송합니다. 저는 마음을 떠난 것은 의미가 없다고 배웠습니다. 그걸 말하고 싶었는데……."

"됐다! 그래서 네놈 보고 잊지 말라는 거다. 악사가 천하다는 걸!"

"……."

석도명의 대꾸가 없는 가운데 우만호의 이야기가 계속됐다.

"어젯밤 손님이 대체 어떤 분들이냐? 그 귀하신 분들의 눈에 너는 그저 천한 악사일 뿐이었다. 그런 네게서 뭔가 가르침을 받고자 하는 사람이 그 자리에 있었겠더냐? 너는 아주 주제넘은 짓으로 어르신들의 심기를 어지럽힐 뻔했느니. 네 말마따나 음악에 마음을 싣고 싶다면 자신의 마음보다는 그걸 들어 주는 사람의 마음부터 먼저 헤아려야 하지 않겠더냐?"

"예……. 알겠습니다."

석도명은 가슴 속에서 뭔가가 치밀어 올랐지만 아무런 반박도 할 수 없었다.

세상이 악사를 천하게 보는 건 분명한 사실이다. 그런 생각이 설령 잘못 된 것이라고 해도 그 역시 자신이 받아들여야 할 여러 마음 가운데 하나였다.

'듣는 사람의 마음부터 헤아려야 한다.'

석도명은 우만호의 말을 속으로 곱씹었다. 우만호의 처세술이 비굴한 것 같으면서도 묘하게 설득력을 발휘하는 건 그 한마디 때문이었다.

그럼에도 악사가 스스로를 천하다고 낮추어 말하는 데 대한 반감만큼은 쉽게 지워지지 않았다.

석도명은 문득 유일소가 그렇게 미치도록 음악에 매달렸던 것도 어쩌면 이런 서글픈 현실을 넘어보려는 열망의 몸짓이 아니었을까 하는 생각이 들었다. 그리고 자신은 악사로서 어떤 길을 걷게 될지가 궁금해졌다.

곰곰이 생각에 빠진 석도명을 보면서 우만호는 자신의 뜻이 충분히 전달됐다고 믿었다.

우만호가 석도명에게 이제 그만 물러나라는 손짓을 했다. 그리고는 마지막에 뜻밖의 말을 덧붙였다.

"설화에게 가봐라. 너를 찾는구나."

그 한 마디에 석도명의 가슴이 심하게 요동을 치기 시작했다.

석도명이 정연을 만나기 위해 찾아간 곳은 옛날의 사춘각 건물이 아니라 호화롭게 꾸며 놓은 별원이었다.

도흥사괴의 난동으로 옛 처소가 안전하지 않다는 판단에 따라 정연의 의사와 상관없이 처소가 별원으로 옮겨졌기 때문이다. 고관대작들이 줄을 잇는 별원이라면 강호인이 쉽게 난입하지 못할 것이라는 계산에 따른 조치였다.

'혹시 나를 기억해 낸 걸까?'

석도명은 떨리는 가슴을 진정시키며 안으로 들어섰다.

아직 몸단장을 하지 않은 정연의 모습은 어젯밤 화려하고 농염했던 모습과는 다르게 물에 젖은 듯 청초했다.

어릴 때의 얼굴이 많이 떠올라 석도명은 하마터면 '누이, 반가워요'라고 말할 뻔했다.

"어서 와요. 이름이 석무라고 했던가요?"

"예."

"고향이 어딘가요?"

"여가허에서 왔습니다."

정연은 석도명에게 고향부터 물었다.

그러나 석도명은 고향을 밝힐 수 없었다. 정연이 뭔가를 짐작하고 있다는 게 느껴졌기 때문이다.

"여가허, 멀지 않은 곳이군요."

"예."

정연은 석도명의 얼굴에서 좀처럼 눈을 떼지 않았다.

헌데 석도명은 자신을 향한 정연의 표정에서 작은 설렘도, 실망도 읽지 못했다. 음성조차도 너무 담담해서 감정의 기복이 느껴지지 않았다.

"앞으로 자주 볼 수 있을지 모르겠지만 우리는 모두 사춘각의 식구라고 생각을 해요."

석도명이 여가허에서 왔다는 말에 더 이상의 흥미를 잃은 것일까? 정연은 얼른 화제를 돌렸다.

석도명은 '앞으로 자주 볼 수 있을지 모르겠다'는 말이 마음에 걸렸다.

그렇지 않아도 조금 전 우만호에게서 당분간 자숙(自肅)의 의미로 중요한 손님을 상대하는 자리에는 부르지 않겠다는 말을 들었다. 그건 정연과 함께 나설 일이 없다는 의미이기도 했다.

그 사실을 정연은 이미 알고 있는 것이리라.

"말씀 하십시오."

"네, 그래서 말인데 어제 일로 석 악사에게 하고 싶은 말이 있어서 보자고 했어요. 이제 이쪽 일을 막 시작했다고 하니 그 아까운 솜씨를 썩혀서는 안 되겠죠?"

"예……."

분명 정연의 어조는 부드러웠다. 그런데 석도명은 어딘가 모를 매정함을 먼저 느끼고 있었다.

"손님들 앞에서 두번 다시는 개인사를 입에 올리지 마세요. 석 악사가 어떤 괴로움을 안고 살아왔는지 세상은 그런 것에 관심이 없답니다. 지나간 넋두리를 하고 싶다면 자기 돈으로 술을 마시는 자리에서나 하라는 이야깁니다."

"제 이야기가…… 그렇게 거슬렸나요?"

석도명은 '당신은 그런 사람이 아니지 않았냐'고 묻고 싶었다. 어린 고아에게 따뜻한 손을 내밀어 주던 과거의 정연에게서는 상상도 할 수 없는 냉정한 말이었기 때문이다.

그러나 정연은 석도명의 흔들리는 눈빛에 아랑곳하지 않고 냉정하게 말을 이어갔다.

"화월촌에서 회자(膾炙)되는 격언이 있지요. '꽃은 마음을 베고, 바람은 혼을 앗아간다.' 화류(花柳)니 풍류(風流)니 말은 좋지만 이 세계는 잔인한 곳이에요. 잠깐의 즐거움을 위해 남의 지독한 고통에 눈을 감을 수 있어야 진정한 풍류에 눈을 뜬다고 하니까요."

"그렇군요."

석도명에게는 정연의 말 하나하나가 지독하기만 했다. 대체 누가 정연을 이렇게 매몰찬 여자로 바꿔 놓은 것일까?

그리고 왜 하필이면 자신에게 이런 모진 이야기를 늘어놓는다는 말인가?

"사춘각의 명예는 물론, 석 악사 본인을 위해서라도 손님들 앞에서 어제처럼 궁상을 떠는 일이 다시 있어서는 안 될 거예요. 어찌 그리 쉽게 가슴 속의 이야기를 꺼내는 건가요? 세상에 누구를 믿을 수 있다고……."

세상에 믿을 사람이 없다는 말이 다시 석도명의 가슴을 파고들었다. 정연이 저렇게 변한 게 왠지 자신 때문일 것 같다는 생각이 떠오른 것이다.

"명심…… 하겠습니다."

석도명은 아무 말도 할 수가 없었다. 그저 이 자리에서 벗어나고 싶은 괴로움뿐이었다.

정연도 더 이상 긴 이야기를 하지 않았다.

다만 물러나는 석도명을 향해 지나가듯 한 마디를 던졌다.

"내 말이 좀 심하게 들리겠지만 석 악사가 동생…… 뻘이기에 한 말이에요."

짧은 순간이었지만 석도명은 동생이라는 단어에서 정연의 음성이 가늘게 떨리고 있음을 느꼈다. 확실히 정연은 과거를 잊지 못하고 있는 것이다. 안타깝게 죽은 동생의 일도, 또 다른 누군가에게 배신을 당했다는 아픈 기억도 말이다.

마음이 어지러워서 석도명은 서둘러 정연의 방을 빠져 나왔다.

석도명은 알지 못했다. 자신이 물러나고 난 뒤 정연의 방에서 오래도록 한숨 소리가 새어나왔다는 사실을.

*   *   *

 두 사람이 술을 마시고 있다. 하나는 곰 같은 덩치에 우악스러운 얼굴을 가진 청년이고, 그 맞은편에 앉은 청년은 반대로 곱상하기 짝이 없는 얼굴이다.
 "잘 안 된 건가?"
 "으허허, 잘 안 됐냐고? 끝났네, 끝났어. 다시는 눈앞에 나타나지 말라네. 허허허!"
 곰 같은 청년이 울음소리에 가까운 허탈한 웃음을 쏟아냈다.
 "허참, 참지정사 대감의 아들이자, 스스로는 한림원 학사인 자네 같은 수재를 어찌 그리도 몰라준단 말인가?"
 "크흐흐, 그 소리가 나를 더 비참하게 하는구먼. 나란 놈이 싫다는데…… 그깟 가문이고 벼슬이 무슨 소용인가? 아니, 사랑이고, 진심이고 이렇게 생겨먹어서는 애초에 쓸데없다는 걸 진작 알았어야 했네. 으허허……."
 누구나 한 마디만 들으면 눈치를 챌 수 있는 상황이었다. 저 우락부락한 얼굴의 청년은 누군가에게 딱지를 맞은 것이다.
 '헐, 정말 민망한 자리로구나.'
 두 사람과는 저만치 떨어진 문간 자리에 석도명이 멀뚱멀뚱

앉아 있었다.

과연 그날의 면담 이후로 우만호는 석도명을 거나한 술자리에 들여보내는 법이 없었다. 악사 한두 명을 부르는 게 고작인 조촐한 술자리가 언제나 석도명의 차지였다.

오늘도 기녀가 필요 없다고 일찌감치 퇴짜를 놓은 자리에 혼자 불려 들어와 꿔다 놓은 보릿자루가 되어 있는 처지다.

연애상담에 골몰한 두 사내는 언제부턴가 연주도 시키지 않고 둘이서만 떠들고 있었다. 본의 아니게 남의 애정문제를 고스란히 듣고 있노라니 가시방석에 앉은 기분이었다.

지금 석도명을 곤혹스럽게 만들고 있는 두 청년은 사실 개봉에서는 제법 유명세를 타고 있는 인물이었다.

곰 같은 청년이 참지정사 순안중(舜安重)의 차남인 순차곤(舜嵯崑)이고, 곱상한 청년은 어사대부(御使大夫) 엄권식(嚴權殖)의 장남 엄무설(嚴武卨)이었다.

두 사람 모두 집안이 짱짱할 뿐 아니라, 본인들도 20대 초반에 성시를 통과해 한림원에 들어갈 정도로 글재주가 뛰어나 동년배들 사이에서는 나름 선망의 대상이었다.

다만, 불행히도 순차곤은 외모가 받쳐주지 않아 여인네들로부터는 따스한 눈길을 받지 못하는 경우였다.

잠깐의 침묵 끝에 엄무설이 망설이듯 입을 열었다.

"이런 말을 해도 되나 모르겠네만 자네와 함께한 지난 세월을 믿고 한 가지만 물어봄세."

"말하게."

"자네는 연리향(延梨香) 소저 어디가 그리도 좋은가? 솔직히 집안이 빠지는 건 둘째 치고, 얼굴도 그리 미인은 아니질 않은가? 쓸데없이 자존심만 강해 가지고…… 아무튼 그런 여자랑 살면 많이 피곤할 걸세."

"그런 말 마시게. 나는 그녀의 가난이 마음 아프고, 그녀의 수척한 얼굴에 가슴이 멍든다네. 그녀의 모든 것이 숨도 못 쉬게 좋은 걸 어쩌란 말인가? 그깟 조건 따위가 무슨 소용이라고."

"헐, 병이로군, 병이야.

"……"

순차곤이 괴로우니 더 묻지 말라는 듯 머리를 싸매 쥐었지만 엄무설은 또 질문을 던졌다.

"험, 험, 우리의 우정에 기대어 하나만 더 물어도 되겠나? 대체 오늘 연 소저에게 어떻게 한 건가?"

"하아, 자네는 우정의 힘을 너무 믿는 것 같네. 벗의 가슴이 이리도 아픈데, 그깟 호기심쯤 참아줄 수 없는가?"

"허어, 이 사람……. 내가 호기심 때문에 이러는 줄 아는가? 자넬 돕고 싶어서 그런 걸세. 험험."

돕고 싶다는 말이 효력을 발휘했는지, 순차곤이 잠시 망설이다가 주절주절 이야기를 늘어놓기 시작했다.

"그러니까, 자네도 알다시피 몇 차례 서찰을 보냈는데도 연 소저가 답이 없기에 내 오늘 무작정 집으로 찾아갔다네. 막아설 하인도 없으니 쉽게 대문 안으로 들어서긴 했네만……."

"험험, 그런데……?"

"글쎄 연 소저가 마당에서 직접 빨래를 하고 있더군. 날도 차가운데 그 고운 손으로 말일세. 하아, 연 소저가 고생을 하는 걸 보니 너무 마음이 아파서 그만……."

"그만?"

"무작정 달려가 덥석 손을 잡고 말았다네. 그리고 말했지. 나에게 오면 이깟 빨래는 하지 않아도 된다, 당신 인생 내가 책임진다고 말일세."

엄무설이 어이가 없다는 듯이 고개를 저었다.

"자네 혹시 뺨은 안 맞았는가?"

"헛, 자네가 어찌 그걸?"

"그런 상황이면 이 얼굴이라도 손바닥이 날아들었을 걸세."

"하아, 자네…… 이제 얼굴까지 거론하는가? 오늘따라 솔직함이 너무 과하네."

두 청년 사이에 다시 침묵이 찾아들었다.

심란하기는 석도명도 마찬가지였다.

'쩝, 보아하니 마음만은 진실한데 생긴 게 무서워서…….'

순차곤의 진심이 느껴지지 않는 것은 아니었다. 그러나 그의 우악스런 외모는 확실히 진심을 가리고도 남았다.

10년 동안 유일소에게 두드려 맞아가며 '보이는 것에 집착하지 말라'는 가르침을 받아온 자신이 이렇게 느낄 정도면 젊은 여인의 방심(芳心)이야 말해 무엇 하겠는가?
 그때 엄무설이 다시 순차곤에게 물었다.
 "자네는 여자의 마음을 너무 모르는구먼. 오늘 자네의 실수가 뭔지 아는가?"
 "글쎄."
 "그 첫째는 무대를 잘못 골랐네. 세상에 어느 여인이 자신의 궁벽한 삶을 사내에게 내보이고 싶겠나? 둘째는 표현이 서툴렀어. 빨래라니? 차라리 '내 아이를 낳아 달라'고 하는 게 더 낫겠네."
 "헛, 정말로 그 말을 했어야 했나?"
 순차곤이 혹하는 표정을 짓자 엄무설이 다급하게 손을 내저었다. 우직하기만 한 순차곤이라면 진짜 그렇게 할지도 모른다는 공포가 스쳐간 것이다.
 "아닐세, 아니야."
 "허면 뭘 어쩌라는 건가? 공연히 이랬다저랬다."
 "여자란 말일세, 낭만과 분위기라네. 다음에 연 소저를 만나려면 우선은 달이라도 뜬 그윽한 밤에, 달빛이 은은한 누각 같은 곳으로 불러내는 거야. 그리고 꽃 한 송이를 척 안기는 걸세. 그렇게 분위기를 잡아 놓고는 무심하게 읊조리는 거지……."

"뭐라고 말인가? 꿀꺽."

순차곤이 침을 삼키면서 바싹 다가앉았다.

엄무설이 고개를 한편으로 떨어뜨리면서 자못 수심에 찬 얼굴로 입을 열었다.

"'해는 이미 기울어 꽃은 연무 속에 있고(日色已盡花含煙), 달이 하얗게 밝아오니 근심에 잠이 오질 않는구나(月明欲素愁不眠)', 그리고 가벼운 한숨. 그쯤 되면 저쪽에서 묻겠지? '장부의 가슴에 무슨 근심이 그리 깊냐'고."

"그러면?"

"그때는 이렇게 답해야지. '부끄럽소이다. 우국(憂國)의 충정으로 채워도 부족할 진대, 이 가슴의 절반을 상사(相思)의 열병에 내어줬다오' 여기서 다시 또 침묵, 아주 괴로운 얼굴로. 자, 이쯤 되면 여자의 마음은 심하게 요동을 칠 수밖에 없다네. 그리고 이왕이면 이 대목에서……."

경험에서 우러나옴직한 충고를 거침없이 늘어놓던 엄무설이 무슨 이유에선지 잠시 말꼬리를 흐렸다.

엄무설은 문 앞에 앉아 고개를 숙이고 있는 석도명을 쳐다보고 있었다. 그때까지 석도명이 거기에 있다는 사실을 잊고 있다가 갑자기 발견한 듯한 얼굴이었다.

'헉, 왜 나를 보는 거지?'

엄무설의 따가운 시선을 받으면서 석도명은 알 수 없는 불길함에 사로잡혔다.

그것이 석도명을 엉뚱한 길로 이끌 또 다른 운명의 시작이었다.

*   *   *

다음날 저녁, 석도명은 개봉의 명소인 취선루(醉仙樓)로 출장길에 올랐다.

초짜가 출장 손님을 받았다고 좋아하던 우만호와 달리 칠현금을 짊어지고 걸어가는 석도명의 걸음은 별로 가볍지 못했다. 꼭 악기가 무거워서만은 아니었다.

지금 취선루에서는 그 곰 같은 순차곤이 문제의 연리향 소저를 기다리며 떨고 서 있을 터였다. 순차곤이 시를 읊으며 분위기를 잡는 자리에 낭만적인 음악이 필요하다는 건 순전히 엄무설의 발상이었다.

석도명은 바로 그 발상의 현장에 있었다는 죄로 낙점을 받은 것이다.

'에효, 사부님이 살아계셨으면 난리가 났을 텐데.'

엉뚱한 사랑놀이나 거들자고 음악을 배운 게 아니다. 사부처럼 평생을 죽자 사자 매달려도 끝이 안 보이는 음악인데 이런 일까지 해야 하는 건지 갑갑했다.

하지만, 정연에 대한 걱정 때문에 사춘각으로 달려간 건 자신의 선택이었다. 이제 와서 시답지 않은 일을 하고 싶지 않다고 꽁무니를 뺄 수는 없다.

석도명이 취선루에 도착해 보니 순차곤은 벌써 기다림에 지쳐 숨이 넘어가고 있었다.

"하아, 왔는가? 거기서…… 아니, 알아서 잘 해주게."

순차곤은 석도명에게 뭔가를 당부할 것 같더니 더 이상 말을 하지 않았다. 긴장이 지나친 탓이다.

중양절이 지난 지가 제법 됐는데 어디서 구했는지 순차곤의 손에는 노란 국화 한 송이가 들려 있었다.

산만한 덩치에 어울리지 않는 샛노란 국화를 보고 있노라니 석도명의 입가에는 미소가 떠올랐다.

'국화라…… 꽃이냐, 달이냐 그것이 문제로고.'

석도명이 누각 아래 바위 옆에 자리를 잡고 앉아 연주할 음악을 고르기 시작했다. 내켜서 하는 일은 아니지만, 최선을 다해야 하리라는 판단에서다.

얼핏 떠오르는 것이 '국화더미 두 차례 피니 지난날이 눈물겹다(叢菊兩開他日淚)'와 '둘이 달빛 받아서 눈물을 말리리라(雙照淚痕乾)'라는 가사였다. 각기 두보(杜甫)가 지은 '추흥(秋興)'과 '월야(月夜)'에 곡을 붙인 가곡의 한 구절이다.

추흥은 말 그대로 가을의 흥취를 노래한 곡이요, 월야는 먼 곳에 두고 온 부인을 그리워하는 내용이다.

어느 곡이든 지금의 상황에서 나쁘지 않다고 생각을 하면서도 석도명은 선뜻 선택을 하지 못했다.

잠깐의 고민 끝에 석도명이 그 이유를 생각해냈다.

'내 마음에 들지 않는 건 들을 사람의 마음을 모르니까.'

연리향이 어떤 여자인지 아무런 상(像)도 잡히지 않았다. 누구를 위해 어떻게 연주를 해야 할지가 절실하게 마음에 와 닿지 않았던 것이다.

석도명은 고민을 잠시 접기로 했다. 당사자들을 지켜보다가 마음에 떠오르는 곡을 연주하는 것이 가장 어울릴 것 같았다.

자박, 자박.

순차곤의 애타는 기다림, 석도명의 담담한 기다림을 끝내 줄 조용한 발자국 소리가 들려왔다.

연리향은 누각 아래서 잠시 망설이다 계단을 걸어 올라갔다.

'허, 완전히 얼음장이네.'

연리향의 얼굴을 본 석도명이 속으로 탄식을 내뱉었다.

창백한 달빛에 비친 탓일까? 연리향의 얼굴은 너무 차가워서 열에 들떠 있는 순차곤의 얼굴과는 대조를 이뤘다. 저런 얼굴이라면 세상 어느 남자가 앞에 있다고 해도 마음을 열어 줄 것 같지가 않았다.

누각 위를 올려다본 석도명이 가볍게 혀를 찼다. 어쩔 줄 모르는 기색만 봐도 순차곤의 얼굴이 벌겋게 달아올랐음을 눈치챌 수 있었다.

석도명은 문득 순차곤이 가여워졌다. 냉기가 풀풀 날리는 연리향에게 사내의 순정이 무슨 의미가 있더란 말인가?

"연 소저……, 이거……."

순차곤이 쑥스럽게 내민 국화를 연리향은 받아주지도 않았다. 무안하게 손을 내민 상태에서 순차곤이 교육 받은 대로 계속 입을 열었다.

"해, 해는 이미 기울어 꽃은 연무 속에 있고…… 달이 하얗게 밝아오니 근심에 잠이 오질 않는구나……."

"……."

그러나 연리향은 입도 뻥긋하지 않았다. 그저 차가운 눈길로 순차곤을 쏘아보기만 할 뿐이었다.

'쩝, 이래서야…….'

석도명이 어쩔 수 없다는 듯이 고개를 저었다. 한 여인에게 전해지지 않는 순차곤의 진심이 가련해서였다.

그리고 잠깐의 고민 끝에 석도명이 마음을 정했다.

'이런 식의 연주가 도움이 될지는 모르겠다만.'

석도명은 한 손으로 칠현금을 끌어당기면서, 다른 한 손을 품 안에 넣어 뭔가를 꺼내들었다. 소헌부의 노 악사 천광수에게 은자 스무 냥을 주고서 받아온 정연의 비단 손수건이다.

그것으로 두 눈을 가린 석도명이 서둘러 주악천인경을 끌어올렸다.

합생기지화(合生氣之和), 조화로운 기운이 모이리라!

석도명의 의념이 먼저 취선루로 올라가 연리향의 주변을 맴돌기 시작했다.

낮은 숨소리밖에 들리지 않았지만, 석도명은 희미하게 느낄 수 있었다. 자신을 꼭꼭 걸어 잠근 연리향의 싸늘한 마음을.

이윽고 칠현금의 일곱 줄 위로 석도명의 손가락이 움직였다. 그리고 어둠 속에서 칠현금 소리가 낭랑하게 울려 퍼졌다.

굳이 노래를 하지 않았지만 가사가 절로 석도명의 머리에 떠올랐다. 그리고 가사가 다시 마음이 되어 연주에 실렸다.

> 나른한 날 강산이 아름답고
> 봄바람에 화초 향기롭구나.
> 진흙이 녹으니 제비가 날고
> 모래가 따듯해 원앙새 잠든다.

> 遲日江山麗 春風花草香
> 泥融飛燕子 沙暖睡鴛鴦

역시 두보의 시에 곡을 붙인 작품이지만, 애초에 생각했던 가을밤의 정취나 달빛의 은은함과는 거리가 먼 노래였다.

꽁꽁 얼어붙은 연리향의 마음을 녹이기라도 할 생각이었을까? 석도명은 봄날의 따스한 풍경을 연주에 담고 있었다.

부드럽게 울려 퍼진 칠현금 소리가 누각 위로 날아가 연리향의 가녀린 어깨를 보듬기 시작했다. 마치 세상은 그렇게 차가운 게 아니라고 위로를 하는 듯이.

석도명의 연주는 그리 오래 가지 않았다. 곡 자체가 짧기도 했지만 길게 보여줘야 알 수 있는 게 진심은 아니라는 생각 때문이다.

칠현금 소리가 그친 뒤 누각 위에서는 침묵이 여전히 이어졌다. 석도명도, 순차곤도 전혀 눈치를 채지 못했지만 연리향의 가슴에는 한 가닥 바람이 불고 있었다.

'하아, 어디서 봄바람이 불어오는 것 같아.'

연리향은 빈궁한 삶을 내보이기 싫어서 스스로를 꽁꽁 감싸기만 했던 지난 세월이 그 바람에 녹아내리는 느낌이 들었다. 누군가에게 손을 내미는 것도, 또 누군가가 내밀어 준 손을 마주잡는 것도 두려워하던 그 세월이 말이다.

그리고 누군가가 옆에서 나지막이 속삭이는 것 같았다. 세상은 차갑기만 한 게 아니라고, 조금은 마음을 열어보라고.

연리향의 눈가가 촉촉이 젖어들었다. 왠지 모르게 서글픈 눈물이 북받쳐 올랐다. 하지만 그것은 차라리 후련하기까지 한 서글픔이었다.

연리향이 눈을 들어 순차곤의 옆모습을 올려다봤다.

마음이 녹아서일까? 저 험상궂은 얼굴의 사내가 가늘게 떨고 있는 게 이제는 보였다.

"하아……."

마침내 어색한 침묵을 깨고 연리향이 낮게 한숨을 내쉬었다.

"당신은, 당신은…… 정녕 나를 이렇게 희롱하시려는 건가요?"

말은 원망이었지만 연리향의 음성은 누구라도 알 수 있게 흔들리고 있었다.

"어찌 그런 말을……. 나는…… 생각조차 할 수 없다오. 그대 앞에만 서면…… 내 혼백이 아예 스러지는 기분이오."

"제가 부족한 여자라고 해도…… 그런 달콤한 말에 흔들리지는 않아요."

"하아, 나는…… 내가 너무 부족해서 어쩔 줄 모르겠는데, 소저는 어찌……."

누각 위에서 떠듬떠듬 이어지는 대화를 들으며 석도명은 조용히 일어섰다.

'후, 생각보다 여리고 따듯한 아가씨였어.'

얼음은 녹았다. 서툴지만 진솔한 순차곤의 마음이면 충분하지 않을까? 그 마음마저도 통하지 않는다면 두 사람은 결국 인연이 아닐 테지만 말이다.

*   *   *

취선루 출장이 일찍 끝난 덕분에 석도명은 다른 날보다는 많이 이른 시간에 집으로 돌아왔다.

두 청춘 남녀의 만남을 접하고 온 탓인지 석도명은 마음이 쉽게 진정되지 않아 마당을 서성였다. 그 손에 들린 것은 볼품 없는 목검 한 자루였다.

"후우……."

석도명이 숨을 고르면서 목검을 들어올렸다. 태산압정 일만 번을 휘두르기 위함이다.

'벌써 스무 날이 넘게 지나갔군. 이러다 석 달도 금방 가겠어.'

유일소의 칼에 찔린 상처가 아물기를 기다리고, 또 사춘각에 일자리를 구하고 하다 보니 제대로 검을 연습한 날이 많지 않았다. 단호경과 약속한 3개월의 시한은 성큼 성큼 다가오고 있는데 말이다.

석도명이 사부의 유지를 받들기 위해 개봉으로 간다고 했을 때 단호경은 입에 거품을 물었었다.

"뭐 임마, 어딜 간다고? 이러다 멀리 튀려는 거 아냐?"
"하아, 나는 말입니다. 형제를 버리는 짓은 하지 않아요. 믿으세요."
"야 이놈아! 형제고 나발이고 네놈이 빨리 검을 익혀서 내 칼 소리를 들어 줘야 하잖아. 근데 가 버리면 나는, 나는 어쩌라고?"
"나한테는 먼 거리지만 경신술을 쓰면 한 시진이면 된다고 들었습니다. 필요하면 아무 때나 찾아오면 되겠지요."
"오냐! 내가 시도 때도 없이 찾아가서 봐주마. 너…… 검술실력이 제대로 늘지 않으면 맞아 죽을 각오를 해라.

응?"

 그렇게 해서 타협을 한 것이 3개월 안에 태산압정 일만 번을 무리 없이 휘두를 수 있을 정도로 실력을 기르겠다는 약속이었다. 시도 때도 없이 찾아오겠다던 단호경은 그 약속에 따라 3개월 후에 개봉에 나타나겠다며 한 걸음 물러섰다.
 석도명이 단호경에 대한 생각을 털어내며 검을 내리치기 시작했다.
 한 번, 두 번, 세 번······.
 얼마나 시간이 흘렀을까, 석도명은 숫자를 세는 것을 잊고 말았다. 팔이 떨어질 것처럼 아팠지만 이를 악물고 휘두르고 휘두르기만을 반복했다.
 칼로 찌르는 것처럼 아프던 두 팔에 점점 감각이 사라지면서 숨이 턱까지 차올랐다.
 "허억······."
 석도명이 가쁜 숨을 몰아쉬면서 털썩 주저앉았다.
 "만, 만 번을 했나?"
 삼천 번까지는 어렴풋이 숫자를 센 기억이 있지만 그 뒤로는 몇 번을 더 휘둘렀는지 알 수가 없었다.
 달이 제법 기울어진 것을 보니 시간이 꽤 흘렀을 테고, 무의식중에 가까스로 일만 번을 채웠을지도 모를 일이다.
 하지만 단호경과 약속한 일만 번은 이런 게 아니었다. 일정

한 속도, 고른 호흡으로 일만 번을 채워야 했다. 지금처럼 의식을 놓지 않고서 말이다.

"만 번은 개뿔! 그런 미친 놈 칼부림에 누가 상이라도 준다더냐?"

언제 나타났는지 염장한이 마당 한구석에서 어슬렁거리며 걸어왔다.

"헉헉, 상은 아니고 목숨을, 목숨을 살려주지요."

매사에 능글맞은 염장한에게 어느새 물이 들고 있는 건지 석도명이 거친 숨을 제대로 다스리지도 못하면서 기어이 말대꾸를 했다.

"힝, 너 정말로 그 짓을 일만 번씩이나 해야 하는 거냐?"

염장한이 석도명 앞에 마주 앉아 얼굴을 바싹 들이댔다.

그 모습을 보면서 석도명은 엉뚱한 생각이 먼저 떠올랐다.

'헐, 얼굴은 더 까맣게 보이는데, 이빨만 누렇구나. 달빛도 참.'

오종종한 얼굴에 피부가 까무잡잡해서 당최 볼품이 없는 염장한이다. 헌데 달빛이 무슨 조화를 부렸는지 얼굴은 어둠 속에서 더욱 시커먼데 유독 누런 이빨만 반짝거렸다.

"이놈아, 눈깔 그만 굴리고 대답이나 해봐. 이 짓을 왜 하는데?"

"쩝, 그게 말입니다."

석도명은 어디서 어디까지를 털어놓을지를 고민하며 입을

뗐다. 한집에서 사는 처지에 염장한에게 무공수련을 마냥 감출 수만도 없는 일이었다.

석도명은 단호경을 만난 구체적인 사연, 그러니까 사부의 지시로 눈을 가리고 다닌 일과 대장간에서 소리를 듣고 검을 가려낸 따위의 일들이 생략된 두루뭉술한 이야기만 털어놓았다.

"흠, 네 의제한테서 가전의 무공을 배우고 있는데 기초를 다져야 한다. 그런데 의제가 성격이 거칠어서 약속을 못 지키면 사단이 날 거 같다. 끌끌."

"예, 말하자면 그렇지요."

"흥, 해운관의 무공을 가르쳐주겠다고 할 때는 팔이 아프다고 그렇게 사양을 하더니 혼자서 달밤에 헛짓을 해대는 데는 그런 꿍꿍이가 있었구먼. 너, 사람은 차별해도 되는데 무공은 차별하지 마라."

"아니, 그건 또 조만간에 배우려고 했지요. 어쨌든 수업료는 선납을 했잖아요."

"푸흐흐, 그건 그렇지. 크크크."

염장한은 뭐가 그리 좋은지 한참을 혼자 키득거렸다. 그러다 갑자기 웃음을 멈추더니 벌떡 일어나 석도명을 등지고 섰다. 그리고는 뜬금없이 물었다.

"네가 닦고 있는 그 무공에 대해 내가 한 마디 해도 되겠더냐?"

"예, 뭐든지요."

석도명이 호기심을 이기지 못하고 대답했다.

염장한은 뒷짐을 진 채로 먼 하늘을 바라보며 천천히 입을 열었다. 그 뒤태가 하도 허허로워서 석도명은 묘하게 끌려드는 기분이었다.

"충심으로 하는 말인데 그런 무공…… 익히지 말거라."

"예? 무슨 까닭으로 그러시는지요?"

석도명은 염장한의 단호한 어조에 가벼운 충격을 느꼈다. 이 노인이 언제 이런 식의 화법을 구사했던가 말이다.

염장한이 가볍게 한숨을 내쉬더니 뭔가 작심이라도 한 듯 무거운 음성을 뱉어냈다.

"첫째는 말이다. 제 손발도 가누지 못하는 놈이 신외지물(身外之物)을 들고 설치는 법이 아니다. 무공의 시작은 육신(肉身)이요, 완성도 육신에 있는 법. 기지도 못하는 놈이 병장기의 날카로움에 의지해 냅다 뛰려고 드니 뭐가 되겠느냐?"

"무공의 시작과 완성이…… 육신이다."

"그렇지. 그리고 둘째, 무공 수련은 세심하고 치밀해야 한다. 덥석 구결 몇 자 주워듣고, 시범 몇 번 본 걸 무작정 따라하는 건 자칫 큰 위험이 될 수도 있는 법. 자고로 좋은 스승 없이 고수가 되는 놈이 없는 까닭은 그 때문이다. 좋은 스승이란 옷을 입은 듯, 대기를 호흡하는 듯 언제나 가까이 있어야 하는 거지."

"아, 좋은 스승."

석도명이 연거푸 고개를 끄덕여댔다.

"그리고 마지막으로, 사실은 이게 제일 중요한 이유인데……."

"꿀꺽."

석도명이 저도 모르게 마른침을 삼켰다. 염장한이 말꼬리를 흐리자 슬쩍 긴장이 된 것이다.

"그러니까 지금 네가 익히는 그 무공은 말이다. 아무래도…… 내가 보기에는……험험, 건강에 안 좋다 이거지."

"예? 건강에 안 좋다면?"

석도명이 아무리 무공 초보라지만 언뜻 이해가 되지 않는 이야기였다. 강한 무공과 약한 무공을 따진다는 이야기는 들어 봤어도, 건강에 좋은 무공과 나쁜 무공이 있다는 건 금시초문이었다.

"그런 식으로 몸을 혹사시키면 곤란하다 이 말이다. 무공이란 자고로 건강을 해치지 않는 범위 내에서 살살 해야지. 몸 버리고 무공만 높아지면 뭐하겠냐?"

내리 좋은 말만 늘어놓던 염장한의 마지막 말은 생각하면 할수록 이상하기만 했다. 석도명의 생각을 눈치챘는지 염장한이 눈을 흘기며 돌아섰다.

"왜? 건강과 무공이 따로 가는 줄 알았더냐? 만수무강(萬隨武康)이라. 만사에 무공과 건강이 함께 따라야 한다는 게다."

"글쎄요. 만수무강(萬壽無疆)은 들어 봤어도 그런 말은……."

한 번 의심이 일자 석도명의 가슴 속에서 의혹이 꼬리를 물고 일어났다. 영 개운치 못한 석도명의 얼굴을 향해 염장한이 콧방귀를 날렸다.

"흥, 네가 알기는 하느냐? 이 해운관이 소림이나 화산처럼 요란을 떨지 않으면서도 장장 300년을 한결같이 버텨온 비결이 뭔지 말이다."

"……."

"그건 말이야. 대대로 몸에 해로운 건 절대로 하지 않았다 이거지. 우리 해운관은 그런 문파가 아니거든. 근골을 해쳐가면서 무리하게 무공을 익히지 않는다고. 물론 위험한 시비나 비무에 휘말리는 일도 항상 피해야 하고 말이다. 푸헤헤!"

염장한의 말투가 갑자기 평소로 되돌아갔.

염장한에 대한 석도명의 생각 역시 빠르게 제자리를 찾아갔다.

'헐, 내가 너무 잘 속는 건가?'

석도명은 남의 말을 항상 진지하게만 받아들이는 것 같아 못내 입맛이 썼다.

그러나 염장한은 밑천이 다 드러난 이야기를 끝낼 생각이 없는 모양이었다.

"흐흐, 말이 나온 김에 내가 해운관의 무공을 가르쳐주마. 해운관의 무공은 뭐가 좋은가 하면, 우선 손에 익지 않은 무기를 휘두르지 않고 간편하게 손발을 쓴다 이거야. 딴 건 몰라도 일단 칼 값이 따로 안 드니 얼마나 경제적이냐? 게다가 무리한 짓은 절대로 시키지 않으니 건강에 좋지, 무엇보다 좋은 사부가 이렇게 바짝 붙어있으니 무공을 익히다 사고를 칠 염려도 없어요."

"예, 배울게요, 나중에 배운다고 했잖아요."

석도명이 도리질을 하며 자리에서 일어섰다.

석도명이 자신의 방을 향해 걸어가자 염장한이 다급하게 따라 붙으며 열변을 늘어놓기 시작했다.

"야야, 너 이러는 거 아니다. 수업료를 냈으면 무공을 배워야지. 나를 공돈이나 챙겨 먹는 몰염치한 사람으로 만들 작정이냐? 나 그런 사람 아니거든. 내가 가르칠 무공이 뭔지나 알고 이러는 거냐? 너 후회한다. 역사와 전통을 자랑하는 해운관의 삼합권(三合拳)은 보통 무공이 아니거든."

석도명의 몸이 집 안으로 사라진 뒤에도 염장한의 목소리는 멈추지 않았다. 그 질긴 음성이 달이 기울어가는 어두운 밤하늘을 향해 꼬리를 물고 이어졌다.

"삼합이 뭔고 하니 말이다…… 삼합은 글쎄 그런 게 아니야……"

제5장
상당문(尙堂門)을 부르다

사춘각 안채에 네 사람이 앉아 있다. 뭐가 잘 안 풀리는지 하나같이 심각한 얼굴들이다.

"대체 풍화장은 무슨 생각으로 이러는 겁니까?"

사춘각의 젊은 주인 도강훈(陶剛勳)이 지배인 구진서를 향해 근심과 짜증이 섞인 음성으로 물었다.

도흥사괴가 쳐들어와 설화를 내놓으라며 난동을 부리고, 경비무사 여덟 명의 목숨을 앗아간 게 벌써 달포 전의 일이다. 서둘러 풍화장에 도움을 청했지만 하급 무사 열 명을 보내주고는 지금까지 아무런 움직임이 없었다.

"그쪽도 사정이 있다고 하니……."

"하아……, 그러면 우리는 이제 어찌 해야 한답니까?"

도강훈의 거듭된 질문에 구진서는 대답이 궁했다.

두 차례나 풍화장을 직접 찾아갔지만 번번이 허탕을 치고 돌아왔다.

풍화장의 장주 풍거열(豊巨烈)이나 총관 한지엽(韓志燁)이라면 수십 년을 알고 지냈으니 언제고 만날 수 있는 사람들이었다. 헌데 아무도 만날 수가 없었다. 중요한 일로 장주와 대부분의 고수들이 멀리 나가 있다는 설명뿐이었다.

구진서는 풍거열이 돌아와 이 사태를 얼른 해결해 줬으면 하는 바람밖에 없었다.

"어떻게든 풍 장주가 돌아올 때까지 시간을 끌어야 하지 않겠습니까?"

"허어, 언제 돌아올지도 모른다면서요? 지배인은 참으로 여유로우십니다."

도씨 가문의 총관인 오저림(吳低臨)이 마뜩치 않은 기색으로 끼어들었다.

오저림의 참견에 마음이 편치 않기는 구진서도 마찬가지였다.

지금의 가주가 열 살 때 부친을 잃은 뒤로 12년 동안 구진서는 혼자 사춘각을 꾸려왔다.

헌데 어린 가주의 글 선생으로 들어왔다가 총관으로 눌러앉은 오저림이 근래 들어 자꾸만 사춘각의 경영에 간섭을 하려

들었다. 그 바람에 두 사람의 사이에는 은근히 날이 서 있는 상태였다.

"여유를 부리자는 게 아니지요. 사춘각과 풍화장의 인연은 4대를 거슬러 올라갑니다. 그쪽도 뭔가 사정이 있다는데 이만한 일로 신의를 저버릴 수는 없지 않겠습니까?"

"허허, 신의는 풍화장에서 먼저 버린 게 아니던가요? 여기는 십여 명이 죽어 나가는 비상사태를 맞고 있는데 풍화장은 도움도 안 되는 하급 무사만 보내지 않았소이까? 이러다가 도흥사괴가 다시 쳐들어오면 누가 막을 거요? 그동안 협찬금은 한 번도 안 빼먹고 또박 또박 챙겨가더니 우리한테 이래도 되는 겁니까? 사춘각에서 손을 뗄 생각이 아니라면 이럴 수는 없소이다!"

"글쎄, 그러면 우리가 먼저 풍화장과 관계를 끊자는 말이오?"

"험……."

구진서의 물음에 오저림도 딱히 답을 하지 못했다. 무림 문파와의 관계란 쉽게 정리할 수 있는 게 아니기 때문이다.

방 안에 어색한 침묵이 감돌았다. 누군가가 그 침묵을 깨고 나섰다.

"제가 한 말씀 올려도 되겠습니까?"

한쪽에 앉아 사람들의 이야기를 듣고만 있던 설화, 아니 정연이었다.

도강훈과 구진서, 오저림이 일제히 고개를 끄덕였다.

"제 생각으로는 강호인들이 얽혀 있는 일이니 저희가 섣불리 나설 수 있는 상황은 아닌 듯합니다. 불안하기는 하지만 풍화장의 속사정이 확인될 때까지 기다릴 수밖에 없지 않겠습니까? 풍화장과 도흥사괴가 서로를 모르지 않는데 이런 일이 벌어진 배경에는 우리가 알 수 없는 무슨 이유가 있겠지요. 강호의 사정은 강호에서 풀리는 법입니다."

"강호의 사정이라……."

구진서가 신음에 가까운 음성으로 중얼거렸다.

과연 정연의 한 마디는 현재 상황의 본질을 꿰고 있었다. 알 수 없는 어떤 일이 벌어지고 있는데 그 해법 역시 자신들이 찾을 수 있는 것은 아니었다.

"기다리는 건 어려운 일이 아니지만 그동안 도흥사괴는 어찌하란 말이오?"

도강훈이 걱정스러운 얼굴로 정연을 바라봤다.

당장이라도 도흥사괴가 정연을 노리고 나타난다면 막아줄 사람이 없었다.

사춘각의 경비무사 가운데 가장 뛰어난 당환지조차도 도흥사괴에게는 일초지적(一招之敵)밖에 되지 않았다. 그나마도 지난 번 일로 어깨를 다쳐 몸을 제대로 쓸 수 없는 처지다.

"관부와 척을 질 생각이 아니라면 제가 머물고 있는 별원에 함부로 난입을 하지는 못할 거예요. 또 도흥사괴가 고수라고는 하지만 강호에는 그보다 더한 고수들이 셀 수도 없이 많다고 들었습니다. 그중 누군가를 초청해서 당분간 도움을 구하는 방법도 있을 테고요. 당장 상당문에서 나서겠다고 저러고 있지 않은가요?"

"아, 상당문······."

지배인 구진서와 총관 오저림의 입에서 같은 말이 흘러나왔다.

두 사람 모두 같은 생각을 떠올렸기 때문이다. 이 자리에 정연이 나와 있는 이유를 말이다.

"후, 말이 나왔으니 상당문의 일부터 의논을 해야겠습니다."

가주의 말에 구진서는 가슴이 답답해졌다.

'잘못 맺은 일은 그 결과가 평생을 간다고 하더니······.'

구진서나 정연의 입장에서 상당문은 상종을 하고 싶지 않은 문파다. 10년 전 정연을 납치하려고 했던 복면인이 상당문의 무공을 썼다고 했기 때문이다.

헌데 공교롭게도 도흉사괴가 나타나 난동을 피우던 날 도움을 준 고수들이 하필이면 상당문 사람들이었다. 구진서는 고마운 마음과 의심이 뒤섞여 상당문의 반응을 조용히 기다리고 있었다.

상당문은 한 달 동안이나 아무 내색을 않더니 결국 며칠 전에 서찰 한 통을 보내왔다.

상당문 문주 막대걸의 이름으로 날아온 서찰은 짧았다. 그러나 난처했다.

> 그간 본문(本門)에 보여준 후의(厚意)와 관심에 감사를 드리오.
> 본문 내부에 경사가 있어 조만간 조촐하지만 중요한 잔치를 갖게 되었소이다.
> 청컨대 천하일색 설화 낭자가 그 기쁜 자리를 빛내 주었으면 하는 소망이외다. 모쪼록 분문과 사춘각의 정리를 깊이 생각해 주기 바라오.

간단히 말해서 '술 한잔 하고 싶으니 설화를 상당문으로 보내라. 도움을 줬으면 그 정도 성의표시는 해야 되지 않겠냐?' 그런 뜻이었다.

사춘각의 입장에서는 거절도, 수락도 하기가 어려웠다. 거절하자니 은혜를 모른다는 평판이 따르겠고, 받아들이자니 상당문에 가서 정연이 어떤 수모를 당할지 알 수 없는 일이었다.

더구나 상당문에 대한 세간의 평가가 어떻던가?

일반 백성들에게 심한 패악질을 하지 않아서 최소한 정사지간은 된다는 평판이지만 문주 막대걸을 비롯해서 주요 인사들의 면면이 지저분하기로 악명이 높았다.

특히 막대걸의 세 아들은 상당문 소유의 기루와 주점에서 일하는 기녀들 가운데 건드리지 않은 계집이 없음을 자랑으로 알고 산다고 했다.

10년 전 사고가 났을 때 당환지는 복면인이 막대걸의 세 아들 가운데 한 놈일 거라고 확신을 했을 정도였다.
  그런 곳에 어떻게 정연을 보내겠는가 말이다.
  '좋은 게 좋은 게 아니었어.'
  정연을 바라보면서 구진서는 스스로를 책망했다.
  10년 전의 사건을 조용히 덮자고 한 사람이 바로 자신이었다. 물증도 없고, 상대가 누군지도 모르는데 상당문에 달려가 항의를 하는 게 무리라고 판단했기 때문이다.
  그 일로 주방보조 장아삼과 어린 석도명이 죽기는 했지만 그거야 제 놈들이 정연을 꾀어냈다가 죄 값을 받은 것이라고 생각했다.
  어쨌거나 정연이 무사히 돌아왔으니 일을 더 키우고 싶지 않았던 것이다. 헌데 오늘에 와서 상당문과 다시 엮이게 될 줄이야! 그것도 정연을 두고서 말이다.
  다들 난감한 얼굴로 앉아 있는 가운데 구진서가 입을 열었다.
  "저는 그 자리에 설화를 보내서는 안 된다고 생각합니다. 절대로."
  "허면 구 지배인은 어쩌자는 게요?"
  구진서의 마음을 모르지 않는 도강훈이 착잡한 얼굴로 물었다.
  "상당문에 다른 선물을 보내 사의(謝意)를 표시하는 걸로 하고 이번 일은 거절해야지요."

현실적인 대안이었다. 상당문과 영원히 거리를 두고 살겠다는 의지가 확고한 상황에서는 말이다.

그러나 총관 오저림은 마뜩찮은 기색이 역력했다. 그런데 반대의 목소리는 엉뚱한 곳에서 들려왔다.

"저는 그렇게 생각하지 않아요."

정연의 단호한 음성이었다.

모두들 놀란 표정을 지으며 정연의 다음 말을 기다렸다. 구진서가 정연을 생각해서 상당문의 청을 거절하자고 했음이 분명한데도 그 의견을 당사자가 반대를 한 것은 또 다른 이유가 있으리라는 생각에서다.

과연 정연의 말이 바로 이어졌다. 이 자리에 참석하기 전에 마음을 정해둔 바가 있는 모양이었다.

"그렇게 피할 수도 있겠죠. 하지만 결국에는 저와 사춘각에 대해 안 좋은 소문이 날 겁니다. 아마도 우리가 상당문의 자존심에 상처를 입혔다는 식의 이야기가 되겠지요."

"그 정도는 감수해야 하는 거 아닌가?"

구진서는 사춘각의 성장에 버팀목이 돼 준 정연을 위해서 얼마간의 부담은 무릅써야 한다고 믿었다.

그러나 정연의 반응은 이번에도 구진서의 생각과는 달랐다.

"자존심을 다치는 건 그들만이 아니에요. 사람들은 제가 무서워서 피했다고 할 겁니다. 십대문파도 아닌 고작 상당문을 말입니다. 그게 천하제일의 기녀가 들을 소리입니까?"

 마지막 말이 너무 차가워서 구진서는 자신도 모르게 정연의 얼굴을 다시 쳐다봤다. 자신이 데려다 가르치고 키운 그 소녀가 정말 이 아이란 말인가 하는 생각이 떠올랐다.

 '허어, 변해야 한다고 가르쳤지만 이렇게까지 변할 줄이야.'

 구진서가 마음을 채 다스리기도 전에 총관 오저림이 묘한 미소를 지으며 입을 열었다.

 "그러면 설화는 상당문에 갈 생각이구먼."

 정연이 단호하게 고개를 저었다.

 "저는 절대 상당문에 가지 않을 겁니다. 그들이 사춘각으로 와야지요."

 "허어."

 누구라고 할 것도 없이 여러 사람의 입에서 같은 탄성이 흘러나왔다.

 정연의 말은 무모하다 못해 도발적이기까지 했다. '보고 싶으면 네가 와라' 그런 의미가 담겨 있음을 상당문 사람들이라고 어찌 모르겠는가?

 "그게 가능할 거라고 보느냐? 명색이 한 문파의 수장인데 먼저 기녀를 불러놓고 제 발로 걸어오는 꼴은 참지 못할 게다."

 구진서는 못내 걱정스러웠다. 정연의 자존심을 모르는 바

아니지만, 이렇게 상대를 자극해서는 안 될 일이었다.

주변의 우려 섞인 눈길과 달리 정연은 조금의 흔들림도 보이지 않았다.

"바람막이를 내세워야지요. 사춘각이 풍화장의 보호 아래 있다는 건 세상이 다 아는 사실입니다. 그러니 다른 문파에서 마음대로 오라 가라를 할 수는 없지요. 상당문에 이렇게 전하면 될 겁니다. 풍화장의 허락 없이 마음대로 갈 수가 없으니 사춘각으로 모시겠다. 모든 준비는 우리에게 맡기고 그저 몸만 오시라. 아니면 풍 장주가 돌아와 허락을 내릴 때까지 기다리시든가."

"글쎄, 우리가 오히려 풍화장을 핑계 삼아 자신들을 모욕한다고 더 기분 나빠하지는 않을까?"

"아니요, 저는 저들이 좋아라하며 달려오지 않을까 생각합니다."

"무슨 근거로 그런 생각을 하느냐?"

정연의 당당한 태도에도 불구하고 구진서는 쉽게 불안감을 떨칠 수 없었다.

"최근의 상황은 여러 가지로 공교로움이 지나칩니다. 풍화장의 사정이 여의치 못한 점을 마치 알고 있었던 것처럼 때맞춰 도흉사괴가 사고를 친 것도 그렇거니와, 하필 그 시간에 상당문의 고수들이 사춘각에 진을 치고 있었던 건 아무래도 석연치가 않습니다. 상당문이 이번 일로 뭔가를 노리고 있다면 저 하나를 희롱하는 게 아니라 사춘각 자체를 표적으로 삼았을 가능성이 큽니다. 고작 자존심 때문에 사춘각에 오지 못하겠다면 큰 욕심이 없다는 뜻이니 오히려 다행이겠지요."

좌중의 사람들이 하나같이 고개를 끄덕였다. 상황을 제대로 통찰한 의견이었기 때문이다.

"그렇다면 상당문을 불러들이는 게 너무 위험한 일이 아닌가?"

가주 도강훈의 근심스런 질문에 정연은 이번에도 차분하게 설명을 이어갔다.

"위험을 자초하고 말고가 아니지요. 저들이 달리 마음먹은 게 있다면 우리 힘으로는 어쩔 수 없는 일입니다. 차라리 하루라도 빨리 상황을 타진해 보고 대책을 세워야지요. 상당문의 속셈이 확실히 드러난 다음에도 풍화장이 지금처럼 도움을 주지 않는다면 그때는 정말로 결단을 내려야겠지요."

"허, 우리 손으로 어서 뚜껑을 열어보고 위험에 대처하자는 거로군. 전적으로 공감일세."

오저림이 탄성과 함께 고개를 깊이 끄덕였다.

"구 지배인은 어찌 생각하시오?"

오저림이 설마 반대를 하겠냐는 표정으로 물었다.

구진서 역시 고개를 끄덕일 수밖에 없었다.

풍화장과의 옛 정리를 사춘각 식구들의 행복과 안전에 비교할 수는 없는 것이다. 바람이 불기 전에 스스로 대책을 찾아야 한다는 정연의 말은 대담하지만, 옳은 것이었다.

상당문에 대한 문제는 그것으로 결론이 내려졌다.

그러나 구진서는 내내 얼굴을 펴지 못했다. 상당문을 끌어들인 다음의 일이 두려웠기 때문이다. 내로라하는 고관대작들을 쥐락펴락하는 정연이지만 이번 상대는 예측불허의 무림인이다.

'허, 왜 저렇게 날이 서 있는 걸까?'

구진서의 눈에는 웬일인지 요즘 들어 정연이 스스로를 더욱 모질게 몰아가는 것 같았다. 정연의 심경에 대체 무슨 바람이 일고 있는 건지 불안스러워 견딜 수가 없었다.

*   *   *

"바람이 기운이다. 하늘의 소리를 하나로 한다. 지나갔으나 끊이지 않고, 오고 있으나 알지 못한다……. 마음과 뜻과 기를 합해야…… 아니지, 이게 아니지."

석도명이 출근을 위해 사춘각으로 들어서고 있다.

헌데 무슨 생각에 빠졌는지 낮은 목소리로 뭔가를 연신 웅얼거리고 있었다. 그러다 이내 머리를 세차게 흔들며 '아니야' 소리를 반복했다.

석도명이 문득 고개를 들어 주변을 두리번거렸다.

"헐, 벌써 도착했네. 대체 뭐가 뭔지 원……."

석도명은 해운관을 나선 뒤로 어떻게 사춘각까지 걸어왔는지 도통 기억이 없었다. 머릿속에 온갖 것들이 떠올라 거기서 헤어나지 못한 까닭이다.

"어휴, 쓰레기통이 따로 없구나. 삼합권은 대체 언제 들어온 거야?"

석도명이 한 손으로 제 머리를 툭툭 치며 또 중얼거렸다.

확실히 머릿속이 복잡하기는 했다. 처음에는 분명히 주악천인경을 곱씹고 있었는데 어느 순간 구화진천무의 구결이 떠오르더니 나중에는 자신이 뭘 생각하고 있는지조차 알 수 없었다.

게다가 배우지도 않은 삼합권의 구결까지 툭툭 치고 들어오니 미칠 지경이었다.

삼합권까지 떠오른 건 순전히 염장한 때문에 생긴 일이다. 해운관의 제자가 됐으니 해운관의 무공을 배워야 한다면서 석도명을 따라 다니며 귀에다 계속 삼합권의 구결을 읊어댄 탓이었다.

'무공을 배우면 도움이 될까 했더니 이건 완전히 늪이구나.'

석도명은 요즘 들어 자신의 생각이 왜 자꾸 무공으로만 흐르는 건지 이해가 되질 않았다.

눈을 감고 앉아 주악천인경을 떠올리면 그 끝에 반드시 무공 구결이 꼬리를 물고 나타났다. 이러다가 대체 언제 음악의 끝을 본다는 말인가?

"하아, 이러다 죽도 밥도 안 되겠다."

석도명은 자조 섞인 탄식을 내뱉었다.

누군가가 그 말을 받았다.

"어허, 근무 시간이 다 됐는데 아직도 밥 타령인가?"

고개를 돌려보니 자칭 2인자인 심기전이다.

"아, 심 선배 벌써 출근하셨습니까?"

"험험, 아무래도 선배가 모범을 보여야지."

심기전은 인사를 받으면서 뭐가 못마땅한지 석도명을 위아래로 훑어보고 있었다.

'그놈, 인사성도 없는 게 언제나 고개만 넙죽 넙죽……'

석도명을 바라보면서 심기전은 내심 고까운 마음을 애써 참고 있었다. 아무리 밉상이라도 이렇게 고개를 숙이고 들어오니 꼬투리를 잡기가 어려웠다.

"험, 그래 요즘 먹고 살만 하냐?"

"예, 밥은 잘 먹고 지냅니다."

태산압정 일만 번을 익히느라 운동량이 많아서 요즘 석도명의 식욕이 어느 때보다 좋은 건 사실이었다.

하지만 심기전의 질문은 그게 아니었다. 우만호의 지시로 큰 자리에 끼지 못하니 벌이가 힘들지 않으냐고 물은 것이다.

'썩을 놈, 한 방에 은자 스무 냥을 쟁여 놨다 이거지.'

심기전은 석도명이 소헌부에서 상으로 받은 은자를 믿고서 태평을 떤다고 생각하니 다시 부아가 치밀어 올랐다.

 사실은 그날 밤 석도명이 알아서 은자 몇 냥을 상납할 줄 알고 은근히 기다렸다가 헛물을 켰었다.

 다른 악사들 역시 비슷한 이유로 석도명에게 골이 나 있었다. 상납은 고사하고 한턱을 내겠다는 이야기조차 없었기 때문이다.

 피차 술상에서 떨어지는 쇠 부스러기를 주워 먹으며 살아가는 악사의 세계에서 보자면 상식 수준의 인사성이 결여된 행동이었다.

 그 바람에 심기전을 비롯한 고참 악사들이 우만호에게 몰려가 항의를 했다. 손님 어려운 줄 모르고 철없이 행동했으니 혼을 내야 한다, 저런 놈하고는 같이 못 다니겠다고 말이다.

 우만호가 석도명에게 자숙하라는 조치를 내린 데는 그런 까닭이 있었다.

 심기전은 그쯤 해두면 석도명이 큰 판에 끼어달라며 알아서 기어들어올 줄 알았다. 헌데 넉살도 좋게 밥은 잘 먹고 지낸단다.

 '젠장, 생긴 거랑 달리 안면 가죽이 보통이 아닐세.'

 순하다 못해 매가리 없이 희멀건 석도명의 얼굴을 다시금 뜯어보면서 심기전은 속으로 혀를 내둘렀다.

 마음 같아서는 그 두꺼운 얼굴에서 바로 고개를 돌리고 싶었지만 따로 물어볼 게 있었다.

"너 말이야, 일전에 설화에게 불려갔었다며?"

심기전이 은근한 음성으로 물었다. 정연이 일개 악사를 불러들인 건 워낙 유례가 없는 일이었다. 그러니 대놓고 묻기가 조심스러웠던 것이다.

정작 석도명 본인은 그 일을 그리 심각하게 생각하지 못했다. 세상 물정에 어둡기도 했지만, 과거 정연과 남매처럼 붙어 다니던 기억이 있는 터라 남녀가 유별하다고 꺼리거나, 정연이 자신을 부른 게 특별하다고 생각지 못했기 때문이다.

"아, 그거요?"

석도명이 순순히 사실을 털어놓자 심기전의 호기심은 더 커졌다. 대체 이놈이 뭘 믿고 이리 당당한가 싶은 생각이 먼저 들었다.

"그래, 설화가 뭐라고 하디?"

"예, 뭐 그냥……."

석도명이 선뜻 대답을 하지 못했다. 차가운 정연의 꾸짖음이 다시 떠올라 기분이 씁쓸하기도 했거니와, 뭐 자랑스러운 일이라고 야단맞은 것까지 고해바치겠는가?

심기전이 아까보다 더 은근하게 물었다. 한쪽 팔꿈치로 석도명의 허리를 슬쩍 찌르면서.

"흐흐, 이봐 우리 사이에 뭘 그리 가리고 그래? 동업자들끼리 서로 믿고 살아야지."

동업자 운운하는 말에 석도명은 또 마음이 약해졌다. 생각해 보니 정연도 그날 '우리는 모두 사춘각의 식구'라면서 야단 치지 않았던가 말이다.

"그러니까 별건 아니고, 우리는 모두 가족이라면서 충고 같은 걸 해줬지요. 이 바닥이 냉정하니까 처신을 잘 해라. 하하, 아무래도 제가 많이 부족하잖아요."

"흠, 처신을 잘 해라……. 그렇군, 그랬어."

석도명의 입장에서는 딱히 더 할 말이 없었지만, 심기전도 더는 묻지 않았다.

석도명을 먼저 들여보내고 난 뒤, 심기전은 한참이나 하늘을 올려다보면서 분을 삭였다.

"뭐, 설화가 가족이라고? 개놈, 설화를 믿고 버텨보겠다는 거냐?"

석도명의 설명이 워낙 짧기는 했지만 심기전은 그 중에서도 단어 몇 개만 뽑아들고서는 제멋대로 소설을 쓰고 있었다.

그날 정연의 입에서 '동생 같아서'라는 말이 나왔다는 사실을 알았더라면 지금 심기전의 심리상태로는 두 사람이 의남매를 맺었다고 믿어 버렸을 것이다.

"개자식, 나는 밑바닥부터 10년을 기어서 겨우 2인자가 됐는데. 어린놈이 벌써부터 선배를 제쳐 두고 직거래를 하겠다고?"

심기전이 으득 이를 악물었다. 평생 남에게 손바닥만 비비며 살아온 보잘것없는 인생이다. 그러나 새파란 후배 놈에게까지 치여 살고 싶지는 않았다.
'기필코 보여주리라. 나 심기전 여기 있음을!'

*　　　*　　　*

정연의 뜻대로 사춘각에서 상당문에 전갈을 보내고, 다시 상당문에서 회답을 보내는 데는 고작 이틀밖에 걸리지 않았다. 어차피 개봉 안에서 왔다 갔다 했으니 애초에 거리상의 문제는 없었던 데다가 상당문의 결정도 의외로 신속했다.

잔치 날짜는 상당문의 회답이 도착한 날로부터 사흘 뒤로 결정됐다. 상대가 꼼수를 부릴 여유를 주지 않겠다는 의도였는지 양쪽의 움직임은 기민하기만 했다.

필경 서로의 속내를 떠보는 자리가 될 그날의 회합을 불과 하루 앞두고 한 사내가 사춘각의 별원 앞에 모습을 드러냈다.

청색 무복을 입고, 허리에 검을 찬 것으로 보아 무림인이 분명했지만 생긴 건 너무 곱상해서 귀하게 자란 부잣집 막내아들 같은 인상이 남아 있는 얼굴이었다. 무복임에도 불구하고 번쩍이는 비단으로 온몸을 휘감은 것만 봐도 제법 행세를 하는 집의 자제였다.

애초에 안으로 들어갈 생각이 없는지 사내는 대문에서 얼마간 떨어진 자리에서 담장 너머를 담담하게 올려다봤다.

악공전기 독자 엽서이트!

아래의 설문은 더 나은 책을 만들기 위한 독자 분석용 설문입니다. 각 문항에서 해당되는 부분에 체크하시거나, 꼼꼼히 적어 보내주세요.

dream books 드림북스

1. 성별 (남 · 여)

2. 연령 (   )

3. 『악공전기』를 구입하게 된 동기?
[광고, 포스터, 인터넷 사이트, 친구의 권유로, 이벤트 때문에, 기타 (   )]

4. 『악공전기』를 구입하신 서점은?
온라인 서점 (   ) 오프라인 서점 (   )

『악공전기』 애독자라면 누구나 답할 수 있다!

5. 석도명과 이행제를 맺은 무림맹 의장대 조장은 누구입니까?

6. 무림맹 군웅들 앞에서 석도명이 연주하게 되는 악기는?

7. 석도명이 악사로 취직을 하는 기루의 이름은?

8. 드림북스 편집부에게 한 마디 (엽서가 부족하면 편지나, 이메일로 보내주셔도 됩니다.)

9. 작가님께 응원메시지 한 마디

※ 응모권 붙이는 곳

우 편 엽 서

보내는 사람

주소

연락처

□□□ - □□□

독자와 함께 하는 드림북스 제4차 드림 이벤트!!

악공전기 각 권 띠지에 붙어 있는
응모권을 잘라내어 엽서에 붙여 보내주세요.
추첨을 통해 당첨되신 분들께 사은품을 드립니다.
보다 자세한 사항은 당사 홈페이지를 참고하세요.

(http://www.sydreambooks.com)

우표요금
수취인부담
발송유효기간
2008.03.05~2008.04.05
서울 강북 우체국
사서함 44호

dream books
드림북스

서울시 강북구 미아9동 127-9
강북 우체국 사서함 44호

| 1 | 4 | 2 | - | 1 | 0 | 9 |

"후우, 꼬박 10년이 걸렸구나."

사내의 이름은 막창소.

상당문 문주 막대걸의 셋째 아들이자, 갓 스물의 나이에 낙화만발이라는 별호를 얻었던 인물이다.

막창소는 지금 사춘각 별원을 바라보며 정연, 이제는 설화라고 불리는 여인을 그리워하고 있었다.

10년 전 정연을 납치하려다 실패했던 일이 주마등처럼 막창소의 뇌리를 스쳐갔다. 그리고 여러 생각이 떠올랐다.

그날 사춘각의 무사 당환지에게 부상을 당하지 않았더라면, 그래서 정연을 계획대로 납치했더라면 지금은 어떻게 되었을까?

막창소가 머리를 세차게 흔들었다.

'그때는 너무 어렸어.'

막창소는 생각했다. 그날 정연을 납치하는 데 성공했더라면 뒷감당을 하지 못했을 것이다. 정연에게 씻지 못할 상처만 입혔을 테고, 스스로는 죄책감조차 못 느끼면서 여전히 망나니로 살았으리라.

하지만 과거의 막창소는 더 이상 존재하지 않는다. 이제는 한 여자를 진심으로 사랑하고 책임질 자신이 있다. 그녀만 자신의 마음을 알아준다면 말이다.

막창소가 천천히 손을 들어올려 손바닥을 내려다봤다. 희고 매끄러운 손등과 달리 손바닥은 온통 두터운 굳은살로 뒤덮여 있었다.

"정연, 아니 설화. 내 진심은 이 손바닥이 말해 줄 거요."

10년 전 스스로 입산수도를 자청하고 집을 떠난 건 도둑이 제 발 저리다고 혹시라도 정체가 드러날 게 두려워서였다.

하지만 깊은 산속에서 깨달았다. 한순간의 만남으로 자신의 마음을 한 소녀에게 온통 빼앗겨 버렸음을.

그리고 단 하루도 잊지 못했다, 자신의 팔에 안겨 곱게 잠이 든 소녀의 얼굴을, 숨소리를, 깃털 같던 그 촉감을.

그렇게 그리고 그리던 정연을 만날 날이 하루 앞으로 다가오자 막창소는 가슴이 울렁거려 참을 수가 없었다. 그래서 집을 나와 마냥 걷고 걷다 보니 여기까지 오게 된 것이다.

벅찬 생각에 빠져 있던 막창소가 누군가의 발걸음 소리를 듣고는 고개를 돌렸다.

웬 젊은 청년 하나가 별원을 향해 걸어오다가 막창소와 눈이 마주치자 꾸벅 인사를 했다. 청년의 인상이 하도 맑아서였을까? 막창소가 자신도 모르게 가볍게 고개를 숙여 그 인사를 받았다.

"안녕하세요?"

청년이 가까이 다가오면서 입을 열어 인사를 건넸다.

"아, 뭐……."

"사춘각을 찾아오신 손님이신가요?"

막창소가 계면쩍게 웃었다.

낯선 사람이 담장 너머를 바라보고 있으니 뭔가 용건이 있으리라고 생각을 한 모양이었다. 청년은 필시 사춘각의 사람이리라.

"하하, 그냥 지나가다가 여기가 소문이 자자한 그곳이라고 해서……."

"예, 그렇기는 하지요."

막창소는 남의 대문 앞을 얼쩡거리다 들킨 스스로의 모습이 객쩍다 싶으면서도 다시 입을 열었다. 지나가던 사람답게 자연스레 이 자리를 피하고 싶어서였다.

"설화가 소문처럼 그렇게 대단한 미녀인가?"

"글쎄요, 저도 자주 보지는 못해서."

말은 그렇게 하면서도 청년은 싱긋 웃고 있었다. 아마도 청년 역시 머릿속으로는 정연의 얼굴을 떠올리고 있으리라.

"하하, 가끔이라도 보는 게 어딘가? 나처럼 담벼락만 쳐다보는 신세도 있는데 말이야."

"하하, 그런가요?"

막창소의 서툰 농담이 제법 먹혀들어갔는지 청년이 유쾌하게 웃었다. 그 웃음이 또 맑아서 막창소가 같이 소리 내어 웃었다.

그때였다.

"남의 영업장 앞에서 소란이 과하군."

어느새 나타난 중년의 사내가 두 사람의 요란한 웃음소리를 은근히 책망하며 다가왔다.

막창소의 얼굴에서 웃음이 순식간에 사라졌다.

10년이 지났어도 잊지 못한 얼굴이었다. 태어나 처음으로 자신의 몸에 칼을 박은 사내, 당환지였다.

"뉘신지 여쭤도 되겠소이까?"

당환지가 사무적인 음성으로 물었다. 경비무사로서 몸에 밴 질문이었다.

"나는……."

막창소가 잠깐 대답을 주저했다. 신분을 밝혀야 하는 망설임이 잠깐 있었지만, 어차피 내일이면 다시 봐야 할 얼굴이라는 생각이 들었다.

"막창소라고 하오. 상당문의 삼남(三男)이오만."

당환지의 얼굴이 싸늘하게 굳어졌다.

"날짜가 틀렸소이다."

상당문의 방문은 내일인데 벌써부터 찾아와서 뭐하는 짓이냐는 힐난이었다.

"흥, 날짜를 몰랐겠소? 부근에 볼일이 있어서 이 앞을 지나치게 된 것이오. 설마 개봉의 길이 하나로 이어져 있는 게 내 잘못이겠소?"

"가던 길이었으면 계속 가시오."

"그러리다."

두 사내는 퉁명스레 대화를 끝냈다. 피차 길게 할 이야기가 없었다.

막창소가 걸음을 재촉해 사라지자 당환지의 눈길은 아직도 멀뚱거리며 남아 있는 청년에게로 향했다.

"넌 뭐냐?"

"아, 예. 악사 석무입니다."

조금 전까지 막창소와 대화를 주고받던 청년은 다름 아닌 석도명이었다. 석도명은 당환지의 갑작스런 등장에 놀라 어찌할 바를 몰라 하다가 '넌 뭐냐'는 질문을 받고서야 현재의 상황이 깨달아졌다.

당환지는 석도명이 누군지를 전혀 모르는 것이다.

석도명이 사춘각에 취직을 했을 때는 당환지가 도흥사괴에게 심한 부상을 당해 일을 쉬고 있던 상태였다.

얼마 전에야 다시 일을 시작했다는 소식이 있었지만, 곧 바로 모종의 임무를 띠고 또 어딘가로 출장을 갔다 오느라 석도명과의 대면은 처음이었다.

사정이 그러니 당환지의 입장에서는 석도명이 생면부지(生面不知)의 존재였던 것이다.

"망할 놈! 지금이 상당문 놈하고 같이 웃고 떠들 때냐? 그것들 때문에 기루가 발칵 뒤집혀 있는데!"

"……."

석도명이 사춘각의 신입 악사임을 알자 당환지는 대뜸 불호

령을 내렸다.

 하지만 석도명은 아무런 대꾸도 하지 않았다. 당환지의 성격을 너무나 잘 알기 때문이다.

 상대가 누군지 몰랐다고 해봐야 당환지의 귀에는 그저 구차한 변명으로만 들릴 것이다.

 다행히도 당환지는 석도명을 오래 붙잡고 있지 않았다. 뭐가 그리 급한지, 눈을 한 번 부라리고는 황급히 안으로 사라졌다.

 "쯧, 또 시작부터 엉망이구나."

 석도명은 땅이 꺼져라 한숨을 내쉬었다. 당환지를 만나자마자 다시 미운 털이 박혔으니 어쩌면 좋다는 말인가?

 그러나 석도명도, 당환지도, 막창소도 알지 못했다. 10년 전의 악연으로 엮인 사람들이 다시 모였음을. 그리고 내일이면 그 자리에 또 한 사람이 더해질 터였다.

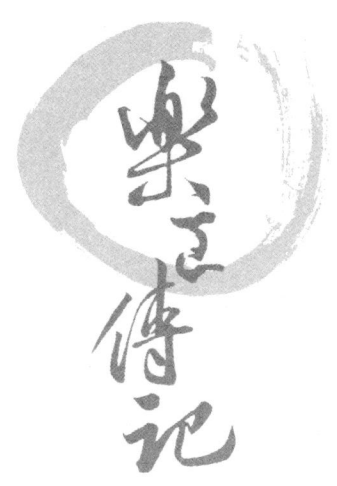

상당문을 위한 잔치는 별원 앞마당에 마련됐다.

계절이 겨울 초입인지라 화초는 바싹 마르고, 나무는 앙상한 가지를 드러내 뜨락의 풍취가 느껴지는 풍경은 아니었다.

그런데도 정연은 굳이 마당에서 잔치를 열자고 했다.

정연의 계획에 따라 마련된 잔치 자리는 보는 이의 눈을 휘둥그레지게 만드는 것이었다.

마당 제일 안쪽에 두 자 정도 높이로 단상을 만들어 그 위에 주빈(主賓)을 위한 상석을 꾸미고 마당 양 옆으로 길게 일반 좌석을 설치한 것까지는 흔히 볼 수 있는 광경이었다.

문제는 마당 한가운데 상석의 단상과 같은 높이로 무대가 만들어졌는데 그 넓이가 춤이나 추기에는 터무니없이 넓어서 비무를 벌여도 손색이 없을 정도라는 점이었다.

실제로 상당문의 무사들이 마당에 들어와서 하나같이 떠들어 댄 것도 '저거 비무대 아니야?' 라는 이야기였다.

한편 악사들의 자리는 무대를 사이에 두고 상석을 마주보는 위치인 별원 내문(內門) 바로 앞쪽에 마련됐다. 악사들의 좌석은 별로 신경을 쓰지 않았는지 상석에서는 악사들의 머리가 겨우 보일 정도로 자리가 낮았다.

어쨌거나 잔칫상이 보기 드물게 장대한 규모로 차려진 것이 상당문의 문주 막대걸에게는 꽤나 마음에 든 모양이었다. 마당에 들어서는 순간부터 입이 귀에 가서 걸리더니 얼굴에서 웃음이 떠나질 않았다.

"개봉 제일의 문파를 지향(志向)하는 우리 상당문을 따듯하게 맞아준 데 대해 사춘각에 심심한 감사의 뜻을 표하오."

막대걸이 자신과 자리를 나란히 한 사춘각의 주인 도강훈에게 의례적인 감사를 표시하는 것으로 인사말을 시작했다.

'개봉 제일'도 아니고 '개봉 제일을 지향한다'는 말이 그리 자랑스러울 리도 없건만 말을 하는 본인이나, 듣는 상당문의 무인들이나 부끄러움은 없는 것 같았다.

"오늘은 다름 아니라 지금으로부터 10년 전 청운의 뜻을 품고 입산수도에 나섰던 나의 셋째 아들이 길고 외로운 자신과의 싸움에서 돌아와 다시 내 곁에 선 것을 축하하기 위해 이렇게 모였소이다."

"와!"

상당문의 무사들 사이에서 일제히 함성이 쏟아졌다.

문주와 당주를 비롯해 20여 명의 고수들이 총출동한 것으로도 부족했는지 호위 명목으로 끌고 온 50여 명의 무사들이 담장 밑에 빼곡하게 도열을 해 있다가 일사불란하게 소리를 질렀다.

호위는 그저 핑계고, 속이 뻔히 들여다보이는 무력시위였다.

"에, 밤이 길면 새벽이 오고, 뿌리가 쓰면 열매가 달다고 했소. 청산이 유구한들 바닷물이 마르겠소이까마는…… 험난한 질곡의 시간을 거쳐 지난(至難)한 무도(武道)의 한 자락을 불끈 움켜쥐고 돌아온 내 아들놈을 소개하오이다."

막대걸이 힘차게 손을 뻗어 막창소를 가리켰다.

"와!"

"막창소, 막창소!"

"질풍검! 질풍검!"

상당문의 무사들이 일제히 막창소의 이름과 별호를 외쳐댔다.

주변의 뜨거운 반응과 달리 당사자인 막창소는 자리에서 일어나 절도 있는 자세로 포권을 취하고는 바로 자리에 앉아 버렸다.

 부친이 자신을 지나치게 추켜세운 게 별로 마음에 들지 않는 눈치였다.

 '호오, 개차반이라고 소문이 자자하더니.'

 진행 상황을 관리하기 위해 별원 내문 앞에서 잔치를 지켜보고 있던 사춘각의 지배인 구진서의 눈이 가늘어졌다. 막창소의 인상이 과거의 소문과는 너무나 달랐기 때문이다.

 구진서와 당환지가 10년 전 정연을 납치하려고 했던 복면인으로 가장 짙은 혐의를 두고 있던 게 막창소였다.

 막대걸의 세 아들이 다 의심스러웠지만 막창소의 평판이 그 중에서도 가장 더러웠다. 게다가 막창소가 입산수도를 떠난 시기가 그 사건이 벌어진 직후였던 것이다.

 헌데 오늘의 모습만 봐서는 그런 흉한 짓을 할 놈 같지가 않다. 사람이 아무리 개과천선(改過遷善)을 한다고 해도 저 정도는 어렵지 않을까 싶었다.

 그러나 지금 구진서가 걱정할 문제는 10년 전의 일이 아니었다. 당장 오늘 벌어지고 있는 일에 대해서도 의문스러운 게 너무 많았다.

 대체 상당문은 무슨 생각을 갖고 이 자리에 나타난 것일까? 도흉사괴가 난동을 피우던 날 상당문의 고수들이 신분을 감추고 바깥채에서 조용히 술을 마시고 있었던 건 정말 우연이었을까? 풍화장은 무슨 사연이 있어 사춘각을 이렇게 방치하고 있는 것일까?

생각이 꼬리에 꼬리를 물었지만 무엇보다 걱정스러운 건 정연이 상당문을 어떻게 상대하려고 판을 이리도 크게 벌였는가 하는 점이었다.

'에휴……, 나도 이제 늙은 걸까? 도무지 그 아이의 생각을 헤아릴 수가 없구나.'

떠들썩한 잔치판에 나와 있으면서도 구진서의 마음은 깊은 수렁에 빠져드는 것만 같았다.

구진서의 시름과 달리 잔치는 순조롭게 진행됐다.

해가 기울 무렵에 시작된 잔치는 어둠이 짙게 내려앉으면서 나름의 정취를 찾아가고 있었다. 준비된 음식이 차례대로 실려 나왔고, 막대걸을 비롯한 상당문의 고수들이 틈틈이 일어나 덕담을 한 마디씩 했다.

그러는 동안 악사들의 연주가 계속 됐고, 순서를 바꿔가며 기녀들이 등장해 갖은 춤을 선보였다.

다만 모두가 기다리는 얼굴, 정연은 좀처럼 나타나지 않았다.

그리고 스무 명이나 동원된 사춘각의 악사들 중에 석도명은 이름을 내밀지 못했다.

'헐, 술자리도 매번 보니 지겹네.'

사춘각의 악사와 기녀, 일꾼들이 하나같이 바쁜 와중에 석도명은 홀로 심심했다. 그저 악사들 뒤편에 서서 기다리는 것 외에는 할 일이 없었기 때문이다.

운보인(運譜人).

오늘 석도명에게 주어진 역할이었다. 말 그대로 악보를 나르는 사람이다.

혹시 손님들 가운데 준비된 악보 이외의 곡을 청하는 사람이 있으면 석도명이 악보 창고로 뛰어가 악보를 들고 와야 했다.

스무 명 분의 악보를 급하게 찾아내 들고 뛰어야 하는 일이니 험한 말로 발바닥에 땀이 나는 게 정상이다.

하지만 상당문이 상당히 무식해서 그런지 한 시진이 지나도록 도통 음악을 청하는 일이 없었다. 이것도 알고 보면 다 심기전 때문에 생긴 일이었다. 오늘 잔치에 특별수당으로 은자 두 냥이 내려진다는 소식을 듣고서는 석도명이 연주를 하지 못하도록 압력을 넣은 것이다.

수석 악사 우만호 역시 살얼음판 같은 자리에 석도명을 내놓기가 걱정스러웠던 터라 두말없이 운보인으로 돌려 버렸다.

"아함……."

사람들의 눈에 띄지 않는 뒤쪽에 혼자 서 있는 무료함을 견디지 못한 석도명이 자신도 모르게 하품을 토해냈다.

"덜떨어진 놈, 입 닫아라!"

누군가가 석도명의 뒤에 나타나 낮게 으르렁거렸다.

"헙!"

 상대를 바라본 석도명이 놀라서 손으로 입을 가렸다. 당환지가 소리 없이 나타나 노려보고 있었던 것이다.

"이 자리가 네놈 눈에는 그리 만만하게 보인단 말이냐? 정신 차려라!"

 석도명이 말없이 고개를 끄덕였지만 당환지는 다시 한 번 매섭게 쏘아보는 것을 잊지 않았다.

 '한심한 놈, 악사라더니 고작 잔심부름이나 하는 주제에……'

 당환지는 어제 상당문의 막창소와 함께 웃고 서 있던 젊은 악사 놈이 도통 분위기를 파악할 줄 모른다는 생각이 들었다. 저런 어중이떠중이를 받아들인 게 최근의 사고 때문임을 떠올리자 짜증이 확 치밀어 올랐다.

 한편 의미 없는 연주와 춤이 지겨워진 사람은 또 있었다.

 상석에 앉아 있던 막대걸이 사춘각의 주인 도강훈을 향해 슬그머니 몸을 굽혔다.

"험험, 우리를 너무 오래 기다리게 하는 거 아니오? 본시 우리 같은 무인들은 한자리에 오래 앉아 있지를 못한다오."

 도강훈이 빙그레 웃었다.

"하하, 기다림은 가인(佳人)을 더욱 빛나게 하는 법이올시다…… 만 좀 서두르라고 하지요."

"허허, 그렇게 깊은 뜻이 있었구려."

막대걸의 어색한 웃음을 흘려들으면서 도강훈이 무대 건너편을 향해 가볍게 손짓을 했다.

그 신호를 본 구진서가 수석 악사 우만호에게 다가가 귓속말로 뭔가를 전했다.

우만호가 얼른 연주를 멈추고 신호를 보내자 악사들이 서둘러 악보를 바꿨다.

둥.

두둥.

두두두두둥둥.

요란한 북소리가 울려 퍼지더니 현금(玄琴)이 기민하게 그 뒤를 따르면서 태풍이 몰아치는 듯 숨 가쁜 연주가 시작됐다.

'헛, 술판에 웬 고취악(鼓吹樂)!'

석도명이 놀란 눈으로 악사들을 바라봤다.

고취악은 군문(軍門)에서 사기 진작을 위해 연주하는 군악과 황제의 의장행렬에 뒤따르는 행진음악을 함께 일컫는 이름이다.

술자리에서는 좀처럼 고취악을 연주하는 법이 없는데 지금 들려오는 곡은 군악 중에서도 상당히 거칠고 빠른 편에 속하는 것이었다.

석도명이 의아함을 떨치기도 전에 악사들 뒤편에 위치한 내문이 활짝 열리며 십여 명의 기녀들이 달려 들어왔다. 기녀들의 양손에는 길이가 보통 장검의 절반 정도 되는 검이 들려 있었다.

그리고 제일 뒤에 붉은 옷을 화려하게 차려 입은 정연이 나타났다.

"오, 검무(劍舞)다. 검무!"

"우와, 끝내주네."

상당문의 무사들이 술렁이기 시작했다. 줄기차게 이어지는 나긋나긋한 춤사위에 느슨해져 있던 몸에 갑자기 긴장과 흥분이 확 몰려오는 기분이었다.

기녀들의 움직임은 하나같이 기민하면서 절도가 있었다. 돌고 뛰고 찌르기를 반복하는 기녀들의 몸짓은 마치 여고수들의 무술시범을 보는 게 아닌가 할 정도로 유려했다.

물론 그중에서도 정연은 단연 발군이었다.

몸을 연달아 회전시키거나 두 발을 허공에서 엇갈려 휘저으며 무대 전체를 쓸어가는 정연의 동작은 한 마리 불새가 날아오르는 착각마저 일으켰다.

게다가 붉은 옷에 짙은 화장으로 단장한 정연의 모습은 여느 때와 느낌 자체가 달랐다.

정연의 외모에는 청순함과 도도함, 순수함과 농염함이 뒤섞여 있다는 게 세간의 평가였지만 오늘 밤만은 정염(情炎)의 얼굴을 하고 있었다.

'후, 대체 누이는 얼굴이 몇 개요?'

누구보다 정연을 많이 안다고 생각했던 석도명조차도 남몰래 고개를 절레절레 저었다.

춤을 마친 정연은 무대를 내려와 상석으로 올라갔다.
"소녀가 상당문의 문주께 술 한 잔을 올리겠습니다."
"사춘각이 천하제일의 명성을 누린다 하더니 내 오늘 그 이유를 알겠소. 과연 명불허전(名不虛傳)이구나, 명불허전이야."
막대걸이 도강훈을 향해 칭찬을 늘어놓으면서 벌떡 일어나 정연을 반겼다. 마음 같아서는 달려들어 안아주고라도 싶었지만 문주의 체면이 있으니 그럴 수는 없는 일이다.
정연이 따라 준 술 한 잔을 막대걸이 맛있게 비워냈다.
정연이 그 모습을 보고는 무릎을 숙여 인사를 하고 상석에서 걸어 내려가기 시작했다. 상석에 함께 앉아 있던 상당문의 고수들이 허탈한 눈빛으로 막대걸을 바라봤다. 모두들 '이게 끝이냐'는 표정이다.
"험, 나도 술 한 잔을 받아야겠구먼."
상당문의 부문주인 난연검(亂燕劍) 창교진(蒼僑晉)이 직접 술을 청하고 나섰다. 서열로 보나 실력으로 보나 문주 다음으로 나설 사람은 역시 부문주밖에 없었다.
"그래, 부문주도 고생이 많았으니 한 잔 받아야지."
여러 사람의 애절한 눈빛에 마음이 약해진 막대걸이 한 마디를 거들고 나섰다. 문주씩이나 돼 가지고 이런 일로 아랫사람들을 서운하게 할 수는 없는 법이었다.

그 말에 정연이 조용히 돌아섰다.

그리고 정연의 붉은 입술이 천천히 열렸다.

"무릇 정(情)은 나누어도 꽃은 나누지 못하는 것이 풍류의 도(道)라고 했습니다."

막대걸이 언뜻 말귀를 알아듣지 못한 얼굴로 정연을 바라봤다. 막대걸의 궁금증을 대신 풀어준 것은 부문주 창교진의 질문이었다.

"허어, 괴이한 소리로고. 정은 나누고, 꽃은 나누지 않는다는 게 대체 무슨 소리야?"

정연의 입가에 미소가 걸렸다. 그러나 표정은 조금도 웃고 있지 않았다.

"사내들은 가슴의 정을 여러 여자에게 골고루 나눠주지만, 하나의 꽃을 두고 여러 사내와 함께 하지 않는다는 말이지요."

"허어……."

여러 사람의 입에서 동시에 탄성이 흘러나왔다.

여자의 입에서 그런 소리를 들으니 내심 찔리기는 했지만 본시 남자들의 독점욕이란 새삼스러울 게 없는 일이다. 헌데 정연이 굳이 그 소리를 들고 나온 까닭이 알쏭달쏭했다.

정연의 서늘한 음성이 이어졌다.

"사춘각이 귀한 손님만 들 수 있는 별원을 열어 여러분을 모시고, 또 제가 이 자리에 나선 것은 오직 상당문의 문주께서 친히 오셨기 때문입니다. 누구든 소녀에게 술을 따르라 하신다면 그것은 문주님과 꽃을 나누겠다는 뜻이 아니온지요? 저는 아무에게나 술을 올릴 수가 없습니다. 그것이 설화라 불리는 기녀가 가슴에 안고 사는 꽃의 지조입니다."

"험, 험."

"뭐 꼭 그렇게까지야……."

막대걸의 좌우에서 잇달아 헛기침이 쏟아졌다.

고작 술 한 잔 받아먹겠다고 문주와 맞먹으려 한다는 오해를 살 수는 없지 않은가!

정작 막대걸 본인은 그 말을 좋아해야 할지, 싫어해야 할지 알 수가 없었다.

액면 그대로 듣자면 '나는 오늘 당신만의 꽃이랍니다' 라는 말이니 은근히 즐겁기는 했다. 하지만 품지도 못하면서 고작 술 한 잔 받은 걸로 상황이 끝나는 건 너무 허무했다.

'그것 참……, 이 계집의 콧대가 이 정도일 줄이야.'

막대걸이 쉽게 마음을 정하지 못하고 있는 가운데 정연이 다시 말했다.

"하오나, 문주께서 술 한 잔을 올리라 하셨으니……."

순간 창교진의 입이 슬쩍 벌어졌다.

막대걸은 분명히 부문주에게 한 잔 올리라고 했던 것이다. 최소한 자신의 순번은 확보된 셈이다.

하지만 창교진의 기대는 바로 다음 순간에 여지없이 무너졌다. 뒤이어 들려온 정연의 이야기는 창교진의 예상과는 크게 달랐다.

"……소녀가 한 분께 술을 올리지요."

정연이 상석으로 올라가 막대걸의 빈 잔에 술을 가득 채웠다. 그리고는 술잔을 든 채 무대 위로 향했다.

낮지만 또렷한 정연의 음성이 무대 위에 울려 퍼졌다.

"강호의 분들이시니 간단히 말씀드리겠습니다. 누구든 자신 있는 사람이 이 잔을 가져가십시오."

사람들이 일제히 술렁였다.

지위고하를 막론하고 힘 있는 자가 저 술잔을 차지할 수 있는 것이다. 천하제일 기녀의 도발이 뭇 사내들의 가슴에 호승심(好勝心)을 지피기 시작했다.

'맙소사, 어쩌자고.'

구진서가 하얗게 질린 얼굴로 무대 위의 정연을 올려다봤다.

"그냥 비무대를 만든다, 그런 생각으로 지어주시면 됩니다."

무대를 얼마나 크게 만들어야 하는 거냐고 물었을 때 정연은 그렇게 말했었다. 이미 그때부터 이런 순간을 머리에 그리고 있었다는 이야기다.

구진서는 '천하제일 기녀가 고작 상당문 따위를 피해야 하냐' 던 정연의 말이 떠올라 등골이 서늘해졌다. 정연은 상당문을 갖고 놀겠다는 마음을 먹은 게 분명했다.

정연의 술 한 잔을 받기 위해 상당문의 무사들이 비무를 벌이는 모습은 확실히 볼만 하리라. 사춘각의 자존심이 살고, 정연의 이름 또한 더더욱 높아지기는 할 것이다.

하지만 상대는 가슴에 피가 들끓는다는 무림인들이다. 진검 승부에서 피라도 본다면 흥분 끝에 무슨 일이 벌어질지 상상도 할 수 없다.

'이건 도박이야. 너무 위험해……'

구진서가 제발 말려달라는 눈빛으로 상석에 앉은 도강훈을 애타게 바라봤다.

하지만 그 순간 도강훈은 구진서를 보고 있지 않았다. 총관 오저림이 다가가 귓가에 뭔가를 속삭이고 있었기 때문이다.

잠시 뒤 구진서와 눈이 마주친 도강훈은 조용히 고개를 저었다. 나서지 말라는 뜻이다.

"푸허허, 네가 검무를 췄으니 우리도 한바탕 칼춤을 춰라, 이건가?"

막대걸이 짐짓 호방한 웃음을 터뜨렸다.

막대걸이 웃음 끝에 고개를 돌려 자신의 큰아들인 막한소(鄭埠昭)를 바라봤다.

조만간 사춘각을 집어삼키는 게 상당문의 목표다. 어렵게 찾아왔으니 조용히 왔다가 조용히 갈 생각은 추호도 없었다.

대외적으로 상당문이 제집 앞마당처럼 사춘각을 차지하고 앉아 흐벅지게 놀았다는 사실을 남겨야 한다면, 내부적으로는 사춘각 사람들에게 상당문에 대한 공포를 적당히 심어둘 필요가 있었다.

막대걸이 막한소를 바라본 것은 이런 식으로 일이 흘러가도 되겠냐는 물음이었다. 상당문에서 그나마 머리가 가장 잘 돌아간다는 막한소가 희미하게 웃으며 고개를 끄덕였다.

막대걸이 상당문의 무사들을 향해 한 손을 번쩍 쳐들었다. 한바탕 신나게 놀아보라는 신호였다.

"오냐, 그 술잔 내가 한 번 받아보자!"

이내 우렁찬 고함소리와 함께 누군가가 무대 아니, 비무대 위로 떨어져 내렸다. 얼굴만 봐도 욱하는 성미가 그대로 드러나는 험한 외모의 사내였다.

"나 옥면수심(玉面獸心) 구둔장(具屯壯)이 술 한 잔 마시는 데 문제가 있나?"

직급은 일개 조장에 불과하지만 무예는 당주급 간부들에 뒤지지 않고, 성질이 불같기로만 따지면 이미 절정고수라는 평가를 받는 구둔장이다.

구둔장의 등장에 상당문 무사들 사이에서 폭소와 함께 함성이 터져 나왔다. 누가 나서든 볼만 한 싸움이 될 것이라는 기대감 때문이다.

정연이 사방을 향해 가볍게 고개를 숙여 보이고는 무대에서 걸어 내려왔다.

정연의 입가에 득의의 미소가 피어올랐다.

거친 사내들의 호승심에 불을 붙였으니 여기까지는 계획대로 된 것이다. 자신을 향해 불나방처럼 달려드는 사내들이 많으면 많을수록 더 좋으리라.

정연이 비무대에서 내려오는 것과 동시에 기녀들이 분주하게 움직이기 시작했다. 어느새 상석 아래 작은 탁자가 놓이고 그 옆에 정연의 의자가 마련됐다.

정연이 상당문의 무사들을 향해 보란 듯이 술잔을 치켜 올린 뒤 탁자에 올려놓았다. 완벽하게 연출된 무대였다.

"좋아, 해보자고."

"흥, 너만 칼이고 나는 뼈다귀냐?"

과연 구둔장의 등장이 제대로 불을 지핀 모양이었다. 여기저기서 몇몇 사내들이 흥분을 감추지 못하고 일어섰다.

"말만 씨부리지 말고 한 놈씩 올라오라고!"

구둔장이 거만하게 손가락을 까닥였다.

그리고 성질 급한 누군가가 먼저 비무대를 향해 뛰어 올랐다.

구둔장은 강했다.

험악한 용모로만 따지자면 우위를 가리기 힘들 정도로 우락부락하게 생긴 무사 세 명이 잇달아 도전을 했지만 여기저기 상처를 입고 피투성이가 되어 비무대를 내려갔다.

어디까지나 동문(同門) 간의 비무인지라 치명적인 살수가 오간 것은 아니었지만 그중 하나는 옆구리를 제법 깊이 찔려 피분수를 뿜으며 쓰러지기까지 했다.

어느새 좌중의 분위기는 묘하게 나뉘고 있었다.

피가 튈수록 상당문의 무사들이 흥분을 감추지 못하고 함성을 질러댄 반면, 기녀와 악사를 비롯한 사춘각 사람들은 대부분 하얗게 질려갔다.

'후, 지독하구나. 고작 비무인데⋯⋯.'

석도명도 침중한 얼굴로 말을 잃은 사람 가운데 하나였다.

10년 전 당환지와 막창소가 싸우는 장면을 목도한 것을 제외하면 이렇게 피가 튀는 칼싸움은 처음 보는 거나 다름없었다.

검을 들면 언젠가는 사람을 베어야 하는 게 무사의 숙명인 줄은 알았지만 눈앞의 장면은 너무 잔인했다.

비무가 이렇게 흉흉하니 정말 죽고 죽여야 하는 실전은 또 얼마나 끔찍할 것인가?

석도명이 슬그머니 자신의 손을 내려다봤다. 자신도 요즘 매일같이 목검을 휘두르고 있었다. 자신이 무인이라고는 전혀 생각하지 않았지만 이렇게 가다 보면 언젠가 이 손에도 진검이 들릴지도 모를 일이었다. 그러면 그 칼에도 끝내 피를 묻히게 될까?

'나는 악사야!'

석도명이 손을 굳게 움켜쥐며 속으로 외쳤다.

석도명은 흔들리지 않고 자신의 길을 가겠다고 각오를 되새겼다.

그러나 따지고 보면 음악을 배운 것도, 무공을 익히게 된 것도 자신의 의지만으로 된 일은 아니었다. 선택은 자신이 했으되 선택의 기회는 언제나 운명처럼 다가왔을 뿐이다.

"우하하! 더 없어? 더 없냐고?"

구둔장이 성에 차지 않는다는 얼굴로 허공을 검을 휘저으며 소리를 질렀다.

"구둔장! 구둔장!"

"싸워라! 싸워라!"

상당문 무사들 가운데 한쪽은 구둔장의 이름을 연호하고 또 다른 쪽은 누가 나서서 싸워줄 것을 외쳐댔다.

그러면서 모든 사람들의 눈길이 상석을 향하고 있었다. 간부급이 아니면 구둔장과 겨룰 만한 사람이 없음을 모두 잘 알고 있기 때문이다.

그 시선에 담긴 의미를 모르지 않는 상당문의 간부들이 하나같이 난처한 기색을 보였다. 실력은 둘째 치고, 나이로 보나 배분으로 보나 구둔장과 같이 어울리기가 민망했기 때문이다.

그래도 그 와중에 누군가가 천천히 몸을 일으켰다.

"오—우!"

"우—와!"

탄성과 함성이 어우러진 기묘한 소란이 일었다.

막대걸의 차남 막운소(鄭暈昭)가 비무대에 오른 것이다.

평소 사람들 앞에 잘 나서지 않아 왠지 음험한 냄새를 풍기고 다니던 막운소다.

막운소의 등장에 상당문 무사들이 보여준 반응은 한 마디로 호기심이었다. 갑자기 등장한 속내가 뭔지, 또 그 실력은 얼마나 되는지 모두들 궁금하기만 했다.

"우하하, 상당문의 신비남(神秘男)이라는 이 공자(二公子)께서 어인 행차시오?"

"……"

기선제압을 해볼 요량으로 구둔장이 호기롭게 말을 걸었지만 막운소는 대꾸도 하지 않았다. '잔말 말고 덤비라'는 의미로 오른손 검지를 까닥였을 뿐이다.

구둔장이 검을 들어올렸다.

'오냐, 나도 긴말을 좋아하지 않아.'

뭐니 뭐니 해도 승부란 결국 검으로 가려지는 것이다. 오로지 강자존(强者存), 그것만이 불변의 정답이다. 상대가 문주의 아들이 아니라, 문주의 할아버지라고 해도 말이다.

구둔장이 먼저 검을 내뻗었다.

막운소의 무공 실력을 알지 못했지만 소심하게 탐색전이나 펼치는 건 성미에 맞지 않았다.

"풍산운파(風散雲破)!"

구둔장은 첫수부터 가장 자신 있는 초식을 펼쳤다. '바람을 흩고, 구름을 깬다' 는 이름처럼 후퇴를 모르는 강공 일변도의 강맹한 한 수였다.

쐐액.

구둔장의 검이 바람을 가르며 막운소의 머리 위에 떨어졌다. 아니, 떨어지는 것 같았다.

막운소가 구둔장의 검을 옆으로 슬쩍 비껴내면서 신형을 빙글 돌렸다. 다음 순간 막운소는 구둔장의 몸을 휘감아 돌면서 뒤로 빠져나갔다.

쿵!

구둔장이 요란한 소리를 내면서 앞으로 쓰러졌다. 검을 딛고 일어서려 했지만 제대로 서지를 못했다. 피분수를 뿜어내는 오른쪽 허벅지가 몸을 받쳐주지 못했기 때문이다.

"와! 막운소! 막운소!"

처음 등장할 때와는 달리 막운소를 향해 뜨거운 함성이 쏟아졌다.

하지만 막운소는 자신을 향한 환호에는 아랑곳하지 않고 날카로운 눈으로 좌중을 쓸어보기만 했다.

함성이 이내 잦아들고, 구둔장이 다른 무사의 부축을 받아 비무대를 내려간 뒤에도 막운소와 겨루려는 사람은 나타나지 않았다.

"그 술, 내 것 같은데……."

막운소가 스산한 음성으로 입을 열었다. 정연에게 한 말이다. 정연이 탁자 위의 술잔을 들고 비무대 위로 올라가 막운소에게 내밀었다.

헌데 막운소는 그 잔을 받지 않았다.

"혈향(血香)이 지독하군. 원래 이런 걸 좋아했나?"

"드시지요."

정연이 대답 대신 술을 권했다.

"흐흐, 풍류의 도…… 라고 했던가? 이 술잔에 담긴 게."

"……."

정연이 침묵을 지켰다. 막운소의 말은 더 들어 봐야 의미를 알 수 있는 것이었다.

"흐흐흐, 혹시 강호(江湖)의 도(道)는 아나?"

"말씀하시지요."

정연을 바라보는 막운소의 눈꼬리가 한없이 가늘어졌다.

"말씀? 그런 거 필요 없어."

짝.

막운소가 괴소(怪笑)를 흘리며 정연의 뺨을 후려쳤다.

"……."

"이게 강호의 도다! 힘이 있는 자 때리고, 없는 자는 맞는다!"

정연이 잠깐 휘청거렸지만 이내 몸을 꼿꼿이 세웠다. 그 와중에도 손에 든 술잔은 놓치지 않고 있었다.

"어, 어……. 뭐야?"
"저거, 저거 진짜 때린 거야?"

막운소의 돌발적인 행동에 사람들이 일제히 술렁였다.

도도함이 하늘을 찌른다는 천하제일의 기녀에게 폭력을 쓰리라고는 상상도 못했던 일이다. 특히나 정연을 우상처럼 떠받들던 사춘각 사람들이 받은 충격은 말로 표현할 수 없는 것이었다.

하지만 석도명의 놀람은 그 누구보다 더했다. 처음에는 너무 놀라 입을 다물지 못했지만 곧이어 가슴 밑바닥에서부터 참을 수 없는 분노가 치밀어 올랐다.

'나쁜 놈.'

석도명이 주먹을 불끈 쥐고 자리에서 일어섰다. 자신도 모르게 어느새 비무대를 향해 걸어가고 있는 상태였다. 악사들이 전부 자리에 앉아 있는 터라 석도명의 모습은 눈에 확 띄는 것이었다.

"놈! 설치지 마라!"

당환지가 석도명의 어깨를 거칠게 잡아 당겼다.

석도명을 노려보는 당환지의 눈에서는 불이 튀었다.

아무나 천방지축으로 나설 자리가 아니다. 보아하니 어린 악사 놈이 정연의 외모에 반해 혼자 연모의 정이라도 품은 모양인데 이런 철부지 때문에 자칫 걷잡을 수 없는 사태가 벌어질 수도 있다.

그 피해는 어린 악사 놈 하나로 끝나지 않을 것이다.

헌데 정작 석도명은 당환지의 손을 뿌리치지 않고 조용히 자리로 돌아와 앉았다.

당환지를 좋아하지 않지만, 적어도 그가 정연을 위하는 마음만은 믿고 있었다. 당환지가 말리는 데는 분명 이유가 있으리라는 생각이 들었기 때문이다.

'등신 같은 놈!'

그러나 당환지의 눈에는 그것마저도 가소로워 보였다. 주제를 모르고 나섰다가 금방 겁을 먹었다고 믿은 것이다.

흥분한 석도명과 달리 정연은 흐트러짐 없이 조용하게 입을 열었다.

"힘 있는 자가 때린다……. 그 말 기억해 두지요."

기억해 두겠다는 말에는 언제고 힘으로 되갚아주겠다는 의미가 담겨 있었다.

하지만 막운소는 정연이 자신의 가르침을 잘 기억하겠다는 뜻으로 이해했는지 더 이상 토를 달지 않았다.

"흐흐, 피차 도에 대해서 가르침을 주고받았으니 그만 술이나 들까 싶은데……."

정연이 말없이 술잔을 건넸다.

그러나 막운소는 이번에도 잔을 받지 않았다.

"꿇어."

"……."

"나는 계집이 서서 주는 술은 마시지를 않아. 승자에게 주는 술은 예를 갖춰야지. 크흐흐, 어떤가? 풍류란 이런 게 아닌가?"

막운소의 마지막 질문은 정연이 아니라 상당문의 무사들을 향한 것이었다.

"옳소!"

"꿇어라, 꿇어라!"

상당문 무사들에게서 고함이 쏟아져 나왔다.

그런 소란함 속에서 정연이 담담한 음성으로 입을 열었다.

"꽃은 움직일 수 없지만…… 꽃향기는 때로 바람마저 거스른답니다. 제 마음을 먼저 꿇게 하시지요."

기녀일망정 자존심은 쉽게 버릴 수 없다는 의지였다.

"마음? 나 단순해서 그딴 거 모르거든. 아무래도 네가 벼슬아치 나부랭이들하고 놀더니 머릿속이 무지 복잡해진 모양인데, 내가 아주 단순하게 처리해 주지."

막운소가 정연의 목덜미를 향해 손을 뻗었다. 멱살을 잡아 힘으로 꿇어앉히기 위해서였다.

그 순간이다.

쐐액.

어디선가 술잔 하나가 날아와 막운소의 손등을 맞췄다.

"윽!"

상당한 공력이 실렸던지 술잔을 맞은 막운소의 입에서 신음이 흘러나왔다. 막운소가 술잔이 날아온 방향으로 고개를 획 돌렸다. 상석을 향해서였다.

그리고 모든 사람들이 놀란 눈으로 한 사람을 바라봤다.

명목상 오늘 잔치의 주인공인 상당문의 삼남 막창소가 천천히 몸을 일으키고 있었다.

"너, 너 뭐야?"

술잔을 던진 사람이 자신의 동생이라는 사실에 막운소는 어이가 없었다. 하지만 정작 막창소는 아무 일도 아니라는 듯이 무덤덤하기만 했다.

"그 술, 꼭 형님이 드시라는 법은 없잖소? 게다가 우리 형제가 비무를 해본 지도 10년이나 됐고……."

막창소가 느릿느릿 비무대로 걸어 올라왔.

사람들의 관심은 어느새 10년간의 입산수도 끝에 대단한 성취를 이뤘다는 막창소의 실력에 모아지고 있었다.

막창소는 정연을 향해 깍듯이 고개를 숙인 뒤 마치 안내를 하는 듯한 자세로 손을 들어 상석 아래 놓인 정연의 의자를 가리쳤다. 그리고 정연이 걸어 내려가는 모습을 끝까지 지켜본 다음에야 막운소를 향해 돌아섰다.

"창소, 너 많이 컸구나."

"그럼요, 벌써 서른인데."

"흥, 어디 나이만큼 실력도 늘었는지 볼까?"

"그러시죠."

두 형제가 나란히 검을 뽑아 들었다.

'흥, 나도 10년 동안 놀지만은 않았어.'

과거 막운소에게 단 한 번도 이겨본 일이 없는 막창소다.

막운소는 막창소의 실력이 늘었다고 해도 설마 자신을 추월했겠냐는 생각이 들었다.

남들에게 신비남 소리를 들어가며 두문불출했던 지난 10년 동안 스스로도 뼈를 깎는 수련을 했다. 평생을 존재감 없는 둘째 아들로 살고 싶지 않았기 때문이다.

"허풍무영(虛風憮影)!"

막창소가 먼저 자신이 펼칠 검초를 낭랑하게 외쳤다.

상당문의 가전 무학인 풍영삼검(風影三劍) 가운데 제1식이었다. 허허로운 바람이 그림자를 어루만진다는 이름처럼 검풍과 검영의 변화 속에 허(虛)와 실(實)을 섞는 초식이다.

"허풍무영!"

지지 않겠다는 듯이 막운소의 입에서도 같은 이름이 흘러나왔다. 동생과 겨루면서 초식의 우위에 기대지 않겠다는 뜻이었다.

 두 형제가 정해진 보법을 따라 앞으로 달려 나왔다. 이윽고 비무대는 검이 허공을 가르는 소리, 검풍(劍風)으로 뒤덮였다.

 그 바람소리 속에서 막운소와 막창소의 검은 그림자 숫자를 늘려나갔다.

 하나, 둘, 셋……

 검영에 휩싸인 두 사람의 신형이 치열한 금속성을 울리며 맞붙었다가 떨어졌다.

 "헉, 허억. 너, 너……"

 가쁜 숨을 몰아쉬며 옆구리를 부여잡은 건 막운소다.

 막운소가 경악에 찬 표정으로 물었다.

 "거, 검기냐?"

 "예, 형님. 아직은 많이 서툽니다."

 막운소는 막창소가 검기를 구사하는 경지에 올랐다는 사실을 믿을 수 없다는 듯 고개를 저었다.

 하지만 달리 설명할 방법이 없었다. 분명 막창소의 검을 피했는데 검 끝이 한 치쯤 늘어나면서 옆구리를 베고 지나간 것이다.

 "오, 검기를……"

 "정말 검기야?"

 상당문의 무사들이 흥분에 겨워 어쩔 줄 모르더니 이내 요란한 함성이 쏟아졌다.

"와, 상당문 만세!"

"질풍검 만세!"

막창소가 검기를 쓴다는 사실은 상당문의 무사들을 광분하게 만들고도 남음이 있었다.

검기란 십대문파에서도 일부 고수들이나 구사한다는 경지가 아니던가? 개봉을 벗어나면 삼류문파 신세를 면치 못하는 상당문에 새로운 희망이 나타난 것이다.

요란한 환호를 받으며 막창소가 비무대를 걸어 내려가 정연에게 다가섰다.

"그 잔을 내가 받아도 되겠소?"

정연이 말없이 술잔을 내밀었고, 막창소가 그 잔을 받아 한숨에 비웠다. 막창소는 탁자에 술잔을 내려놓고는 조용히 제자리로 걸어 들어갔다.

'술이 쓰구나. 써.'

그렇게 보고 싶던 정연에게서 받은 잔이었지만 막창소는 술맛이 나지 않았다. 형제와 맞서면서까지 정연을 곤욕에서 건져줬다.

빈말이라도 고맙다고 할 줄 알았는데 정연은 끝내 입을 열지 않았다. 아니, 술잔을 건네받으면서 마주친 그 눈은 차갑기만 했다.

장내의 흥분은 쉽게 가라앉지 않았다.

막창소가 보여준 무위를 놓고 저마다 옆 사람을 붙잡고 떠들기에 바빴다. 그 바람에 시장을 옮겨다 놓은 듯한 어수선한 분위기가 제법 길어졌다.

"허어, 소란이 지나치구먼."

막대걸이 부문주 창교진과 대화를 나누다가 슬쩍 눈살을 찌푸렸다. 주변의 소음 때문에 상대의 이야기가 잘 들리지 않았던 것이다.

화월루의 가주 도강훈이 그 말을 주워듣고 눈치 빠르게 한마디를 거들었다.

"소란도 가라앉힐 겸해서 연회를 계속 진행할까요?"

"그러시오."

도강훈이 재빨리 건너편의 구진서를 향해 손을 들었다.

이어 사춘각의 악사들이 서둘러 풍악을 울리기 시작했다.

막창소가 막운소를 꺾고 제자리로 돌아가는 동안 석도명은 몸을 가눌 수 없을 정도로 떨고 있었다.

'상당문, 상당문이었어.'

석도명의 머릿속에서 망각 저편의 기억들이 빠르게 짜맞춰졌다.

공포와 회한으로 얼룩진 10년 전 그날이었다.

바로 옆에 피로 붉게 물든 장아삼의 시체가 누워 있고 조금 떨어진 곳에는 정연이 의식을 잃고 쓰러져 있다.

 정연에게 가야 하는데, 정연을 구해야 하는데 몸은 움직이지 않는다. 복면인에게 찍힌 명치끝에서는 숨을 가누기 어려운 고통이 쉬지 않고 몰려온다.

 저편에서 당환지가 복면인과 사투를 벌이고 있다.

 애타는 마음과 달리 복면인이 일방적으로 당환지를 몰아치고 있다. 끝내 당환지의 옆구리에서 피가 뿜어진다. 그리고 당환지가 복면인에게 뭔가를 묻고, 두 사람이 다시 격렬하게 뒤엉킨다.

 복면인의 칼이 허공에 무수한 그림자를 만들며 당환지의 신형을 덮어간다.

 석도명은 조금 전 막창소, 막운소 형제가 펼쳐낸 검술을 보면서 10년 전 당환지를 몰아치던 복면인의 검이 불현듯 떠올랐다.

 그리고 머릿속에 떠오른 두 개의 이름이 깨진 도자기 파편처럼 딸깍 맞아 들어갔다.

 허풍무영, 상당문.

 겁에 질려 제대로 기억하지 못했고, 돌이키고 싶지 않아 회한 속에 묻어두었던 그 이름이 의식 저편에서 희미하게 살아난 것이다.

 '왜, 왜 처음부터 기억하지 못 했을까?'

석도명은 스스로를 책망하고 있었다.

정연을 납치하려 했던 자들이 버젓이 사춘각에 들어와 술판을 벌이고 있는데, 정연에게 손찌검까지 하면서 수모를 주려 하는데, 자신은 그저 지켜보기만 했다.

겁에 질려 떨기만 했던 10년 전과 다를 게 없다. 정연은 여인의 몸으로도 저렇게 꼿꼿이 버티고 있는데 말이다.

석도명이 천천히 고개를 들었다. 그리고 상당문의 무사들을 쏘아보기 시작했다. 딱히 누구를 겨냥한 것은 아니지만 저들 가운데 10년 전의 복면인이 있을 거라 생각을 하니 가슴이 끓어올랐다.

그러나 당장은 아무것도 할 수 없었다. 아니, 10년 전의 흉수가 상당문 사람이라는 것을 기억해 냈다고 해도 앞으로 무엇을 할 수 있겠는가? 그날 일을 누구보다 선명하게 기억하고 있을 당환지도 지금의 상황을 어쩔 수 없이 보고만 있지 않은가!

저 건너편에 앉아 있는 정연을 바라보니 석상처럼 굳은 얼굴로 허공의 한 지점을 응시하고만 있었다.

석도명은 그 꼿꼿한 모습이 되레 애처로워서 다시 한숨을 내쉬었다.

그러나 잔치는 아직 끝난 게 아니었다.

제7장

들리지 않음을
듣다 (聽於無聲)

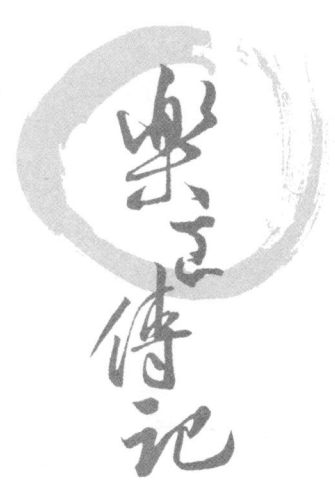

서둘러 이어진 악사들의 연주가 몇 곡 지나면서 흥분과 갈등으로 달궈졌던 잔치의 열기도 서서히 가라앉기 시작했다.

수석 악사 우만호가 준비해 둔 순서에 맞춰 앞으로 나섰다.

"사춘각의 수석 악사 우만호입니다. 귀빈들의 흥취를 위해 최선을 다하고 있사오니 즐겁게 들어 주시면 감사하겠습니다. 달리 청하실 연주가 있으시면 기꺼이 말씀해 주십시오."

잔치 끝 무렵에 으레 이어지는 소위 신청곡 시간이었다.

우만호가 긴장된 눈빛으로 천천히 좌중을 둘러봤다.

이 고비만 넘기면 살얼음판 같은 잔치가 끝날 터였다. 그저 자신이 맡은 순서가 탈 없이 넘어갔으면 하는 소망뿐이다.

들리지 않음을 듣다(聽於無聲)

상석에서 한 사람이 일어났다.

문주 막대걸이 그 사내를 향해 의미심장한 미소를 지었다.

"나는 상당문의 소문주 막한소다."

막대걸의 세 아들 가운데 장남이 처음으로 앞에 나선 것이다.

우만호가 얼른 허리를 굽혔다.

"하명하시지요."

"내 사춘각의 명성이 하늘을 찌른다기에 궁금함이 많았는데, 오늘 덕분에 좋은 경험을 했네. 뭔가를 청하고 그에 답하는 일이 이리도 무거운 줄은 미처 몰랐어."

"……."

우만호가 선뜻 대답을 못하고 눈만 껌벅였다.

하지만 가슴은 이미 철렁 내려앉은 뒤였다. '청하고 답하는 일이 무겁다'는 말이 예사롭지 않았기 때문이다.

'제길, 또 무슨 사단이 나려는 것이냐?'

좌중에 고요한 침묵이 찾아 들었다.

상당문의 무사들조차 막한소의 다음 말이 궁금하다는 표정이었다.

"은원(恩怨)은 은원으로만 갚을 수 있는 법일세. 선비들은 그 말을 '예(禮)는 예로 갚고, 비례(非禮)는 비례로 갚는다'고 하던가?"

막한소가 짐짓 여유로운 자세로 좌중을 한 번 훑어보고는 다음 말을 이어나갔다.

"오늘 상당문은 술 한 잔을 위해서 비무를 벌여야 했네. 불행하게도 그 과정에서 형제끼리 피를 보는 불민한 일까지 생겼고……. 허니 이번에는 사춘각에서도 같은 성의를 보여줘야 하지 않겠나?"

"저, 어떤 성의를 말씀하시는지요?"

"흠, 상당문의 문주께서 직접 술 한 잔을 내리실 터이니, 이번에는 너희들이 서로 재주를 겨뤄봐라. 그쯤은 해줘야 서로 공평하지 않을까?"

우만호의 얼굴에 안도의 기색이 떠올랐다. 잔치 자리에서 악사들이 연주솜씨를 겨루고 술잔을 받는 건 늘 하는 일이다. 저쪽에서 정연의 술을 놓고 칼부림을 한 것에 비하면 관대하기까지 한 요구였다.

우만호는 혹시라도 막한소가 말을 바꿀까 싶어 얼른 대답을 했다.

"예, 그렇게 하지요. 그리 어려운 일이 아니니."

"아니, 어려울 게다. 아주 많이."

"예?"

"우리가 너희들 방식대로 놀아줬으니 너희도 우리 방식으로 놀아줘야 한다는 게다. 이번 기회에 강호의 맛을 조금 봐야 할 게 아니냐?"

우만호의 얼굴이 딱딱하게 굳어졌다.

'상당문의 방식'이라는 게 심상치 않을 게 분명했기 때문이다.

허나 어쩌겠는가? 이미 내뱉은 말인 것을. 아니, 애초부터 거절할 방법이 없었을 것이다.

우만호가 막대걸과 나란히 앉은 가주 도강훈을 향해 애처로운 눈빛을 보냈지만 도강훈이라고 달리 방법이 있을 리가 만무했다.

막한소는 우만호의 대답도 기다리지 않고 손을 가볍게 들어 올렸다.

"구궁무한진(九宮無限陣)을 펼쳐라!"

그 말에 호위 병력으로 따라 왔다는 무사 50명이 뒤편에서 일사불란하게 뛰어나와 비무대 위로 줄지어 올라갔다. 무사들은 각자의 검을 비무대에 세워 꽂은 뒤 빠르게 원 위치로 돌아갔다.

비무대 위에 남겨진 50자루의 장검은 기묘한 형태로 배열돼 있었다. 막한소가 말한 구궁무한진이었다.

사춘각의 사람들이 호기심 어린 얼굴로 비무대를 올려다봤다. 저 위에서 대체 뭘 하라는 것인지 궁금하기만 했다.

"하하, 너무 긴장들 할 것 없네. 본문의 구궁무한진은 고수를 상대하기 위한 비전의 합격진이고, 이건 구궁무한진의 기본형을 응용해서 만든 단순한 놀이거리에 지나지 않아. 무공을 모르는 신입 제자들에게 집중력을 연마시킬 때 이걸 이용하지. 방법은 간단하다네. 저 사이를 통과만 하면 되는 거야. 아, 사춘각의 여러분들은 악기를 연주하든, 춤을 추든 해야겠지."

막한소의 말에 악사들이 걱정스런 눈빛으로 50자루의 장검을 살폈다.

얼추 보기에 검 사이의 간격이 사람 하나 지나기에는 충분해 보였지만 실수로 넘어지기라도 한다면 그냥 목숨을 내놔야 할 것 같았다.

정말 재수가 없으면 음악을 연주하는 데 정신이 팔려 무슨 실수인들 하지 못하겠는가?

헌데 그 순간 상당문의 무사 하나가 지나가듯 한 마디를 던졌다.

"험, 소문주! 뭐가 빠졌소이다."

막한소가 빙긋이 웃으며 누군가에서 손짓을 했다. 앳된 얼굴의 무사가 나무 상자 하나를 가져다 막한소 앞에 올려놓았다.

"후후, 상당문에서 평소 즐기던 대로 하자는 이야기올시다."

막한소가 설명과 함께 나무 상자를 연 다음, 두 손을 빠르게 움직여 나갔다.

막한소의 손에서 던져진 쇳조각이 허공을 가르며 날아가 비무대 위에 우수수 떨어져 내렸다.

들리지 않음을 듣다(聽於無聲)

"헉!"

어디선가 여러 사람의 비명 소리가 흘러나왔다.

막한소가 던진 것은 열십자(十) 모양으로 날이 달린 표창이었다. 얼추 보기에도 100개가 훨씬 넘는 숫자의 십자표창이 50자루의 검 사이에 고르게 꽂혔다. 검을 통과하기가 더욱 어려워졌음은 말할 필요가 없었다.

악사들은 하나같이 파랗게 질렸고 수석 악사 우만호도 입을 다물지 못한 채 넋을 놓고 서 있기만 했다.

보다 못한 지배인 구진서가 앞으로 나섰다.

"지나친 일입니다. 무공도 모르는 악사들에게 어찌 도검(刀劍)을 헤치며 연주를 하라고 하십니까? 게다가 앉아서 연주를 하는 악기가 대부분입니다."

조금 전까지만 해도 웃음을 머금고 있던 막한소의 얼굴이 싸늘하게 굳어졌다.

"모두 다 나서라는 게 아니다! 한 놈, 아니 단 한 년이라도 저기를 통과해라. 표창을 밟든 검을 쓰러뜨리든 상관 안 하겠다. 걷지 못하겠으면 기고 굴러서라도 여기까지 오란 말이다. 그러면 오늘밤에 있었던 유감스러운 일을 모두 잊어주마. 그리고 인정해 주마. 과연 사춘각이 풍류의 도를 안다고 말이다!"

크게 목청을 돋우지 않았음에도 막한소의 음성은 어느새 쩌렁쩌렁 울리고 있었다. 말에 공력을 실었기 때문이다.

구진서가 창망한 얼굴로 말을 잇지 못하는 가운데 이번에는 상석에서 조심스러운 음성이 들렸다.

"대접이 많이 소홀했습니다. 부디 저를 봐서라도 노여움을 푸시지요."

도강훈이 자리에서 일어나 막대걸에게 고개를 숙이고 있었다.

막한소가 그 모습을 보며 웃음을 터뜨렸다.

"으하하! 봐라, 너희들 주인이 저렇게 몸을 굽히는데도 아무도 나서지 않는구나. 누가 사춘각에서 도를 운운했더냐?"

사춘각 쪽에서는 아무도 그 말에 대꾸를 하지 못했다.

막한소가 비웃음을 감추지 않은 얼굴로 도강훈에게 말했다.

"좋소, 주인의 얼굴을 봐서 그만 둡시다. 그러나 이 한 마디는 꼭 해야겠소. 앞으로 사춘각에서 그 누구도 '풍류의 도' 따위를 입에 담아서는 안 될 것이오. 수치를 안다면 말이오!"

말을 마친 막한소가 오른손을 불끈 움켜쥐더니 보란 듯이 허공으로 치켜들었다.

이 정도만 망신을 줘도 정연을 길들이는 데는 충분한 성과를 얻었다는 자신감이었다.

"옳소!"

"우와!"

상당문의 무사들이 요란한 박수와 함께 함성을 질러댔다.

반면 사춘각 사람들은 악사와 기녀, 일꾼 할 것 없이 고개를 들지 못했다. 개중에는 원망스런 눈길로 정연을 쳐다보는 사람도 있었다. 결국에는 정연이 시비의 발단이 아니냐는 책망이었다.

그 의미를 모를 리 없는 정연이 눈을 감았다. 어두운 밤이라 눈치챈 사람이 없지만 정연의 속눈썹이 파르르 떨리고 있었다.

상황이 정리됐다고 생각한 막한소가 득의의 웃음을 지으며 막 자리에 앉으려 했다.

그때 갑자기 요란하던 함성이 빠르게 잦아들었다. 누군가가 일어나 앞으로 나섰기 때문이다.

"제가 하지요."

음성의 주인은 바로 정연이었다.

"헛!"

"뭐야?"

여기저기서 탄성이 터져 나왔지만 정연은 눈을 내리 깔고 조용히 몸을 움직였다.

순간 막한소의 얼굴이 복잡해졌다.

'허, 저년이 직접 나설 줄이야.'

막한소는 이게 잘 된 일인지, 아닌지 언뜻 계산이 서지 않았다.

막한소가 고민에 빠진 사이 정연은 비무대를 돌아 반대편으로 걷기 시작했고 정연의 눈짓을 받은 앳된 기녀 하나가 그 뒤를 부지런히 따라갔다.

"말도 안 돼!"

 정연이 나서는 것을 보고 석도명은 비명에 가까운 한 마디를 내뱉으면서 자리에서 벌떡 일어났다.

 누가 뭐라 하든, 정연을 비무대 위로 올라가게 할 수는 없었다. 누군가가 그 일을 꼭 해야 한다면 자신이 대신할 것이다.

 석도명이 앞으로 달려 나갔다. 아니, 달려 나가려고 했다.

 하지만 생각과 달리 그 자리에 털썩 주저앉고 말았다. 뭔가가 허리에 닿는 것 같더니 사지에서 힘이 풀렸기 때문이다.

 "이놈, 날뛰지 말라고 했잖아! 정녕 내 손에 먼저 죽고 싶냐?"

 당환지였다.

 당환지가 석도명을 향해 다시 손을 뻗쳤다.

 '내가 대신 올라 갈 거란 말입니다!'

 석도명이 기를 쓰고 소리를 질렀지만 그 말은 한 음절도 입 밖으로 나오지 않았다. 당환지가 사지를 제압한 데 이어 아혈(啞穴)까지 짚어 버린 것이다.

 당환지는 아예 석도명을 뒤로 끌어내 담장 밑에 기대 앉혀 놓았다.

 어린놈이 지나치게 나댄다고 생각해 다치기 전에 미리 단속을 한 것이지만, 느닷없이 당한 석도명은 어이가 없었다.

'헉, 이러면 어쩌라고……'

석도명이 얼굴이 벌겋도록 용을 써봤지만 허수아비처럼 주저앉은 팔다리는 꼼짝도 하지 않았다.

정연의 모습을 보는데 정신이 팔려 뒤편의 석도명 쪽은 거들떠보는 사람조차 없었다.

그 사이 비무대를 돌아온 정연의 발걸음은 악사들이 줄지어 앉아 있는 곳에 이르고 있었다. 바로 그 앞에 비무대로 올라가는 반대편 계단이 있었기 때문이다.

정연을 달려가 맞은 건 지배인 구진서였다.

"이러지 말거라. 너무 위험해."

"이미 제 입으로 내뱉은 말입니다."

구진서가 애타는 심정으로 정연의 눈을 응시했다. 그 안에 담긴 슬픔과 상처를 구진서만큼 아는 사람이 있을까마는, 오늘은 웬일인지 정연의 눈에 알 수 없는 집착이 가득했다.

"뭘 얻겠다고 이러는 거냐? 너만 다치는데!"

"제게 처음 기녀의 길을 권해 준 분이 그러셨지요. 여염집 여인네에게 목숨을 걸고 지켜야 할 정절이 있다면, 기녀에게도 지킬 자존심이 있다고요. 저는……, 그 말씀을 믿고 따라나섰던 겁니다."

"하아……"

구진서는 말문이 막혔다. 그것은 바로 자신이 정연에게 해준 이야기였기 때문이다.

"그렇다고 이만 한 일로 지금 목숨을 걸 생각이더냐?"

"걱정하지 마세요. 무모한 짓은 하지 않습니다. 당 아저씨도 계시고……."

상황이 위험해지면 당환지가 구해 주면 될 것이라는 말에 구진서도 조금은 안심이 됐지만 여전히 정연을 비무대로 올려 보낼 마음은 들지 않았다.

"그래도……."

"저들은 강호인들이고 저는 기녀입니다. 만에 하나 몸을 다친다 한들 저는 잃을 게 없어요. 하지만 해보지도 않고 피하면 그거야말로 씻을 수 없는 상처가 될 겁니다."

정연의 말에 담긴 뜻을 구진서가 알아들었다.

여기서 물러나면 상당문은 자신들이 천하제일 기녀를 단번에 길들였다고 사방에 떠들고 다닐 게 틀림없다.

하지만 정연이 저들의 무리한 요구를 받아낸다면 정반대의 상황이 벌어질 것이다. 실패를 하더라도 명분을 쥐는 쪽은 정연이다. 여인의 몸으로 최선을 다했다는 사실은 남을 테니 말이다.

그리고 생각하고 싶지 않은 일이지만 혹시 정연이 다치기라도 한다면 상당문은 무도한 놈들로 낙인이 찍히지 않겠는가?

내키지는 않지만 막는 것만이 능사는 아님을 구진서는 부정할 수 없었다. 정연과 당환지를 믿을 수밖에 없는 것이다.

구진서가 침통한 얼굴로 서 있는 동안 정연을 뒤따라온 기녀가 한 악사에게 다가가 요고(腰鼓; 장구의 일종)를 빌려왔다.

요고를 걸쳐 멘 정연이 나지막이 중얼거렸다.

"발이 안 보이네……."

검무를 추느라 가벼운 차림이기는 했지만 치맛자락이 땅에 끌려 발이 보이지 않았다. 바닥에 박힌 십자표창을 피해 가기에는 불편할 수밖에 없었다.

기녀가 자기 허리에 장식으로 두르고 있던 끈을 풀어 정연의 허리에 맸다. 치마를 들어올려 발등이 살짝 보이게 한 것이다.

그 말에 뭔가를 생각해 낸 구진서가 서둘러 비무대 위로 올라가더니 일꾼들을 불러 모았다.

"주변에 불을 더 밝혀라! 너무 어둡구나!"

구진서가 그나마 해줄 수 있는 유일한 일이었다.

잠시 뒤 사춘각에 있는 것을 죄다 긁어모은 듯 비무대 좌우에 산더미 같은 화톳불이 지펴지고 온갖 등(燈)이 내걸렸다.

50자루의 검이 일렁이는 불빛을 받아 번쩍이는 모습은 쉽게 볼 수 없는 장관이었다.

정연이 그 불빛 속에서 비무대에 올랐다.

따당. 따당.

앙증맞은 생김새만큼이나 가벼운 소리가 울려 퍼지기 시작했다. 정연이 그 장단에 맞춰 사뿐 사뿐 발을 내딛었다.

수백 명이 모여 있는데도 숨소리 외엔 아무것도 들리지 않았다. 천하제일 기녀가 벌이는 위험한 곡예 앞에서 상당문의 무사들조차도 손에 땀을 쥐고 있었다.

정연이 조심스러운 발걸음으로 구궁무한진의 초입에 들어서고 얼마 되지 않아서였다.

"헛!"

침묵을 깨는 짧은 탄성이 누군가의 입에서 터져 나왔다.

결코 크지 않은 소리였지만 모든 사람들이 또렷하게 들을 수 있었다. 낮으면서도 제법 힘이 실려 있었기 때문이다.

왼발을 막 바닥에 내딛고 있던 정연의 발이 그 소리와 함께 멈칫거리며 정지했다. 눈썰미가 좋은 몇몇 고수들이 탄성을 내뱉은 사내를 수상쩍은 표정으로 쳐다봤다.

공교롭게도 정연의 왼발이 옆으로 삐져나온 십자표창 위에 스치듯이 걸쳐져 있었다. 사내의 탄성이 그걸 알려주기 위한 경고 신호였음을 알만 한 사람들은 모두 알아본 것이다.

따가운 시선을 받은 사내, 다름 아닌 막창소가 계면쩍게 고개를 떨어뜨렸다.

친형을 검으로 막아서면서까지 정연을 도와준데 이어 다시 노골적으로 티를 냈으니 민망할 수밖에 없었다.

'하아. 더 도와주기가 어렵겠구려.'

막창소가 안타까움을 이기지 못하고 속으로 한숨을 지었다.

헌데 그런 마음조차 받기 싫었던 것일까? 정연이 잠시 멈췄던 왼발을 그대로 내딛었다.

　십자표창이 비단신의 옆구리를 살짝 베고 들어갔다.

　그러나 정연은 아무렇지도 않은 얼굴로 뒤에 놓인 오른발을 앞으로 끌어오며 다음 동작을 준비하고 있었다.

"으헛! 저, 저 표창 밟은 거 아냐?"

　악사들 가운데 제일 앞에 앉아 있던 2인자 심기전이 몸서리를 쳤다.

"아니, 신만 찢겼나 본데."

　3인자 양삼재가 그 말을 받았지만 심기전이 이내 도리질을 했다.

"아냐, 아냐. 발에서 뭐가 떨어지잖아. 피 맞지?"

"정말? 진짜 피야?"

"하이고, 저걸 어째? 발에서 피가 떨어진대."

"뭐, 발이 찔렸어?"

　심기전의 한 마디가 일파만파가 되어 주변으로 번져나갔다. 그리고 석도명의 귀에도 그 소리가 들려왔다.

'누이……'

　정연이 발을 다쳤다는 이야기에 석도명은 온몸의 피가 거꾸로 치밀어 오르는 것 같았다.

　그러나 석도명은 곧바로 마음을 고쳐먹었다.

'아니다. 마음을 지켜야 해.'

사부가 봤다면 '제 마음도 지키지 못하는 한심한 놈'이라고 역정을 냈을 거라는 생각이 문득 떠올랐다.

석도명이 눈을 감았다.

세상에서 의지할 수 있는 유일한 것, 소리에 기대 보기로 마음을 먹은 것이다.

암중수심(暗中守心), **어둠 속에 마음을 지킨다.**

석도명이 이내 깊은 어둠 속으로 가라앉았다. 여느 때처럼 마음이 편해지고 귀가 열렸다.

혈도를 짚여 꼼짝도 할 수 없는 상황인데도 몸에 아무런 제약도 느껴지지 않았다.

그러나 석도명이 움직일 수 있는 건 오직 의념으로 만든 자신의 형상일 뿐이었다.

'일단 들어 보자.'

석도명의 의념이 사람들을 헤치고 비무대 위로 올라갔다.

따당, 따당 끊이지 않는 요고 소리를 뚫고 낮은 숨소리가 손에 잡혔다.

정연의 발이 어디를 어떻게 딛고 있는지는 어렴풋이 느껴졌지만, 칼과 표창이 대체 어디에 꽂혀 있는지는 전혀 알 수 없었다. 쇳덩어리는 소리를 내지 않으니 말이다.

그리고 정연의 숨소리가 가늘게 떨리고 있는 것이 또렷하게 느껴졌다. 태어나자마자 어미를 잃고 숲에 혼자 남겨진 어린 산짐승의 소리가 이렇게 애처로울까?

'아니다. 이럴 때가 아니다.'

안타까움에 젖어 있던 석도명이 급히 자신의 의념을 불러들였다. 지금은 하염없이 감상에 빠져 있을 때가 아니었다.

뭔가 도움이 될만 한 작은 실마리라도 찾아야 했다. 그게 자기 몸 안에 있는 무엇이든, 이곳에 와 있는 누구이든 간에 말이다.

비무대를 내려와 주변을 빠르게 훑어가던 석도명의 의념이 갑자기 우뚝 멈춰 섰다.

'뭐지 이 소리는?'

빼곡하게 들어 찬 사람들 가운데서 뭔가 이질적인 소리가 느껴졌다.

'설마 묵음(默音)?'

그것은 유일소에게 배운 탁청명묵무(濁淸明默無)의 다섯 단계 가운데 네 번째인 묵음과 흡사했다.

즉 누군가가 의도적으로 소리를 지운 채 사람들 사이에 섞여 있는 것이다.

제대로 소리를 지운 것은 아니지만 보통 사람이 흉내를 낼 수 있는 경지는 결코 아니었다. 자신과 같이 소리를 다루는 자가 아니라면, 무림인일 것이 분명했다.

'하나, 둘, 셋…… 많다.'

석도명은 짙은 의혹에 사로잡혔다. 자신의 기척을 숨긴 사람들이 얼추 수십 명은 될 것 같았다.

석도명의 마음이 더욱 다급해졌다.

도무지 앞뒤 사정을 짐작할 수 없었지만 뭔가 심각한 일이 진행되고 있다는 것은 짐작할 수 있었다.

섞여 있는 자들이 상당문 쪽이라면 사춘각 사람들의 목숨을 노리는 흉계일 테고, 그 반대라면 피할 수 없는 큰 싸움이 벌어질 것이다.

'어떻게 하지? 누군가에게 알려야 돼.'

석도명이 의념을 불러들이고 깊은 고민에 빠졌다.

'몸은 못 움직여도 좋으니 소리라도 지를 수 있으면 좋을 텐데.'

하지만 목소리조차 나오지 않는 상황이다. 어쩌면 좋을까?

문득 떠오르는 생각이 있었다.

'소리, 소리를 내면 되잖아!'

석도명이 서둘러 소리의 기운을 불러일으켰다.

눈에 아무것도 가리지 않은 채 눈만 감고 소리의 기운을 불러일으킨 것은 무림맹에서의 사건이 있은 뒤 처음이었다.

소리의 기운을 잘못 썼다가 눈앞에 일렁이는 불덩이를 맛본 뒤로는 눈을 제대로 가리지 않고 소리의 기운을 일으키는 게 늘 두려웠기 때문이다.

하지만 지금은 다른 방법이 없었다. 불덩이 때문에 며칠 고

생을 하게 되더라도 그건 나중의 일이었다.

합생기지화(合生氣之和), 조화로운 기운이 모이리라!

 석도명의 몸에서 아지랑이가 피어나는 것같이 소리의 기운이 모이기 시작했다.
 석도명의 생각은 단순했다. 목으로 소리를 낼 수 없으니 소리의 기운을 이용해 소리를 내려는 것이다.
 다행히도 땅바닥을 짚은 왼손바닥에 작은 돌멩이가 하나 깔려 있었다. 소리의 기운을 손바닥에 모으면 그 돌멩이로 어떤 소리든 낼 수 있으리라.
 지금 필요한 건 음악이 아니라, 그저 누군가의 시선을 끌 수 있는 소음이었다.
 '끙, 뭐야…… 왜?'
 하지만 소리의 기운은 석도명의 뜻대로 손바닥에 모이지 않았다. 아니 평소와는 달리 전혀 의지를 따라 움직여지지 않았다.
 석도명의 몸 안에 가득한 소리의 기운은 그저 어지럽게 흩어졌다 다시 모이기를 반복하고 있었다.
 마치 자욱하게 피어오른 안개가 강한 바람을 만난 것 같은 형국이랄까?
 석도명이 정신을 모으고 자신의 몸을 들여다보기 시작했다. 소리의 기운이 모이지 못하는 까닭이 금방 손에 잡혔다.

몸 안의 기운은 두 곳에서 뭉치지를 못한 채 빙빙 맴돌고 있었다. 바로 당환지가 짚은 혈도가 문제였다.

석도명은 이미 어둠 속에 들어 있으면서도 다시 눈앞이 깜깜해지는 기분이었다.

단호경에게 구화진천무를 전수 받으면서 내공이니 혈도니 하는 것을 개괄적으로 배우기는 했지만 점혈에 대해서는 거의 아는 바가 없었다.

소리의 기운은 단전을 수련하는 것이 아니니 혈도와는 무관한 줄 알았는데 이런 현상이 생길 줄은 상상도 하지 못했던 것이다.

석도명이 이를 악물고 소리의 기운을 움직여 보려고 했지만 막힌 혈도가 그 앞을 가로막고 꼼짝도 하지 않았다.

그러나 포기할 수는 없는 일이었다.

'혹시 내가 모르는 뭔가가 있을까?'

석도명이 지푸라기를 잡는 심정으로 주악천인경 백열두 자를 떠올렸다. 이미 수만 번도 더 외우고 읊은 내용이지만, 이제 믿을 거라곤 주악천인경이 유일했다.

구결을 샅샅이 뜯어보고 짜 맞춰 봤지만 이미 다 알고 있는 내용뿐이다. 백열두 자가 순식간에 바닥을 드러냈다.

'좌충우돌…… 상부상조…… 유야무야…… 초지일관…… 궁즉통.'

석도명의 생각이 오래도록 수수께끼였던 알쏭달쏭한 구절

에 이르렀다.

문득 '궁즉통'이라는 구절이 마음에 확 와 닿았다. 말 그대로 궁하면 통할 방법이 있어야 했다.

'좌충우돌, 상부상조, 유야무야, 초지일관, 궁즉통.'

석도명이 그 구절을 마음속으로 다시 한 번 읊었다.

'그래, 죽어라 좌충우돌이다! 서로 돕다 보면…… 있는 듯 없는 듯싶어도…… 끝까지 밀어붙여서…… 통하게 만드는 거야!'

그렇지 않아도 전혀 현묘(玄妙)하지 않던 구절이 위기의 순간에 더더구나 현묘하지 않게 풀이됐다.

두드리라, 그러면 열릴 것이다!

석도명이 생각한 것은 그 단순한 진리였다.

'막혔다는 건 서로 영향을 준다는 의미지. 해보자고.'

석도명은 막힌 혈도가 소리의 기운을 막은 것은 소리의 기운도 혈도에 영향을 끼친다는 반증일 것이라고 생각했다. 막혔으면 뚫으면 되는 것이다.

석도명은 다른 곳을 포기하고 오직 목덜미 부근에 정신을 집중했다. 그러자 흩어져 있던 기운이 서서히 한 방향으로 모여들었다. 그리고 그렇게 모아진 기운이 아문혈(啞門穴)을 두드리기 시작했다.

석도명이 전력을 다해 막힌 혈도를 뚫고 있는 동안 비무대 위의 정연은 서서히 위기에 빠져 들고 있었다.

따당, 따당.

요고 소리는 끊이질 않았지만 그 뒤에 가려진 정연의 숨소리는 점점 거칠어지기만 했다.

시간이 계속 흘렀지만 정연이 나간 거리는 고작 3분의 1에 불과했다.

똑바로 걸을 수 있다면 벌써 지나고 남았을 텐데 검과 십자 표창의 배열이 교묘해서 정연은 계속 갈지(之)자 형태로 좌우를 오갈 수밖에 없었다.

더 큰 문제는 시간이 가면서 시야가 좁아져 칼과 표창이 꽂혀 있는 전체적인 형태는 잊혀지고, 그저 눈앞에 순간순간 나타나는 것을 피하기에 급급해졌다.

구궁무한진은 그 거창한 이름과는 달리 기문진식(奇門陣式) 축에도 들지 못하는 조잡한 눈속임에 지나지 않았다.

하지만 무공을 모르는 정연으로서는 집중력이 떨어지면서 점점 헤어날 수 없는 늪으로 빠져드는 기분이었다.

'하아, 상당문에는 절대로 지지 않아.'

정연이 이를 악물었다.

그리고 다시 얼마의 시간이 흘렀을까?

"아악!"

"으악!"

들리지 않음을 듣다(聽於無聲)

기녀들 사이에서 날카로운 비명이 쏟아졌다.

구궁무한진을 절반 넘게 헤쳐나간 정연의 몸이 휘청거리면서 요고를 두드리는 소리가 뚝 끊겼다.

정연이 몸을 곧추세웠지만 다음 걸음은 내딛을 엄두도 내지 못했다. 그 사이에도 기녀들의 비명은 끊이질 않았고, 사람들의 웅성거림이 점점 커져갔다.

정연이 그예 표창 하나를 밟고 만 것이다.

주변의 소란 속에서 정연은 신음도 내지 않고 오른발을 천천히 들어올렸다.

발바닥에서 피가 주룩 흘러내리는데도 정연은 다시 걸음을 내딛으려고 했다.

그러나 오른발의 중심이 허물어지는 바람에 기우뚱거리기만 했을 뿐 앞으로 가지는 못했다.

"그만 해라. 보기에 흉하구나. 불알 찬 사내놈들은 뭐하고 계집이 궁상을 떠는지……."

막한소가 선심이라도 쓰듯이 정연을 만류하고 나섰다. 사춘각 최고의 상품인 정연을 더 이상 다치게 할 수는 없었기 때문이다.

하지만 가만히 뜯어보면 교묘한 언변이었다. 자신들이 정연을 핍박한 게 아니라, 사춘각의 못난 사내들 탓이라는 식으로 슬쩍 책임을 회피했으니 말이다.

"기고 굴러서라도 가라고 하지 않았던가요?"

정연이 막한소의 말을 그대로 되돌려줬다. '애초에 강요를 한 것은 너희들이 아니냐'는 의미였다.

그때 뒤쪽에서 그림자 하나가 날아올랐다.

비무대에 꽂힌 검의 손잡이를 가볍게 디디면서 다가온 그림자는 정연을 들어올려 구궁무한진에서 빠져나왔다.

구진서의 눈짓을 받고 뛰어든 당환지였다.

억울함을 떨어내지 못하는 정연을 향해 당환지가 입을 열었다.

"이 정도 했으면 네 자존심은 충분히 지킨 게다. 그 이상을 원한다면…… 해줄 수 있다만."

정연이 고개를 저었다. 당환지의 말에 담긴 의미를 알고 있기 때문이다.

지금 이 자리에는 구진서의 명으로 불을 밝히러 들어왔다가 주저앉은 일꾼들이 곳곳에 흩어져 있었다.

그들 가운데 상당수는 최악의 사태에 대비해 동원된 당환지의 옛 동료들이다. 당환지는 정연이 원한다면 그들을 동원해 기습을 하겠다고 말한 것이다.

그러나 정연이라고 모르겠는가? 이 자리에서 싸움이 벌어지면 제일 먼저 죽어나갈 사람들이 죄 없는 사춘각의 식구들임을.

당환지가 정연을 안은 채로 몸을 돌리려는 순간이었다.

"푸하하! 결국 반쪽짜리 자존심이었군. 겨우 경비무사에게 안겨 빠져나가다니, 천하의 설화가 말이야."

막한소가 참을 수 없다는 듯 크게 웃음을 터뜨렸다.

정연을 말리는 척하기는 했지만 뭔가 미진함을 느끼고 있던 차였다.

마침 사춘각의 별 볼일 없는 무사놈이 올라왔으니 곱게 내려 보낼 생각이 아니었다.

막한소의 웃음에 상당문의 무사들이 일제히 낄낄거리기 시작했다. 막한소가 정연의 자존심을 들먹이자 당환지가 눈썹을 꿈틀거렸다.

"흐흐, 인상을 쓰면 어쩌려고? 도흉사괴한테도 너부러진 주제에……."

막한소의 그 한 마디는 당환지의 자존심을 밑바닥까지 긁어 놓은 것이었다.

당환지가 부르르 몸을 떨었다. 정연을 말리려고 올라왔지만 이건 또 다른 문제였다. 사내로서 피해 갈 수 있는 상황이 아니었다.

'제길, 이제는 내가 피를 흘릴 차례인 모양이구나.'

헌데 당환지보다 한 박자 빠르게 입을 연 사람이 있었다.

"그렇게까지 말할 건 아니죠. 아직 끝난 것도 아닌데……."

당환지가 그 음성을 향해 돌아섰다.

거기에는 온몸이 땀에 흠뻑 젖어 꼬질꼬질하기만 한 석도명이 서 있었다.

"애송이! 넌 또 뭐냐?"

당환지가 놀라 입을 채 열지 못하는 가운데 막한소가 신경질적으로 물었다.

"사춘각의 악삽니다."

"헐, 네깟 놈이 왜 나서?"

막한소가 어이없다는 표정을 지었다. 고작 악사 나부랭이가 자신 앞에서 태연히 미소를 짓고 있었기 때문이다.

하지만 막한소는 몰랐다. 석도명의 미소는 가슴에서 끓어오르는 분노를 식히기 위한 것이었음을.

'평정을 잃지 말자. 마음부터 지키는 거야.'

석도명은 스스로 다짐에 다짐을 거듭하고 있었다.

정연의 발에서 뚝뚝 떨어지는 핏방울이 비수가 되어 가슴을 베어왔지만 먼저 해야 할 일이 있었다. 그것도 성공을 장담할 수 없는 일이 말이다.

"너, 어쩌자고……."

석도명과 눈을 마주친 당환지는 쉽게 말을 잇지 못했다.

석도명의 등장에 어이가 없기로는 막한소보다 당환지가 더 심했다.

대체 보잘것없는 저 어린 녀석이 무슨 수로 점혈을 풀었단 말인가?

그러나 석도명은 이번에도 싱긋이 웃을 따름이었다.

"보이는 게 전부는 아니지요. 가끔은 사람을 믿어 보세요.

편견 없이요."

석도명의 눈빛에서 무엇을 읽었는지 당환지가 뚜벅뚜벅 비무대를 걸어 내려갔다.

정연이 석도명을 향해 뭔가를 말하려 했지만 당환지가 상처의 고통을 덜어주기 위해 수혈을 짚은 다음이었다.

'그래, 지금은 정연이만 생각하자.'

당환지는 생각했다. 미덥지 못한 놈을 믿어줄 마음이 생긴 게 아니라, 정연이 중요해서 움직이는 거라고.

하지만 당환지는 미처 깨닫지 못했다. 자신이 별원을 나가기 직전에 고개를 돌려 비무대 위의 석도명을 다시 바라봤다는 사실을 말이다.

당환지가 정연을 안고 사라지자 석도명이 막한소를 향해 입을 열었다.

"기든지, 구르든지 한 명만 지나가면 된다고 했습니까? 제가 해보지요."

"으하하, 별놈이 다 나서는구나. 오냐, 이번에는 꼭 해야 할 것이다. 네놈 힘으로 통과하지 못하면 내가 굴려서라도 지나가게 해주마."

막한소가 이를 갈았다.

조금 전까지 잉어가 갇혀 있던 그물에 달랑 송사리 한 마리만 남겨진 허탈감이 들었기 때문이다.

석도명이 몸을 돌려 비무대 아래로 걸어갔다. 그리고는 악사석으로 다가가 심기전 앞에 섰다.

 "뭐? 어, 어쩌라고?"

 심기전이 왠지 겁을 먹은 표정으로 더듬거렸다. 혹시 비무대에 같이 올라가자는 뜻이 아닐까 싶어서다.

 "비파 좀 빌려주십시오. 칠현금은 좀 커서……."

 심기전이 얼른 비파를 내밀었다.

 비파를 들고 비무대에 오른 석도명이 품에서 비단 손수건을 꺼내 눈에 두르기 시작했다.

 "뭐하는 짓이냐?"

 "……."

 "미친…… 놈."

 막한소가 석도명의 황당함에 두 손을 들었다는 표정을 지었다.

 상당문의 무사들은 물론 사춘각 사람들도 하나같이 고개를 절레절레 흔들었다.

 막한소의 말마따나 미친놈이 아니고서야 어떻게 눈을 가리고 시퍼런 칼날 사이로 들어간다는 말인가?

 그러나 석도명은 그 모든 것에서 관심을 끊은 상태였다.

 '하아, 사부님. 가르쳐 주신 걸 다 끌어 모아도 될까 말까 싶네요.'

 눈을 가리고 사물을 피해 가는 건 1,2년 해본 일이 아니다.

소리로 세상을 봐야 한다며 유일소가 시킨 온갖 일 중에 갖은 장애물을 헤치며 걸어 다니는 수련도 있었다.

알아서 피해가라며 석도명 앞에 수시로 그릇이며 악기 따위를 거침없이 던져 놓곤 했던 것이다. 가끔은 부엌칼이 날아와 마당에 떨어지기도 했었다.

하지만 그때는 석도명의 손에 지팡이가 들려 있었다. 지팡이에 닿는 소리로 위치를 파악하는 일이 몸에 익은 뒤로는 물건 사이를 뛰어 다니기까지 했다.

헌데 오늘은 지팡이가 아니라 악기를 들어야 했다. 가진 재주를 다 쏟아 부어도 결과를 장담할 수 없는 것이다.

석도명이 암중수심의 구결을 떠올리며 온몸을 열었다.

그러나 머릿속에는 조금 전 눈으로 본 구궁무한진의 형태가 흐릿하게 그려질 뿐이다. 검은 소리를 내지 않으니 발 앞은 그저 암흑이나 다름이 없었다.

'소리를 만나러 가자.'

마음을 정한 석도명이 비파에 손을 얹었다. 맨 처음 자신에게 소리를 가르쳐 주던 사부의 음성이 머릿속에 떠오르고 있었다.

"소리가 뭐냐?"
"음, 귀에 들리는 거죠."
"그럼 귀만 막으면 소리는 존재하지 않는 거냐?"
"그건 아닌데……."

"멍청한 놈, 소리는 만남이다."
"예? 뭐가 만나는데요?"
"이를 테면 고장난명(孤掌難鳴)이지."
"예? 고장……."
"무지한 놈, 한 손으로는 박수 소리가 안 난다는 뜻이다."
"박수는 원래 두 손으로 치는 거잖아요?"
"바로 그거다. 손과 손이 만나야 소리가 나는 게야. 모든 사물은 제 안에 은밀한 소리를 간직하고 있지만 혼자서 그 소리를 내는 법은 없느니. 자고로 소리가 발현(發現; 밖으로 나타남)되려면 반드시 다른 사물과 만나야 한다 이 말이다."
딱!
사부의 지팡이가 머리에 떨어졌다.
"봐라. 의미 없는 네놈 돌 머리도 이 지팡이를 만나 이렇게 현묘한 소리를 내지 않느냐? 만남이 없이는 소리도 없느니."
"예……."
"허면, 들리지 않는 것은 어찌 들을 것이냐?"
"예?"

사부는 말했었다.

들리지 않는 것을 듣는 것 또한 만남이라고. 오지 않으면 가서 만나면 될 일이라고.

석도명이 호흡을 고르며 하나의 구결을 떠올렸다.

청어무성(聽於無聲), 들리지 않는 것을 듣는다.
정기함동(靜基含動), 고요함 속에 움직임이 있다.

석도명이 이윽고 비파를 뜯기 시작했다.

딩, 딩, 딩, 딩.

뭐가 마음에 들지 않는지 석도명은 진자(軫子; 줄을 조이는 부분)를 계속 조이며 음을 올려나갔다.

'쇠를 울게 하는 것은 쇠의 소리, 돌을 울게 하는 것은 돌의 소리.'

딩— 디잉.

비파 소리가 점점 높아져 쇳소리를 내면서 석도명의 귓가에는 사람들이 듣지 못하는 작은 울림이 들려왔다.

소리의 기운을 실어 쏘아낸 비파 소리가 비무대 위의 검과 십자표창에 맞아 되돌아오는 미세한 반향(反響)이었다.

눈을 가리고 스스로 암흑 속으로 들어간 석도명의 눈앞에 서서히 50자루의 검이 형체를 갖추며 모습을 드러냈다. 그리고 이어 십자표창까지 하나하나 그려졌다.

스스로 소리를 냄으로써 들리지 않는 것을 듣는다는 청어무성이 펼쳐진 것이다.

그럼에도 석도명은 좀처럼 앞으로 나가지 못했다.

첫걸음을 떼자 반향으로 만들어 낸 머릿속의 상이 일제히 일그러졌기 때문이다.

쉬운 일이 아니었다.

비파로 쉬지 않고 곡조를 연주하면서 오음 가운데 쇳소리, 즉 궁(宮)의 음계에 반응하는 소리만 걸러내는 것만 해도 심력을 소진하는 일이다.

더구나 걸으면서 그 상태를 유지하는 게 뜻대로 되지 않았다. 아직 정기함동의 경지에 오르지 못했기 때문이다.

'혁, 어떻게 움직임에 멈춤을 담고, 멈춤에 움직임을 담지?'

석도명이 고민 끝에 다시 걸음을 내딛었다. 정기함동의 묘리(妙理)를 깨달은 것도, 머릿속에서 흔들리는 상을 단단히 잡아 세운 것도 아니다.

그저 머릿속에 떠오른 검 가운데 가장 앞에 있는 것을 향해 조심스럽게 다가섰을 뿐이다.

발을 바닥에 질질 끌면서 혹시라도 뭔가가 닿지 않을까 잔뜩 신경을 곤두세운 상태였다.

'간다. 죽어도 간다.'

피를 흘리며 걸어가던 정연을 떠올리니 없던 힘이 솟구치는 것 같았다.

전체의 상을 유지할 수 없다면 한 번에 하나씩 피해서라도 가겠다고 마음을 바꿨다. 설령 발이 좀 찢기고 베인다 한들 어떻겠는가?

석도명이 한 호흡에 음 하나, 장애물 하나를 떠올리며 꾸준히, 그러나 아주 느리게 앞으로 나아갔다.

 석도명의 움직임이 한없이 느려지자 상석에서 비웃음이 터져 나왔다.
 "푸흐흐, 굼벵이가 기는 재주가 있다더니 저놈은 정말로 기는 법을 아는구나."
 "푸헐, 그러게 말입니다."
 문주 막대걸이 웃음을 터뜨리자 큰아들 막한소가 얼른 맞장구를 쳤다.
 여기저기서 같은 종류의 웃음이 터져 나왔다.
 "야야, 지겹다. 여기서 밤을 샐 거냐?"
 "바닥 청소하러 올라갔냐? 열심히 쓸고 있구나."
 석도명의 움직임이 너무 느린 탓에 야유가 좀처럼 끊이질 않았다.
 야유에도 불구하고 발끝으로 바닥을 스치며 느릿느릿 나가는 석도명의 움직임은 좀처럼 빨라지지 않았다. 아니, 시간이 지날수록 오히려 걸음이 더욱 느려지는 느낌이었다.
 정작 자신의 걸음에 빠져 있는 석도명의 귀에는 아무런 소리가 들리지 않았다.
 그저 한 걸음 앞의 검 한 자루, 표창 하나를 향해서 우직하게 발을 움직이는 것 외에는 아무것도 생각할 수 없었다.
 그리고 석도명도 미처 모르고 있었다.

언제부턴가 쇳소리에 반응해 들려오던 미세한 반향조차도 귀 기울여 듣지 않고 있다는 것을, 머릿속의 상이 더 이상 흔들리지 않고 있다는 것을 말이다.

어쨌거나 시간이 이 각을 훌쩍 넘겼는데도 석도명의 몸은 구궁무한진의 3분의 1도 채 지나가지 못하고 있었다.

'개자식, 잔머리하고는…… 정말 밤이라도 새겠다는 건가?'

사람들이 야유를 보내는데도 지쳐 종내는 끼리끼리 잡담에 빠져들자 막한소가 이를 갈았다. 생긴 대로 얄팍한 수작에 더 이상 참을 수가 없었다.

막한소가 부친 막대걸을 향해 눈길을 보냈다. 엄한 애송이 놈의 수작에 더 이상 놀아나지 않으려면 무리를 해서라도 상황을 빨리 정리해야 하지 않겠냐는 의미였다.

막대걸이 허락의 의미로 가볍게 고개를 끄덕였다.

막한소가 천천히 자리에서 일어났다. 황당한 짓거리로 여러 사람을 욕 뵈었으니 그냥 두지 않으리라.

정말로 자기 손으로 바닥에 굴려 피떡을 만들어 줄 생각이었다.

"네놈이 감히……."

하지만 막한소의 뒷말은 사람들에게 들리지 않았다.

딩딩. 디디딩딩.

석도명이 연주하는 비파 소리가 서서히 커지면서 막한소의 음성을 덮어 버렸기 때문이다.

비파 소리는 커지기만 한 게 아니었다. 속도가 점점 빨라지더니 이내 석도명의 손가락 놀림이 제대로 보이지 않을 정도였다.

그 순간 석도명은 새로운 경험을 하고 있었다.
몸에서 일어 두 손으로 뻗어나가던 소리의 기운이 갑자기 거세지더니 자신의 의지와 무관하게 폭포수처럼 비파로 쏟아져 들어갔다.
비파 소리가 커지는가 싶더니 몸을 움직일 때마다 계속 흔들리기만 하던 머릿속의 상이 한 치의 이지러짐도 없이 또렷하게 자리를 잡았다.
그리고 의념 속에 그려진 50자루의 검이 은은히 빛을 발하기 시작했다.
자신을 얻은 석도명이 거침없이 한 발을 앞으로 내뻗었다.
한 걸음, 또 한 걸음.
석도명은 이내 아무것도 없는 평지를 걷듯 곧은 걸음으로 구궁무한진을 가로질러 갔다.
"뭐, 뭐야?"
"어, 어 저거 막 밟는 거 아냐?"
사람들의 입에서 경악성이 터져 나오다 이내 멈춰 버렸다.
디딩 디딩 디디딩딩.
석도명의 비파 소리에 화답하듯 검들이 일제히 같은 소리로

울기 시작했기 때문이다.

정확하게는 비파 소리가 검에 부딪치며 울리는 반향이 모두의 귀에 들릴 정도로 커진 것이지만 사람들에게는 마치 석도명이 비파와 함께 검을 연주하는 것으로만 여겨졌다.

그 광경이 너무 신비로워서 좌중이 일제히 침묵에 빠져들었다.

그리고 사람들이 정신을 차리기도 전에 석도명은 구궁무한진을 가로질러 비무대를 걸어 내려왔다.

기녀들이 일제히 함성을 질렀다.

"어머, 해냈어, 해냈다고!"

"우와, 정말이네."

"석 악사님, 최고예요!"

술자리에서 감정을 드러내지 않게 철저한 교육을 받은 기녀들이지만, 지금 이 순간만은 거짓 없는 여인의 마음을 숨길 수 없었던 것이다.

어린 기녀들은 심지어 손님 앞이라는 것도 잊고 깡충깡충 뛰면서 기쁨을 감추지 못했다.

뒤이어 악사와 일꾼들이 그 함성에 가담하면서 사춘각을 연호하는 목소리가 커졌다.

반면 상당문의 무사들은 좀처럼 충격에서 헤어나지 못했다.

짝짝짝.

"험험, 좋은 재주였소이다."

문주 막대걸이 도강훈을 향해 칭찬의 말과 함께 천천히 박수를 쳤다. 내키지는 않지만 상황이 끝난 마당에 더 추한 꼴을 보일 수도 없었다.

그제야 상당문 쪽에서도 박수가 터져 나왔다. 문주가 박수를 치는데 아랫사람들이 가만히 있을 수는 없는 법이다.

눈에서 비단 손수건을 걷어낸 석도명이 일그러진 막한소의 얼굴을 올려다봤다.

"강호의 도……, 이제 된 겁니까?"

표정은 한없이 담담했지만, 석도명은 몸을 가눌 수 없을 정도로 비틀거리고 있었다. 기력을 다해 쓰러지기 직전이었던 것이다.

"너, 음공(音功)을 하는 녀석이었더냐?"

막한소가 분노를 애써 누르며 물었다.

"한낱 악사올시다."

"말도 안 되는 소리! 악사 따위가 어떻게 검을 울게 해?"

석도명의 창백한 얼굴에 희미한 미소가 떠올랐다.

"오음 가운데 극성(極聲)의 쇳소리가 검에 부딪쳐 울렸을 뿐이지요."

"극성이라고? 그런 게 있었나?"

막한소가 이해할 수 없다는 얼굴로 서 있는 가운데 석도명이 천천히 돌아섰다.

이제는 더 이상 할 말도, 할 일도 없다. 아니, 당장 더 버티고 있을 기운이 없었다.

　휘청거리며 움직이던 석도명이 몇 걸음을 옮기지 못하고 주저앉았다.

　기녀 하나가 재빨리 달려들어 석도명을 부축했다.

　"험, 구궁무한진을 걷어라!"

　막한소의 기운 빠진 음성을 들으면서 석도명은 기녀의 품에서 의식을 놓아 버렸다.

다음날 석도명은 낯선 방에서 눈을 떴다.

이불에서 풍겨오는 향긋한 냄새를 맡으며 머리를 갸웃거렸지만 어젯밤의 일이 기억나지 않았다.

석도명이 이불을 푸석이는 소리를 들었는지 밖에서 음성이 들려왔다.

"일어나셨어요?"

앳된 기가 채 가시지 않은 여인의 목소리였다.

문을 열고 들어온 여인을 보며 석도명이 다시 한 번 머리를 갸웃거렸다. 어디서 본 것도 같고, 낯설기도 한 얼굴이었다.

"제가 어떻게……."

"어젯밤에 정신을 잃으셔서 겨우 부축을 해드렸어요. 저는 채향(茶香)이라고 합니다."

석도명은 그제야 채향이라는 여인을 기억할 수 있었다. 의식을 놓기 직전에 달려와 자신을 부축했던 기녀였던 것이다.

문득 이불에서 나는 향기가 낯설지 않다는 생각이 떠올랐다.

"저……."

석도명이 어색하게 이불을 어루만지며 말을 잇지 못했다. 그건 분명히 어젯밤 채향의 품에서 의식을 잃기 전에 느꼈던 향기였다.

그 뜻을 알아챈 채향이 밝게 웃었다.

"별원의 객방에 모셨는데 이부자리가 없어서 제 것을 갖다 드렸어요. 불편하셨나요?"

"아, 네. 그게 아니라……."

석도명은 안도의 한숨을 내쉬었다. 혹시 낯선 여인의 방에서 잠이 든 게 아닐까 싶었는데 마음이 놓인 것이다.

"설화 낭자는……."

"발 말고는 다 괜찮은데 한동안 거동을 못할 거래요."

"예……."

정연의 다친 모습을 떠올린 석도명이 잠시 말없이 앉아 있다가 주섬주섬 침상을 정리해 놓고는 방을 나섰다.

채향이 석도명을 뒤따라 나오면서 말을 붙였다.

"저, 당환지 나리께서 일어나시는 대로 뵙자고 하셨습니다."

"아……."

당환지의 이름이 나오자 잊고 있던 것들이 한꺼번에 솟구치기 시작했다. 어젯밤의 일에 대해서 묻고 싶은 게 많을 것이다. 과연 어디서 어디까지를 말해야 하는가?

석도명이 멍하니 허공을 바라보고 서 있자 채향이 머뭇거리며 입을 열었다.

"어젯밤에는 수고…… 하셨습니다."

"예, 그러면 이만."

생각에 골몰해 있던 석도명이 채향에게 가볍게 고개를 숙여 보이고는 서둘러 걸어갔다.

채향이 그 뒷모습을 보며 낮게 한숨을 지었다.

"바보, 멋있었다는 말을 하려던 거였잖아."

* * *

석도명을 본 당환지는 에둘러 말하지 않았다.

"너 정체가 뭐냐?"

"아시는 대로 악사입니다."

"말장난 따위 할 기분이 아니다. 어떻게 네놈이 비무대에 올라올 수 있었던 거지? 그리고 어떻게, 어떻게……."

"……."

당환지의 의혹은 당연한 것이었다.

상대가 무공을 모른다고 생각해서 시간이 흐르면 저절로 혈도가 뚫릴 수 있도록 가볍게 점혈을 했었다. 하지만 보통 사람이 그렇게 쉽게 풀 수 있을 정도는 아니었다.

게다가 자신이 떠난 뒤에 눈을 가리고 구궁무한진인지 뭔지 하는 상당문의 개수작을 뚫어냈다는 것 또한 상상이 가지 않는 일이다.

석도명이 좀처럼 입을 열지 않자 당환지의 의심이 더욱 깊어졌다. 요즘처럼 흉흉한 상황에서 때맞춰 나타난 것 자체가 수상스러웠다. 이놈 또한 상당문과 한통속이 아니라는 법이 어디 있는가?

"너, 누구의 사주를 받았느냐? 배후가 누구냐?"
"그런 거 없습니다."
"지금 그걸 믿으라는 말이냐? 네놈은 대체……."
당환지의 말을 석도명이 떨리는 음성으로 잘랐다.
"정연 누이는…… 제가 정말로 죽은 줄 아는 겁니까?"
"너, 너, 너…… 네놈이……."
당환지는 충격으로 부들부들 떨기만 했다.
석도명이 참담한 어조로 말을 이어갔다.
"저는 누이를 팔아넘기지 않았습니다. 그저 누이를 기쁘게 해주고 싶어서 열심히 물고기를 잡았고, 돈을 모아서 생일선

물을 해주려고 했을 뿐입니다. 아삼이 형이…… 저를 속일 줄은 몰랐습니다."

"……."

두 사람 사이에 침묵이 이어졌다.

석도명도 더 이상 설명하려 들지 않았지만, 당환지 또한 묻지 않았다.

잠시 뒤 당환지가 먼저 말을 시작했다.

"인생이란 어차피 오해도 하고, 또 오해도 받고 그러면서 가는 거다. 중요한 건 현재고, 더 중요한 건 내일이다. 지나간 건, 그저 지나간 거야."

"사과조차 안 하시는군요."

"훗, 사과? 넌 아직도 구제불능이구나. 그날 네놈을 그 자리에 부른 건 내가 아니었다. 정연을 데려가라고 한 것도 아니었고. 더구나 그 자리에서 돈 주머니가 오간 일 또한 나와는 아무 상관이 없지. 아니, 설령 그날의 일이 네놈 말대로 오해였다고 치자. 그러나 그 오해에 대해서 우리 둘 중에서 누군가 책임을 져야 한다면 그건 네놈이지, 결코 나는 아니야."

"그런가요? 제게서 10년이나 누이를 빼앗아간 게 조금도 미안하지 않은 건가요?"

석도명이 서글픈 미소를 지었다.

같은 일을 두고 어찌 사람의 마음이 이리 다른 것일까?

누구는 깊은 상처를 입었는데 다른 누군가는 그런 상처를

준 일이 없다고 한다.

"흥, 그날 내가 눈으로 보고 믿은 대로 했다면 너를 죽여야 마땅했다. 내가 그날의 일로 추궁을 받아야 한다면 마음이 가는 대로 검을 휘두르지 않고 망설였다는 거지. 그 바람에 오늘 네놈에게 이렇게 구차한 이야기를 늘어놓고 있으니…… 아니, 아예 내가 그날 그 자리에 나타나지 않았더라면 오해 같은 것은 하지도 않았겠지."

"하아……."

석도명은 달리 할 말이 없었다.

당환지가 나타나지 않았으면 정연에게 무슨 일이 생겼겠는가? 당환지는 자신의 임무에 충실했을 뿐이다.

죄가 있다면 자신을 꾀어낸 장아삼과 그를 조종한 상당문의 복면인이리라.

"너는 10년이 지나서도 궁상이나 떨자고 찾아온 것이냐?"

당환지의 말은 '정연에게 사실을 말할 것이냐'는 질문이었다.

"아저씨는 제가 어쩌길 바라세요?"

"발싸개 같은 놈, 남에게 기대는 버릇은 아직 못 고친 게냐?"

"훗……."

석도명이 나지막이 실소를 터뜨렸다.

10년 만에 당환지에게 듣는 '발싸개'란 소리가 왠지 친근하게 느껴졌기 때문이다.

세월이 지나면 모든 게 그리워진다더니, 자신은 당환지의 욕설까지 그리워하고 있었던 걸까?

석도명이 이내 무거운 얼굴로 말했다.

"저는 누이에게 약속을 했습니다. 훌륭한 악사가 되겠다고……. 그 약속을 지키고 싶을 뿐입니다. 아직은, 아직은 모르겠습니다."

"흥, 네놈 마음은 네놈이 알아서 할 일이다만, 한 가지만 말해 주마. 그날 이후로 정연이는 단 한 번도 네놈을 입에 올린 일이 없다. 이제 와서 그때 일을 다시 들먹인다 해서 무슨 소용이 있겠냐? 그날의 일이 오해였음을 증명해 줄 것은 오직 네놈의 혀뿐인데."

"……."

그 말이 석도명의 가슴을 아프게 찔러왔다.

대체 정연은 자신을 얼마나 미워하고 있는 걸까? 그런 그녀가 자신의 해명은 어디까지 믿어줄 것인가?

'오해는 말로만 씻을 수는 없는 거겠지.'

석도명은 정연에게 달려가 구차하게 자신을 믿어달라고 매달리고 싶지 않았다.

"누이에게는 말하지 마십시오. 언제고 그 이야기를 해야 한다면 제가 직접 하겠습니다."

석도명의 무거운 마음과 달리 당환지는 담담했다. 마치 석도명이 당연한 결심을 했다는 듯이.

"이것만 기억해라. 인생은 말이다, 오직 결과가 말해 주는 거다. 결과는 어제가 아니라, 언제나 오늘이야."

"……."

석도명이 대꾸를 하지 않자 당환지가 화제를 바꿨다.

"네놈은 훌륭한 악사가 되기로 약속했다면서…… 혹시 무공을 배운 거냐?"

"제가 배운 건 음악입니다."

"세상에 무슨 음악이 혈도를 푼다더냐?"

"그렇지 않아도 지금부터 그걸 생각해 볼 참이었습니다."

"뭐? 지금부터?"

당환지가 황당함을 감추지 못했지만 석도명은 입을 굳게 다물어 버렸다.

당환지는 석도명의 얼굴에서 거짓이 느껴지지 않았다. 어쩌면 지난날의 일이 미안해서 이제라도 석도명을 믿어보려는 마음이 생긴 것인지도 몰랐다.

'허, 가끔은 사람을 믿어보라고? 편견 없이.'

당환지가 어젯밤의 말을 곱씹는 동안 석도명은 몸을 일으켜 걸어 나갔다.

그 등을 향해 당환지의 음성이 떨어졌다.

"어제의 일로 여러 사람들이 네놈에 대해 궁금해할 거다. 그냥 내가 꾸민 일로 할 테니 너는 그렇게 알고 있어라."

석도명은 아무런 대답도 하지 않고 문 밖으로 사라졌다.

*　　*　　*

그날 오후 늦게 당환지는 지배인 구진서의 방에 앉아 있었다.
"미안하네. 회의가 너무 길었지?"
가주에게 장시간 붙들려 있다 나온 구진서는 크게 지친 표정이었다. 어젯밤의 잔치를 겨우 겨우 마친 뒤 제대로 쉬지도 못하고 뒤치다꺼리에 내내 시달린 탓이다.
"회의가 길어서 해결책만 나온다면야……."
"……."
당환지가 특유의 냉소를 날리며 한 마디를 했지만 구진서는 대꾸를 하지 않았다. 막막하기로는 두 사람의 마음이 하나였기 때문이다.
당환지가 얼른 용건을 꺼냈다.
"조금 전에 전갈을 받았습니다. 풍화장의 일에 관해 알아봤는데……."
"어서 말해 보게."
"풍 장주가 멀리 가 있는 건 확실한 모양입니다."
"허, 이런 시기에 대체 어딜 갔다는 게야?"
구진서의 얼굴이 더욱 어두워졌다.

"세간에는 별로 알려지지 않은 일입니다만, 풍화장이 최근 철산삼객(鐵山三客)을 호법으로 영입했다고 합니다."

"철산삼객? 섬서성의 그 철산삼객 말인가?"

구진서가 놀라움을 감추지 못했다.

철산삼객이라면 섬서성에서 정사지간의 고수로 이름이 높았다. 풍화장이 철산삼객을 영입한 걸 알면 상당문도 함부로 굴지는 못할 것이다.

"예. 문제는 그 일로 제법 많은 돈을 쓰는 바람에 풍화장이 많이 쪼들렸다고 합니다."

"그런가……."

구진서가 고개를 끄덕였다.

풍화장의 장주 풍거열이 고수를 영입하는 데 혈안이 된 건 따지고 보면 사춘각 때문이다. 사춘각의 이름이 갑자기 높아지면서 눈독을 들이는 문파가 많아지자 풍화장이 꽤나 버거워했던 것이다.

"그러던 차에 뭔가 큰 일거리를 하나 찾은 모양입니다. 풍 장주가 철산삼객과 풍화장의 주요 고수들을 전부 이끌고 나선 것은 그 때문이랍니다. 그게 무슨 일인지는 알아낼 수 없었습니다. 이번에 동원된 풍화장의 고수들조차 목적지를 모르고 따라나섰답니다."

구진서가 연신 고개를 가로저었다. 일이 너무 공교롭게 돌아간다는 생각이 들어서다.

"허면, 자네 생각에는 어쩌면 좋겠는가?"

"풍 장주가 돌아온다고 해도 쉽지 않을 겁니다. 상당문은 우리가 알던 그 상당문이 아닙니다."

"그 정돈가? 풍화장에 철산삼객이 가담했는데도?"

"어제 봤듯이 막 문주의 셋째 아들은 검기를 다루는 솜씹니다. 고수의 경지에서 한 걸음을 더 나갔다는 의미죠. 둘째 아들의 실력도 소문을 훨씬 능가하는 것이었습니다. 저희 쪽에서 판단하기로는 어제 보여준 게 상당문의 전부가 아닐 거라는……."

"설마 흑살(黑殺)도……."

구진서가 한껏 목청을 낮췄다. 천하 3대 살수집단의 하나인 흑살의 이름은 함부로 입에 담을 게 아니었기 때문이다.

최악의 사태에 대비해 어젯밤 흑살의 고수를 은밀히 불러들인 것은 오직 구진서와 당환지, 그리고 정연만이 아는 일이었다.

"붙어봐야 알겠죠. 하지만 정체가 노출될 가능성이 너무 커서……."

구진서는 당환지가 우려하는 바를 알아들었다.

살수집단의 도움은 최후에나 써먹을 수 있는 한 수였다. 그 이름이 섣불리 드러났다가는 뒷감당을 할 수 없을 것이다.

"후우, 풍화장도 안 되고, 그쪽도 어렵다. 결국 십대문파에 손을 내밀어야 하나?"

"거기까지 생각하고 계십니까?"

당환지 역시 같은 뜻을 갖고 있다는 물음이었다.

"내 생각이 아니라, 정연이 생각일세. 어제 그 난리를 겪었는데도 풍화장이 성의를 보이지 않는다면 더 이상 관계를 유지할 필요가 없다고……."

"예, 아마도……."

"게다가 오 총관이 더 적극적이네. 이번 기회에 풍화장 같은 삼류문파와 손을 놓고 제대로 된 문파에 의지하는 게 장래를 위해서 바람직한 일이라고 말이야. 어디서 조사를 했는지 벌써 몇 개 문파를 꼽아두고 있더구먼."

총관 오저림이 앞장을 서고 있다는 말에 당환지의 눈이 가늘어졌다. 오저림을 곱게 보지 않기로는 구진서보다 당환지가 더했기 때문이다.

"오 총관은 어디를 말하던가요?"

"종남파와 헌원세가 그리고 사마세가와 남궁세가일세."

"헐, 선비 치고는 제대로 뽑았군요."

당환지가 자신도 모르게 고개를 끄덕였다.

십대문파 가운데 수익사업에 적극적인 건 아무래도 오대세가였다.

특히 서쪽에 근거지를 둔 종남파와 헌원세가가 몇 년 전부터 개봉에 분파를 만들어 세를 키우는 데 혈안이 돼 있음은 누구나 알고 있는 사실이다.

본래 하남성에 인접해 있는 남궁세가와 사마세가 역시 화월촌에는 관심을 두지 않을 수 없을 것이다.

이런저런 이야기를 주고받던 구진서가 어젯밤부터 안고 있던 궁금증 하나를 입에 올렸다.

"석무라고 했던가? 어제 그 악사……."

구진서가 질문을 끝내기도 전에 당환지가 망설이지 않고 대답했다.

"아, 제가 심어놓은 아이입니다. 그렇게만 알고 계시면 됩니다."

"그런 거였군. 어쩐지……."

구진서는 더 이상 물을 것도 없다는 표정이었다.

악사 치고는 도무지 이해할 수 없는 행동을 보여줬는데 알고 보니 당환지의 사람이라고 한다.

아마도 악사이기 이전에 무공을 따로 익힌 무림인이리라. 그렇게 생각을 한 것이다.

왠지 얼굴이 낯설지 않다고 묻고 싶었지만 그 의문도 눈 녹듯이 사라져 버렸다.

*　　　*　　　*

한편 그 시간에 석도명은 정연의 방에 불려가 있었다.

"또 나섰더군요."

정연의 음성은 여전히 차가웠다.
"할 일을 했을 뿐입니다."
"할 일을 했다고요? 당신이 뭔데……."
"사춘각에서 밥을 벌어먹고 있는 처지입니다만."
 정연의 날카로운 추궁에 석도명은 애써 침착함을 유지했다. 정연을 위해서 앞뒤 안 가리고 뛰어 올라간 것이라는 말은 차마 나오지 않았다.
 전혀 고마운 기색을 보이지 않는 정연의 태도가 못내 섭섭하기도 했지만 말이다.
 정연이 따지듯이 말을 이어갔다.
"어젯밤은 나로 인해서 비롯된 자리였고, 또 내가 원해서 만들어진 자리였어요. 다른 누군가가 끼어들 자리가 아니었다고요. 굴욕을 당해도 나 혼자의 문제였단 말이죠."
"예."
 석도명은 정연의 반응을 도무지 이해할 수 없었지만 그렇다고 대놓고 말다툼을 벌일 수도 없었다. 아직도 백지장처럼 창백한 그 얼굴을 보면서 가슴이 아리기만 한데 무슨 말을 하겠는가?
"마음을 헤아려야 한다고 말했던가요? 그 말이 진심이라면 두번 다시 내 일에 끼어들지 마세요. 내가 서 있어야 할 자리에서, 나로 인해서 누군가가 다치는 건 참을 수 없어요. 누구도 내게 마음의 짐 따위를 지울 수 없단 말입니다."

"하아……."

석도명은 그제야 정연이 자신에게 화를 내는 이유를 알 수 있었다. 정연은 원치 않았던 것이다.

다른 사람의 희생을, 누군가가 자신 때문에 다치는 것을 말이다.

고개를 숙인 채 말을 잃은 석도명을 향해 정연이 내치듯 한마디를 더했다.

"내 말을 알아들었기를 바라요. 이런 일로 다시는 보고 싶지 않군요. 알았나요?"

"어쩌면……."

석도명이 모호하게 말을 흐리며 자리에서 일어섰다.

더 이상 정연과 마주 앉아 있고 싶은 기분이 아니었다. 정연과 자신이 옛날처럼 서로 믿어주고, 의지하던 그런 사이가 아니라는 사실에 가슴이 저려왔을 뿐이다.

* * *

상당문이 다녀간 뒤 며칠이 지나도록 사춘각은 고요하기만 했다. 상당문과 맞서다 정연이 크게 다쳤으니 그 여파가 만만치 않으리라는 우려와 달리 화월촌에는 그날의 일과 관련해 별다른 소문이 없었다.

사춘각이 내부적으로 입단속을 하기는 했지만, 상당문에서도 아무런 뒷이야기가 흘러나오지 않았기 때문이다.

세간에 알려진 건 도흉사괴를 쫓아준 데 대한 감사의 뜻으로 사춘각이 상당문을 융숭하게 대접했다는 정도였다. 그리고 천하의 설화가 몸이 아파 당분간 영업을 쉰다는 소식이 뒤따랐을 뿐이다.

석도명도 매일 매일 사춘각에 출근하는 단조로운 일상을 이어가고 있었다.

한 가지 달라진 게 있다면 당환지의 사람이라고 알려지면서 심기전을 비롯한 고참 악사들이 심각하게 석도명의 눈치를 보게 됐다는 점이다.

그리고 기녀들 사이에서 석도명이 신비한 남자로 은연중 인기를 끌기 시작한 것도 변화라면 변화였다.

두두두두.

말 한 마리가 급하게 달려와 사춘각 앞에 멈췄다.

사내가 말에서 뛰어내려 나는 듯이 안으로 달려 들어갔다. 곧이어 수십 명의 무사들이 느긋하게 사춘각을 향해 나타나고 있었다.

사내의 전갈을 받아든 당환지가 서둘러 안채로 들었다. 가주 도강훈과 지배인 구진서, 총관 오저림이 그곳에서 회의를 하고 있는 중이었다.

"뭔가?"

"고마표국(高馬鏢局)이, 고마표국이……."

무엇에 그리 놀랐는지 당환지가 말을 잇지 못했다.

"고마표국이 뭐 어쨌다고?"

누구도 알아들을 수 없는 이야기였다. 상당문의 일로도 머리가 깨지는데 고마표국이라니!

잠시 호흡을 고른 당환지가 서둘러 이야기를 꺼냈다.

"고려에 인삼을 가지러 떠났던 고마표국의 수송단이 도적떼를 만나 산동에서 궤멸을 당했다고 합니다."

"허, 그런 일이."

"피해가 막심하겠구먼."

장내의 사람들이 혀를 차며 한 마디씩을 보탰다.

지난해 고려(高麗)에 대규모 사신단이 파견된 일이 있었다. 북방에서 발호하고 있는 외적들에 맞서 양국의 우호를 돈독히 한다는 취지였지만 실제로는 군사 지원요청이 목적이었다.

이때 사신단을 따라갔던 낙양상회(洛陽商會)가 500관 규모의 인삼 교역권을 따가지고 왔는데 천하 3대 표국이라는 고마표국이 그 수송을 맡기로 했던 것이다.

고마표국의 국주인 탁두수(卓斗壽)가 직접 이끄는 수송단이 인삼과 교환할 비단과 옥(玉)을 싣고 요란하게 개봉을 출발한 것이 달포 전의 일이었다.

"쯧, 지금 우리가 남을 걱정할 처지이던가?"

총관 오저림이 혀를 찼다. 그 정도의 표물을 털렸으니 고마

결과(結果)는 언제나 오늘이다 249

표국은 거의 뿌리가 뽑힐 정도의 타격을 받았을 것이다. 하지만 그게 사춘각하고 대체 무슨 관계가 있단 말인가?

"도적떼를 만난 건 국주가 이끄는 수송단이 아닙니다. 그건 세간의 이목을 끌기 위한 속임수였고, 진짜 표물은 소국주인 탁연성(卓延成)이 운반하고 있었답니다. 헌데……."

당환지를 제외한 세 사람의 얼굴이 삽시간에 굳어졌다.

이제부터 나올 이야기가 사춘각과 무관하지 않음을 직감한 것이다.

"……그 수송단의 호위를 3개 문파가 은밀하게 맡았다가 몰살을 당했는데 풍화장의 풍거열 장주와 벽력단(霹靂團) 고수들이 함께 변을 당했답니다. 들리는 말로는 풍화장의 피해가 최소한 오십이랍니다."

도강훈과 구진서, 오저림이 놀라움을 감추지 못했다.

장주가 죽고 풍화장의 핵심 전력인 벽력단이 전멸을 당했다면 회복 불가능의 피해였다.

풍거열의 아들 풍파곤(豊波崑)이 이제 겨우 열 살이니 누가 풍화장을 일으켜 세울 것인가?

"허, 풍화장은 끝장이 난 거로군."

"풍화장도 풍화장이지만 우리는 어떻게 해야 하는 겁니까?"

도강훈이 구진서를 향해 난감하게 물었다.

풍화장과 관계를 정리할 생각이었지만 이런 식으로 일이 전개될 줄은 몰랐다. 풍화장이 몰락한 지금 사춘각은 무주공산

(無主空山)이나 다름이 없었다.

도강훈의 질문에 대한 대답은 문 밖에서 들려왔다.

"뭘 그리 걱정하시오? 우리가 있는데."

방문이 벌컥 열리며 들어온 것은 상당문의 소문주 막한소였다.

그 뒤로는 상당문의 삼남 막창소와 상당문의 무사 수십 명이 마당에 버티고 선 모습이 보였다.

"어떻게 기별도 없이……."

도강훈이 엉거주춤한 자세로 일어났다.

"푸흐흐, 내 조만간 다시 보자고 하질 않았소이까? 풍화장이 거덜이 났으니 이제 우리가 아니면 누가 사춘각을 돌보겠소?"

"아니, 그렇게 일방적으로……."

구진서가 나섰지만 막한소는 구진서 쪽은 쳐다보지도 않고 날카롭게 쏘아붙였다.

"네 주인하고 이야기하는 중이다!"

"……."

막한소가 금세 표정을 바꿔 웃는 얼굴로 도강훈에게 다가섰다.

"일방적인지 아닌지는 이제부터의 대화에 따라 정해지는 거 아니겠소?"

*　　*　　*

　반 시진도 안 돼 도강훈의 방에서 물러난 막한소는 데려온 상당문의 무사를 사춘각 곳곳에 배치했다.
　그리고 구진서를 시켜 앞마당에 악사와 일꾼들을 먼저 불러 모았다.
　"혹 소문을 들었는지 모르겠다만 우리를 돕던 풍화장에 큰 문제가 생긴 모양이다. 그래서 여기 상당문의 고수들이 잠시 도움을 주기로 했다. 상황이 정리될 때까지 당분간 상당문의 고수들과 업무협조를 해주기를 바란다. 상당문의 소문주께서 직접 하실 말씀이 있으시단다."
　"흐흐흐, 반갑네. 뒷정리가 끝나는 대로 조만간 한식구가 될 처지니 잘 해보자고."
　막한소는 사춘각이 상당문의 소유라도 된 듯이 거드름을 피우며 앞으로 나섰다.
　사춘각 사람들이 일제히 술렁이기 시작했지만 구진서는 아무 말도 하지 못한 채 침중한 눈빛으로 주변을 천천히 둘러볼 뿐이었다.
　'한 달, 한 달이 어찌 갈 것이냐?'
　상당문은 당장 오늘부터 풍화장을 대신하겠다고 덤벼들었다.
　사춘각의 입장에서는 받아들일 수 없는 이야기였지만 마당에 늘어선 상당문의 고수들 앞에서 대놓고 거절을 할 수도 없었다.

그래서 겨우 둘러댄 것이 4대째 인연을 이어온 풍화장의 장주가 참변을 당했는데 그 장례도 치르지 못하고 말을 갈아탈 수는 없다는 옹색한 변명이었다.

산동에서 돌아오고 있다는 풍거열의 시신이 개봉에 도착해 장례가 끝나는 데는 한 달이 채 걸리지 않을 것이다.

구진서의 복잡한 심사와 달리 막한소의 연설은 시시콜콜한 대목까지 이어지고 있었다.

"……해서, 앞으로는 상당문의 무사들이 경비를 맡을 테니 사춘각의 무사들은 가주의 처소와 별원 내부에만 머물 수 있다는 말이다."

막한소가 말을 끊고는 고개를 두리번거리며 누군가를 찾았다. 그 눈길이 이내 한곳에 멈췄다.

"너! 이리 나와라."

막한소가 악사들 끄트머리에 서 있던 석도명을 불러냈다.

"네놈 석무라고 했던가? 뭐, 악사라고? 당환지라는 놈이 심어둔 무림인이라고 하던데, 가증스런 악사 노릇은 이제 관둬야지."

그 말에 구진서가 크게 놀랐다. 당환지에게서 저 젊은 악사의 이야기를 들은 건 불과 며칠 전의 일이었다. 헌데 막한소는 이미 그런 소식까지 꿰고 있는 것이다.

석도명이 막한소 앞에서 조용히 대답했다.

"저는 악사입니다."

"흥, 믿기지 않는 소리 그만 해라. 무공도 모르는 놈이 구궁무한진을 가로질렀다고? 뻔한 거짓말은 집어치우지 그래."

막한소가 먹이를 눈앞에 둔 뱀처럼 징그러운 웃음을 떠올렸다.

이래저래 그냥 넘어갈 생각이 아니었다.

우선은 그날 밤 구궁무한진을 통과해 자신을 무안하게 만들었으니 그 신세부터 갚아야 했다. 게다가 사춘각 입성 첫날부터 엄하게 군기를 잡기 위해서는 한 놈을 진하게 손 볼 필요가 있었다.

막한소의 그런 계산까지 꿰뚫기에는 세상살이에 밝지 못한 석도명이다. 더구나 상당문에 대한 반감이 적지 않으니 고지식하게 같은 대답을 반복할 뿐이었다.

"저는 음악을 하는 악사입니다."

비록 단호경에게서 구화진천무의 구결을 배우긴 했지만 그 뜻을 제대로 알지도 못했다.

게다가 하루 종일 목검을 들고 태산압정 일만 번을 휘두르는 걸 어찌 무공이라 하겠는가? 게다가 자신의 진짜 밑천인 주악천인경은 어디까지나 소리를 다스리는 방법이지 무공은 아니었다.

석도명은 철저하게 그렇게 믿었다.

"푸흐흐, 그건 내가 판단할 일이지."

막한소가 손을 뻗어 석도명의 완맥을 거머쥐었다. 그리고 석도명의 손목에 자신의 진기를 불어넣었다.

무공이 있는지 없는지는 내공을 살펴보면 금방 알 일이다. 그리고 그 과정을 통해 자연스레 응징이 이뤄질 것이다.

"으……."

석도명의 입에서 신음이 새어나왔다.

갑작스럽게 몸을 비집고 들어온 진기가 혈맥을 타고 움직이며 저릿저릿한 고통이 전해졌기 때문이다.

'뭐야? 텅 비었잖아.'

막한소는 이내 석도명의 몸에서 한 오라기의 진기도 일지 않음을 발견했다. 전혀 내공을 익힌 몸이 아니었다.

그러나 막한소는 진기를 거두지 않았다. 오히려 내공을 더욱 끌어올려 석도명의 몸에 퍼부었다. 팔을 통해 들어온 막한소의 진기가 석도명의 단전을 지나 온몸을 구석구석 집요하게 파고들었다.

석도명은 부들부들 떨기만 할뿐 신음조차 내지 못했다. 생전 겪어보지 못한 고통이 온몸을 헤집는 바람에 아무런 생각도 할 수 없는 상태였다.

식은땀을 흘리며 경련을 일으키는 석도명의 모습을 보면서 막한소의 머리 한쪽에서 잔인한 생각이 떠올랐다.

고작 이거밖에 안 되는 놈이 그날 밤 자신에게 망신을 줬다고 생각을 하니 분노를 참을 수 없었다.

'흐흐, 아예 병신을 만들어 버릴까?'

막한소가 석도명의 몸 안에서 진기를 조절해 서서히 위쪽으로 끌어올리기 시작했다. 막한소가 겨냥한 곳은 머리 중앙의 뇌호혈(腦戶穴)이었다.

그곳에 진기를 퍼붓는다면 최소한 반신불구나 백치가 될 수밖에 없을 것이다.

석도명이 그 고통을 이기지 못하고 눈을 뒤집으며 뒤로 넘어갔다.

"으헉, 저러다 죽는 거 아니야?"

"저걸 어째."

악사들이 발을 동동 굴렀지만 누구도 나서지 못했다.

"소문주!"

보다 못한 구진서가 한 걸음 앞으로 나섰지만 무사 하나가 그 앞을 가로막았다. 구진서로서도 속수무책이었다.

'으, 사부님……'

죽음의 위기를 느낀 석도명이 속으로 애타게 사부를 불렀다.

어떻게 소리의 기운이라도 끌어올려 몸을 점령하고 있는 막한소의 기운을 떨어내고 싶다는 본능적인 의지가 떠올랐지만 뭔가를 하기에는 이미 늦은 것 같았다.

벌써 의식을 잃기 직전인데 어떻게 정신을 모아 주악천인경을 운용한다는 말인가?

머리가 깨질 것 같은 고통을 느끼며 석도명의 몸이 서서히 허물어져 내렸다.

그때였다.

"그 손 내려놓으시지."

어디선가 천연덕스런 음성이 들려왔다.

석도명을 지켜보고 있던 좌중의 시선이 단번에 대문을 향했다.

그곳에는 문사 차림의 청년 두 명이 서 있었다.

막한소의 손이 석도명에게서 떨어졌다. 새로 나타난 사내들을 먼저 상대하겠다는 생각이었다.

주저앉는 석도명의 몸을 구진서가 얼른 받아들였다.

"뭐……냐?"

막한소가 청년들을 향해 물었다. '뭐하는 놈들이냐?'고 소리를 지르려던 것이었는데 사내들의 옷차림이 화려한 것을 보고는 슬쩍 말꼬리를 바꾼 것이다.

"힘만 믿고 설치지 말라는 말이지."

"그러게. 언제부터 사춘각이 이렇게 살벌한 곳이었어?"

막한소의 뒤로 무사들이 줄지어 서 있는 것을 보고도 청년들은 전혀 주눅이 드는 표정이 아니었다.

소위 있는 집 자제들에게서 풍기는 자연스러운 당당함이 그대로 배어나왔다.

구진서가 석도명을 다른 사람에게 맡기고 황급히 달려 나와 인사를 했다.

"오셨습니까? 저희가 이제 막 영업을 준비하는 시간이라 어수선합니다."

막한소가 여전히 뜨악한 얼굴로 구진서와 청년들을 번갈아 봤다. 지배인의 자세가 저리도 낮은 것을 보니 확실히 간단치 않은 상대들이라는 생각이 들었다.

"나는 상당문의 소문주 막한소라고 하오만, 강호의 일에 선비들이 나설 이유가 있겠소."

막한소가 슬쩍 강호를 운운하며 먼저 선을 그었다.

"상당문이라, 뭐 피차에 통성명씩이나······."

선비답지 않게 기골이 장대한 청년이 말꼬리를 흐렸.

그 말에 막한소의 얼굴이 붉게 달아올랐다.

때로는 굳이 듣지 않아도 아는 법이다.

청년의 말은 자신들이 강호의 인물과 통성명까지 할 필요가 있겠냐는 뜻이었다. 하지만 그 뒤에는 '십대문파도 아닌 고작 상당문 정도가 어딜 나서느냐'는 비아냥거림이 함께 담겨 있었다.

"그렇소, 피차 통성명이 필요 없는 사이. 더 이상 내 일을 방해하지 마시오."

"나는 그렇게 못하겠는데."

이번에는 제법 반반하게 생긴 청년이 막한소의 말을 받아쳤다.

막한소가 다시 한 번 분을 참으며 입을 열었다.

"내 인내심을 시험하지 마시오. 그쪽에서 먼저 강호의 일에 끼어들겠다면 더는 말리지 않겠소이다."

막한소의 말은 노골적인 협박이었다.

막내동생보다도 몇 살은 더 어려 보이는 놈들이 잘난 선비의 위세를 믿고 까분다는 생각에 슬슬 인내심이 바닥을 드러낸 것이다.

끝내 상대가 까불고 든다면 피를 볼 수밖에 없으리라는 결심이 서고 있었다.

그런데도 청년들은 뭘 믿는지 태평하기 짝이 없었다.

'흥, 칼의 무서움을 모르는 하룻강아지 같은 놈들.'

막한소는 상대방이 끝내 피를 봐야 착각에서 벗어날 것이라는 생각이 들었다.

그런 마음을 아는지 모르는지 덩치 큰 청년이 태연하게 말을 거들고 나섰다.

"헐, 자꾸 강호의 일, 강호의 일 하는데 사춘각이 언제부터 강호였나? 게다가 저 친구는 무공도 모르는 악사라고. 설령 강호인이라 해도 선량한 백성을 괴롭히면 그때부턴 관부의 소관이지. 오히려 경을 쳐야 하는 건 그쪽이 아닐까?"

"뭐? 경을 친다고?"

막한소가 주먹을 불끈 쥐고 앞으로 나섰다.

검은 몰라도 최소한 몇 대는 맞아야 정신을 차릴 철부지들이었다.

"허허, 저 친구 주먹을 쓰겠다는 건가?"

"푸흐흐, 원래 칼 쓰는 놈들이 좀 단순하잖아. 태조(太祖)께서 아무 이유 없이 무인들을 멀리 하셨겠나?"

그 말에 막한소는 거의 이성을 잃을 지경이었다.

"내 이놈들을……."

"아이고, 안 됩니다."

막한소의 허리에 구진서가 황급히 매달렸다.

"관부에 계신 분들입니다. 고정하십시오."

"흥!"

막한소가 코웃음을 치며 구진서를 뿌리치려고 했다.

하지만 그 다음 말이 막한소의 손발을 묶어 버렸다.

"그리고 참지정사 순안중 대감과 삼사사(三司使) 안당수(安堂修) 대감의 자제이십니다."

취선루에서 연리향에게 서투른 사랑 고백을 했던 순차곤이 친구와 함께 나타난 것이었다.

"헉!"

막한소가 주춤거리며 뒤로 물러났다.

참지정사는 조정에서 최고 벼슬인 동중서문하평장사에 버금가는 재상의 자리다.

게다가 나라의 재정을 총괄하는 삼사사는 황제가 심복을 골라 앉힌다는 실세 중의 실세가 아니던가!

상대는 천하에 겨룰 곳이 별로 없다는 세도가의 자제들이다. 강호에 비교하자면 소림사나 화산파의 장문 제자에 견줄 만한 신분이었다.

"죄송합니다, 죄송합니다. 노여움 푸시고 어서 안으로 드시지요."

황망함에 말을 잊은 막한소 앞에서 구진서가 연신 허리를 숙이며 청년들을 맞았다.

순차곤은 막한소를 거들떠보지도 않은 채 뚜벅 뚜벅 걸어 들어왔다.

"험, 술도 술이지만 오늘은 이 친구를 보러 온 걸세."

막한소의 얼굴이 경악으로 물들었다. 순차곤이 다가가 석도명을 번쩍 안아 일으켰기 때문이다.

"허어, 이 친구 안색이 말이 아니구먼. 대체 뭐가 문젠가?"

순차곤은 막한소가 내공으로 석도명을 거의 죽음으로 몰아간 것까지는 눈치채지 못했다. 다만 창백한 안색을 보고 뭔가 좋지 않은 일이 있었음을 직감하고 '도울 일이 없냐'고 물은 것이다.

"별일 아닙니다……. 오랜만에 뵙습니다."

석도명은 허리를 굽혀 순차곤에게 인사를 했을 뿐 막한소에 대해서는 다른 말을 하지 않았다.

잘 알지도 못하는 남에게 구차한 모습을 보이기도 싫었거니와 순차곤이 다녀간 뒤에도 계속 남아 있을 상당문의 무사들이 정연에게 해를 끼칠 게 걱정스러워서였다.

혹시 석도명이 순차곤에게 매달려 미주알고주알 일러바치는 게 아닐까 얼굴이 굳어졌던 막한소가 슬쩍 긴장을 푸는 눈치였다.

"하하, 어쨌거나 반가우이. 그렇지 않아도 진즉에 왔어야 했는데 너무 늦었어. 그때 일은 정말로 고마웠네. 우하하!"

석도명의 두 손을 놓지 않는 순차곤의 태도는 막역한 친구를 대하듯이 정겨웠다.

석도명이 그런 순차곤을 보며 빙그레 미소를 지었다.

취선루에서 연리향 소저와의 만남을 지켜본 뒤로 사춘각에 나타나지를 않아 소식을 알 수 없었는데 결국 순차곤의 진심이 통한 모양이었다.

순차곤의 웃음이 너무 환해서 석도명은 조금 전의 고통이 깨끗이 씻겨 나가는 것 같았다. 음악으로 누군가에게 행복을 줄 수 있다는 사실이 오히려 가슴을 벅차게 했다.

한편 두 사람의 친근한 모습에 구진서와 악사들의 눈이 하나같이 휘둥그레졌다.

천하디 천한 악사가 언제부터 저런 대접을 받았더란 말인가?

"자자, 안으로 들자고. 내 오늘은 자네한테 거하게 한잔 사려고 왔으니 우리 맘껏 어울려 보자고."

석도명이 뭐라고 대답을 하기도 전에 순차곤이 손을 잡아끌고 안으로 들어갔다.

한편 뒤에 남겨진 막한소는 으득 이를 갈았다.

'망할 놈, 이제는 벼슬아치까지 동원해서 망신을 주는구나.'

사춘각 입성 첫날부터 수하들 앞에서 개망신을 당했다고 생각하니 막한소는 분노를 걷잡을 수 없었다.

언제고 저 미꾸라지 같은 놈에게 제대로 본때를 보여주리라, 그런 다짐만이 깊어갔다.

제9장
일만격(一萬擊)을 얻다

석도명이 목검을 휘두르고 있다.

오늘도 똑같은 동작, 일만 번의 태산압정이다.

……구천구백 구십구, 일만.

일만 번의 휘두르기를 끝낸 뒤 석도명은 석상처럼 굳은 자세로 서 있기만 했다. 숨은 거칠었지만 그래도 몸을 버티고 선 것을 보면 확실히 체력은 좋아지고 있었다.

'한 번, 두 번, 세 번…… 대체 뭘 어떻게 생각하라는 건가?'

일만격 일만고(一萬擊 一萬考)의 구결을 따라 일만 번을 휘두르고 다시 일만 번의 생각을 시작했지만 오래 버틸 수가 없었다.

 석도명이 어지럽게 머리를 흔들었다. 다른 날도 머릿속으로 일만 번씩 칼을 휘두르고 있다 보면 자신도 모르게 사념에 빠져들어 횟수를 까먹기 일쑤였다.

 하지만 최근에는 그 증상이 더 심해져 고작 열 번을 넘기기도 버거웠다. 언제나 참을 수 없는 조갑증이 먼저 치밀어 올랐기 때문이다.

 '하아, 이래 가지고 뭘 하겠다고.'

 이런 장난 같은 짓으로 뭘 얻을까 하는 짙은 회의가 몰려왔다. 막한소의 손에 걸려 꼼짝도 못하고 숨이 넘어 갈 뻔했던 못난 꼴이 쉽게 지워지지 않았다.

 어차피 무공을 배워 절정고수가 되겠다는 꿈이 있었던 것은 아니다. 그렇지만 정연이 몸을 다치고, 자신도 막한소에게 고통을 당하고 난 뒤로는 목검을 쥔 스스로의 모습이 너무 어설퍼서 견디기 힘들었다.

 아무리 생각해 봐도 '이런 식으로는 죽어도 상당문을 이길 수 없다'는 자괴감이 들었다.

 대체 어떻게 하면 고수가 될 수 있을까?

 석도명의 고민은 자신도 모르는 사이에 그렇게 바뀌고 있었다.

 '무공은 내공과 초식이라는데 정말 내공이 필요한가?'

 생각이 내공에 미치자 석도명이 다시 깊은 한숨을 토해냈다. 몸 안에 한 줌 내공도 없다는 사실이 서글퍼서다.

단호경이 구화진천무의 구결을 알려주면서 내공심법을 함께 전수하겠다고 했지만 석도명은 이를 거절했다.

본래 구화진천무에는 내공심법이 따로 있지 않았다. 단호경은 집안에서 따로 구한 심법으로 내공을 쌓고 있다고 했는데 석도명은 왠지 제짝이 아닌 심법을 전수 받는 게 내키지 않았다.

더더구나 자신의 몸 안에 소리의 기운 외에 다른 기운을 키운다는 게 겁이 나기도 했다. 혹시 유일소가 눈치를 채게 될까 두려웠기 때문이다.

특히 서로 다른 기운이 몸 안에서 부딪쳐 무림인들이 말하는 주화입마 같은 일을 당하게 될지도 모른다는 막연한 공포가 있었다.

헌데 당환지에게 혈도를 짚이고, 막한소에게 내공으로 고통을 당한 뒤 그 생각이 조금씩 변하고 있었다. 아무래도 내공이 필요한 게 아닌가 하는 생각이 자꾸 커져만 갔다.

"에휴, 목검 일만 번도 제대로 못 휘두르는 처지에……."

석도명의 입에서 자조 어린 탄식이 새어나왔다.

"낄낄, 아직도 그 짓이냐? 너도 참 질기구나."

어느새 염장한이 다가와 이죽거리며 석도명의 말을 받았다.

틈만 나면 삼합권을 배워야 한다며 무공 수련을 방해하는 염장한인지라 석도명의 얼굴에 반갑지 않은 기색이 먼저 떠올랐다.

　상대방이 싫어하는 걸 알면 적당히 할 법도 하건만 염장한은 지치는 법을 모르는 것 같았다.

　석도명이 대꾸를 않자 염장한이 여느 때처럼 혼자 주절거리기 시작했다.

　"이렇게 좋은 스승이 바로 옆에 있는데 대체 가르쳐 주겠다는 건 마다하고. 쯧, 그러면서 혼자 죽을상은 다 쓰고. 끄끄끄, 얼굴만 보면 최후의 심득이 코앞에 있다니까."

　그때 석도명이 엉뚱한 질문을 던졌다.

　"관장님, 내공이 대체 뭔가요?"

　염장한의 눈이 반짝하고 빛났다.

　"오라, 이젠 내공 때문에 고민을 한다 이거냐? 크크크, 하여간 머릿속으로는 온갖 걸 다 생각한다니깐. 생각만으로는 조만간 엄청난 고수가 될 게야 암."

　"영감님!"

　제대로 된 대답이 나오지 않자 염장한이 제일 싫어하는 소리가 석도명의 입에서 튀어나왔다.

　"아, 그래 알았다고. 내공이 별거냐? 자연의 기운을 단전에 끌어다 놓고 틈틈이 빼먹는 게 내공이지."

　수준 낮은 질문에 수준 낮은 대답이었지만, 그걸 듣는 석도명의 얼굴은 사뭇 진지했다.

　"자연의 기운을 끌어다 놓는다. 그러면 단전에 내공 말고 다른 기운도 모을 수 있다는 건가요?"

"다른 기운이라니?"

"자연에는 온갖 기운이 다 있잖아요. 왜……."

"아, 온갖 기운! 불에는 열기(熱氣)가 있고, 물에는 습기(濕氣)가 있고, 방탕한 계집에게는 색기(色氣)가 있고, 뭐 그런 거?"

석도명이 애초에 머리에 담고 있던 것은 소리의 기운이었지만 염장한의 대답을 듣고 보니 과연 기운이란 헤아릴 수 없이 많겠구나 하는 생각이 떠올랐다.

"그렇죠. 그런 기운들이 내공이 될 수 있는 건가요?"

"푸흐흐, 좋은 질문이야. 그런 기운을 내공으로 끌어다 쓸 수 있다면 말이다, 너는 엄청난 절정고수가 되겠구나. 네놈 하는 짓거리에 수상쩍은 기운이 넘실넘실 넘쳐나고 있으니 말이다."

"헛, 그걸 어떻게."

염장한의 말은 석도명의 허를 찌르는 것이었다.

설마 이 실없는 노인이 벌써 자신의 비밀을 눈치채고 있었다는 말인가? 대체 어떻게 자신의 몸에서 소리의 기운이 넘쳐나고 있는 걸 알아본 것일까?

"헐, 그놈 놀래기는. 내가 뭐 눈뜬장님인 줄 알았더냐?"

"그 기운을 보셨다면…… 혹시 그걸 단전에 갈무리하는 방법도 아십니까?"

"뭐? 으허허, 으허허!"

염장한이 허리를 잡고 자지러지게 웃기 시작했다.

"……."

"끄끄, 커—억! 허—억!"

석도명의 애타는 기다림과 달리 염장한의 웃음은 신음소리로 변하면서도 쉽게 끝나지 않았다. 겨우 숨을 고른 뒤에야 염장한이 석도명의 질문에 답을 했다.

"그 기운을 단전에 갈무리하겠다고? 흐흐, 네가 아주 희대의 광마(狂魔)가 될 생각이구나."

"희대의 광마라니요?"

석도명의 동공이 크게 확대됐다.

염장한의 말은 소리의 기운을 단전에 모으는 게 하늘의 순리를 거스르는 것이라는 의미 같았기 때문이다.

"흐흐, 네가 하는 짓거리에 넘쳐나는 게 온통 광기(狂氣) 아니더냐? 그걸 단전에 모으면 광마밖에 더 되겠냐? 크흐흐."

"에휴, 제가 괜한 걸 물었습니다."

석도명이 고개를 절레절레 흔들었다. 한두 번 당하는 일이 아닌데도 염장한에게 잠깐이나마 기대를 걸었던 게 허무하기만 했다.

그런데도 염장한은 뭐가 그리 좋은지 실없는 웃음을 거두지 않았다.

"광기를 갈무리 하는 건 나중에 하고 우선 곡기(穀氣)부터 채우는 건 어떨까? 나 배고파 죽겠거든."

"하아, 됐습니다. 영감님 혼자 드세요."

석도명이 목검을 들어올렸다.

'세상에 거서 얻어지는 게 어디 있겠는가? 지난날 사부에게서 얻은 가르침도 그 하나하나가 고통의 열매였는데 말이다. 죽을 듯이 힘이 들어도 결국은 내 발로 한 걸음 한 걸음 밟아 나간 만큼만 내 것이 되는 것이다.'

마음을 다잡은 석도명의 목검이 다시 허공을 가르기 시작했다.

그러나 아무래도 오늘은 얌전히 무공을 수련할 팔자가 아니었던 모양이다.

"우라질 놈! 검 끝이 아직도 벌벌 기는구나!"

대문 쪽에서 들려온 거친 음성에 석도명의 손이 허공에서 우뚝 멈추었다. 예상치 않았지만, 너무도 귀에 익은 목소리였다.

석도명이 천천히 몸을 돌려 세웠다.

과연 그곳에는 음성만큼이나 거친 얼굴을 한 단호경이 버티고 서 있었다. 그 뒤로 단호경의 수하들이 떼 지어 서 있는 모습이 눈에 들어왔다.

"오랜만입니다."

석도명이 가벼운 인사를 던지며 다가갔지만 단호경은 귀신이라도 본 것 같은 얼굴로 입을 다물지 못했다.

"너, 너 장님 아니었어? 누, 눈이 멀쩡하잖아!"

"아……."

석도명이 가볍게 탄성을 뱉었다. 생각해 보니 여가허를 떠나던 날까지도 단호경 앞에서 장님노릇을 했던 것이다.

놀란 단호경을 달래기라도 하듯 석도명이 서둘러 해명에 나섰다.

"전에는 사부님의 명령으로 눈을 가리고 다녔던 것뿐입니다. 감춰진 소리를 가르치려는 사부님만의 수련방식이었죠."

"그, 그런 거였나?"

단호경과 그 수하들이 일제히 고개를 끄덕였다. 석도명과 소리라는 상관관계가 뚜렷하게 머리에 와 닿았기 때문이다.

"헌데, 너무 일찍 온 거 아닌가요? 아직 달포 하고도 반은 남은 것 같은데."

확실히 약속한 3개월의 시한에 비하면 단호경의 등장이 너무 이르기는 했다.

헌데 그 말에 단호경의 얼굴이 험하게 일그러졌다.

단호경이 대뜸 석도명의 목덜미를 잡아채며 소리를 질렀다.

"이 우라질 놈아, 뭐 개봉에서 해운관을 찾으면 된다고? 해운관인지 해우소(解憂所)인지 간판도 없는 이런 허접한 도장을 어느 놈이 알겠어? 여길 찾느라 꼬박 사흘을 헤맸단 말이다!"

"허, 그게 참."

석도명이 딱히 답변을 하지 못하고 염장한을 바라봤다.

'개봉에서 해운관 하면 모르는 사람이 없을 것'이라고 했던 사람이 바로 당신이니, 내가 멱살을 잡힌 것도 당신 탓이 아니냐는 의미였다.

염장한이 어색하게 입을 열었다.

"험험, 우리 해운관이 본시 그런 문파가 아니네만 요즘 개봉에 유입 인구가 부쩍 늘었다 이거거든."

"영감은 또 뭐야?"

단호경이 불쑥 끼어든 염장한을 향해 눈을 부라렸다.

"험험, 초면에 통성명은 본시 강호의 오랜 전통이지만……. 험험, 아무래도 내가 나이가 많다보니……."

단호경이 슬그머니 석도명의 멱살을 놓고는 염장한을 향해 돌아섰다.

염장한의 말은 장황했지만 뜻은 간단했기 때문이다. '내가 강호의 선배니까 네가 먼저 이름을 밝히라'는 말이었다.

"나는 무림맹 외찰대의 조장 일도양단 단호경이오."

단호경이 짧게 자신을 소개했다.

"험험, 무림맹의 고수셨구려. 나는 이 아이를 거두어 가르치고 있는 무소불권(無所不拳) 염장한이라 하오. 험험, 해운관의 11대 관주가 바로 나라오."

염장한이 도통 쓰지 않던 별호까지 밝혔지만 단호경의 관심은 조금도 끌지 못했다.

단호경은 염장한의 말이 끝나기가 무섭게 다시 석도명에게 고함을 질렀다.

"뭐? 누굴 가르쳐? 너 임마, 무공 사부를 새로 모신 거냐?"

"그게 아니라……."

석도명이 다시 머리를 절레절레 흔들었다. 입만 열었다 하면 허풍인 염장한 탓에 제대로 되는 일이 없다는 얼굴이었다.

길길이 날뛰는 단호경을 진정시키고 저간의 사정을 들려주느라 석도명은 한 식경 가까이 진을 빼야 했다.

"뭐, 그러니까 관원은 됐지만 제자는 아니다, 돈은 냈지만 배우는 건 없다, 이거냐?"

"그렇지요."

겨우 말귀를 알아들은 단호경이 고개를 끄덕이며 주변을 두리번거렸다. 꼭 뭔가를 염탐이라도 하려는 듯한 눈길이었다.

"헌데 어쩐 일로 조원들까지 전부 대동하고 나타난 겁니까?"

"개뿔, 일이다, 일! 외찰대가 하는 일이 이렇게 밖으로 싸돌아다니는 거잖아."

단호경이 뚱하게 한 마디를 내뱉고는 혼자 마당 저편으로 걸어가 버렸다. 뭔가 마뜩치 않은 기색이었다.

그때 누군가가 석도명에게 얼른 다가섰다.

"에휴, 일복이 터졌소. 도흉사귄지 뭔지 하는 놈들 덕분에."

석도명과 처음 만나던 날 태산압정의 초식을 선보였던 구엽이었다.

"쓰벌, 관부 놈들 뒤치다꺼리나 해야 되냐고?"

"그러게 언제 돌아간다는 보장도 없고."

단호경의 수하들이 일제히 투덜거리며 석도명에게 다가왔다. 그래도 간만에 봤다고 아는 체를 하기 위해서였다.

구엽과 천리산 등에게서 이런저런 이야기를 듣고 나서야 석도명은 단호경과 수하들이 개봉으로 몰려온 이유를 알 수 있었다.

사춘각에서 난동을 피우다 쫓겨난 도흉사괴가 악사와 그 가족을 무더기로 죽인 게 문제였다. 황도에서 양민(良民)이 스무 명 가까이 죽어 나갔으니 개봉부에서 이를 좌시할 수 없었다.

하지만 상대가 무공 고수인 도흉사괴인지라 섣불리 손을 대지 못하고 무림맹에 해결을 요구했던 것이다.

단호경이 골이 나 있는 건 애초에 수하들의 실력으로는 도흉사괴를 감당할 수 없음을 잘 알았기 때문이었다.

무림맹의 지시는 도흉사괴를 '잡아오라'가 아니라 '찾아오라'였지만, 어느 쪽이든 간에 감당할 수 없기는 마찬가지였다.

'허참, 묘한 인연이네.'

나무 밑에 서서 혼자 고민에 빠진 단호경의 뒷모습을 보면서 석도명은 인연의 끈이 제법 질긴 모양이라는 생각을 했다. 자신이 사춘각에 들어가게 된 게 도흉사괴 때문인데, 이제는 단호경까지 연루됐으니 말이다.

잠시 생각에 젖어 있던 석도명의 귓가에 친숙한 음성이 들려왔다. 대화에 있어 치고 빠지는 법을 잘 아는 염장한이었다.

"헤헤헤, 그러니까 다들 여기 오래 있어야 한다 이거지요."

"그렇소만……?"

최고참 천리산이 특유의 뻐딱한 어조로 염장한에게 되물었다.

"흐흐흐, 무림인들이시니 객잔에 계시기는 좀 협소하지 않겠습니까? 단체로 연무도 해야 할 텐데."

모두의 시선이 염장한에게 집중됐다. 그 말뜻을 알아들었기 때문이다.

'헛, 설마?'

석도명이 불길한 예감을 느끼며 말려보려 했지만 어느새 염장한은 단호경의 수하들을 주변에 끌어 모아놓고 열변을 토하고 있었다.

그리고 잠시 뒤 단호경과 열 명의 수하들이 해운관에 거처를 정하는 것으로 결론이 내려졌다. 열한 명 몫의 방세는 한 달에 은자 석 냥으로 결정됐다.

혼자서 한 달에 은자 두 냥을 내는 석도명이 머리를 쥐어뜯었음은 달리 설명할 필요가 없는 일이었다.

*　　*　　*

 사춘각에는 상당문의 무사들이 진을 치고, 해운관에는 무림맹의 무사들이 자리를 잡았지만 석도명의 삶은 그저 조용하게 흘러갔다.

 상당문으로서는 아직 시신이 개봉에 도착하지도 않은 풍화장 장주의 장례식이 끝나기만을 기다리는 처지였고, 단호경과 그 수하들은 도흉사괴의 종적을 쉽게 찾아내지 못했기 때문이다.

 그렇게 며칠이 흐르고 나니 석도명의 삶에는 새로운 틀이 잡혀가고 있었다.

 우선 사춘각에서는 갈수록 외톨이 신세였다.

 당환지가 심어놓은 무사라는 오해 때문에 가뜩이나 석도명을 어려워하던 악사들은 한림학사 순차곤이 다녀간 뒤로는 가까이에 오는 것을 꺼려할 정도였다.

 수석 악사 우만호 역시 어지간해서는 석도명을 술자리에 들여보내려 하지 않았다. 그렇다고 기녀들하고 어울릴 수도 없는 일이었다.

 자연히 해운관에서 보내는 시간이 늘면서 단호경 일행과 어울려 무공을 수련하는 데 더 힘을 쏟게 됐다.

 그러던 어느 날 마당에서 목검을 휘두르고 있는 석도명에게 단호경이 다가와 칼 한 자루를 내밀었다.

일만격(一萬擊)을 얻다 279

"이게 뭔가요?"

"칫, 아직도 장님 행세를 하고 싶은 거야? 보면 몰라? 검이지."

"물론 검인 줄은 알지요."

석도명은 단호경이 갑자기 진검을 건네는 이유를 묻고 있었다.

"애들 장난감 같은 목검은 집어치우고 앞으로는 이걸로 수련을 하란 말이다."

"나는 이게 더 편한데, 다칠 염려도 없고."

"염병, 검을 든 놈이 다칠 걱정부터 하냐? 그러니까 안 되는 거다 이놈아! 검을 들었으면 매순간 목숨을 건다는 자세로 덤벼야지. 언제까지 설렁설렁 하려고?"

"설렁설렁 한 적은 없습니다만."

"이놈아, 네놈이 죽어라 해도 남들이 설렁설렁 하는 것에 반도 못 따라간다는 걸 알아야지. 이왕 시작했으면 제대로 해야 할 거 아냐?"

"그게 꼭 진검을 손에 들어야 한다는 의미는 아니잖습니까? 연장 타령은 서툰 목수나 하는 법이라는데."

"꼴에 들은 건 있다 이거냐? 야, 네놈이 썩은 나뭇가지로도 절학을 펼치는 절정고수라도 돼? 재주가 서툴면 연장이라도 제대로 들어야 조금이라도 더 진심이 들어갈 거 아니냐고! 쓰벌, 하여간 쥐뿔도 없는 게 말은 많아가지고."

단호경은 더 이상 입씨름을 하고 싶지 않다는 듯 획하니 몸을 돌려 사라졌다.

남겨진 석도명이 천천히 검을 뽑아들었다.

투박하게 생긴 청강 장검은 스르릉 소리를 내며 검집을 빠져 나왔다.

"진검에 진심이라……."

확실히 손에 전해지는 무게감이 목검과는 전혀 달랐다. 힘껏 휘둘러보니 공기를 가르는 소리도 확연히 차이가 느껴진다.

'그동안 검에 실린 내 마음이 목검처럼 가벼웠던 건가?'

손에 쥔 검 한 자루에 마음이 달라지는 스스로의 모습이 얄팍하게만 느껴져서 석도명의 얼굴이 더욱 어두워졌다.

"흘흘, 이제 아예 발 벗고 나섰나 보네."

장검을 늘어뜨리고 선 석도명을 향해 단호경의 수하들 가운데 최고참인 천리산이 웃음을 흘리며 지나갔다.

'무림맹을 관둔다 만다' 난리를 떤 뒤로 부쩍 말수가 준 천리산이다.

하지만 뭐가 그리 불만인지 석도명에 대해서는 알게 모르게 비아냥거림을 멈추지 않았다. 석도명과 단호경이 의형제를 맺은 뒤로는 감히 이놈 저놈 소리는 하지 못했지만 말이다.

휘익, 휘익.

석도명에게서 멀리 떨어지지 않은 곳에 자리를 잡은 천리산이 보란 듯이 묵직하게 검을 휘둘렀다. 과연 어설픈 석도명의 칼질과는 소리부터 달랐다.

'헐, 같은 칼인데도 소리가 이리 다르니.'

석도명이 선 자세 그대로 눈을 감았다. 내친 김에 천리산의 검 소리를 제대로 들어 보려는 것이다.

천리산이 기세 좋게 검법을 펼치기 시작했다. 무림맹에 들어와 유일하게 건진 제마환검 여섯 초식이다. 석도명은 천리산이 제마환검을 끝낸 뒤에 천천히 눈을 떴다.

헌데 천리산이 석도명을 빤히 바라보고 있었다.

"흥, 이번에는 뭘 들었는데?"

석도명이 눈을 감은 이유를 천리산이라고 모르겠는가?

"그게 숨결이 고르지 못합니다. 음……."

"뭐, 초식이 툭툭 끊어지는 것 같다고?"

"예."

"젠장, 용하다 용해! 어지간한 놈들은 척 보고 아는 걸 너는 꼭 눈을 감아야 아는 게냐?"

천리산이 실망과 짜증이 뒤섞인 표정으로 퉁명을 떨어댔다.

십대문파의 무술을 짜깁기한 제마환검의 초식이 툭툭 끊기는 건 세상이 다 아는 이야기였다. 그걸 알아낸 게 뭐 그리 새삼스런 일인가 싶었던 것이다.

"아니요. 그게 이상한 게……."

"흥, 그 시답잖은 게 재주랍시고. 정 듣고 싶으면 본인 칼

소리나 들으라고!"

천리산이 석도명의 말허리를 자르고는 냅다 한 마디를 쏘아붙였다.

"……."

석도명이 말을 잇지 못하자 천리산은 코웃음을 치며 돌아섰다.

무엇에 충격을 받았는지 석도명은 한동안 움직일 줄을 몰랐다.

"내 소리를 들으라고? 내 소리를……."

석도명은 조금 전 제마환검에서 뭔가 석연치 않은 구석을 느꼈다는 사실조차 까맣게 잊고 있었다. '네 검 소리를 들어보라'는 천리산의 한 마디가 천둥처럼 머릿속에서 울려왔기 때문이다.

단호경에게 이끌려 처음 검 쓰는 소리를 들은 이후로 남의 검에만 귀를 기울였지 자신의 소리를 들을 생각은 한 번도 하지 못했던 것이다. 음악을 연주할 때 악사가 가장 공을 기울여 들어야 하는 게 바로 자신이 내는 소리가 아니던가 말이다.

석도명이 품에서 정연의 비단 손수건을 꺼내 눈을 가렸다. 그리고 숨을 가다듬고는 검을 휘두르기 시작했다. 물론 유일하게 할 줄 아는 일만 번의 태산압정이다.

석도명의 검은 일만 번은 고사하고 일백 번도 채우지 못했다.

"후아, 이렇게 엉망이었나?"

삐뚤빼뚤, 들쑥날쑥.

차마 참고 들어 줄 수 없는 소리였다.

석도명은 얼굴이 화끈거려 고개를 들 수 없었다. 고작 이런 소리를 내는 주제에 다른 사람의 검에 대해 왈가왈부를 하려고 들었다니!

"검 소리는 내 마음대로 안 되는 건가?"

혼잣말을 중얼거리던 석도명이 다시 검을 고쳐 세웠다. 정말로 검 소리를 내 마음대로 해보자는 생각이 든 것이다.

주악천인경의 구결을 끌어올리니 이내 온몸에 소리의 기운이 넘실거렸다. 석도명이 그 기운을 두 손에 모아 검에 밀어 넣었다. 검으로 연주를 해볼 요량이었다.

우웅—

다른 사람의 귀에는 들리지 않는 미세한 소리가 검에서 울리기 시작했다.

석도명이 신중하게 검을 들어 내리치고, 또 내려쳤다.

드디어 검 끝에서 고른 소리가 들려왔다. 부족하면 채워 넣고, 넘치면 빼 가면서 석도명이 악기를 연주하듯이 소리를 조절했기 때문이다.

헌데 그렇게 소리를 만들어가며 검을 움직이던 석도명의 얼굴에 기이한 표정이 떠올랐다.

고른 소리를 유지하려고 인위적으로 소리의 기운을 움직이다 보니 검 끝에 뭔가가 들러붙은 것 같은 느낌이 들기 시작한 것이다.

그 느낌은 마치 누군가가 검 끝을 꽉 잡고 매달리는 것 같기도 했고, 줄에 묶어 놓은 검을 그네 흔들 듯이 흔드는 느낌 같기도 했다. 검을 휘두르는 것은 자신인데 검이 가는 길은 마치 누군가가 정해 놓은 듯했다.

'검이 검을 물었어.'

석도명이 문득 그 기이한 감각의 실체를 깨달았다.

자신이 휘두르는 일격과 일격이 서로를 물고 놓아주지 않았다. 그저 맹목적으로 허공을 가르는 게 아니라 한 번의 내리침이 그 다음의 내리침을 이끌어내고, 또 지나간 일격이 다가올 일격에 담기는 것만 같았다.

그것은 자신이 휘두르는 모든 검이 처음부터 끝까지 하나의 실에 꿰어졌다고밖에는 설명할 길이 없었다.

'검이 지나간 자리가 지워지지 않아.'

석도명은 자신이 계속해서 검을 내리치고 있다는 사실도 잊은 채 깊은 생각에 빠져들었다.

소리를 억지로 짜 맞춰 검을 휘두른 결과는 상상 이상의 것이었다.

일격이 끝나도 검이 지나간 자리는 그냥 사라지는 게 아니었다. 검을 멈추려고 해도 벌써 그 다음의 일격이 알아서 먼저 일어나고 있었다.

석도명은 문득 깨달았다. 그리고 자신도 모르게 낮은 탄식을 뱉어냈다.

"아, 지나갔으나 끊이지 않는구나. 오고 있는데 알지 못했구나!"

일만격 일만고(一萬擊 一萬考), 일만고 일만격(一萬考 一萬擊)의 구결에 담긴 뜻이 해연히 머리에 새겨졌다.

무작정 일만 번을 휘두르라는 게 아니었다. 검을 휘둘렀으면 일검, 일검이 어떤 마음으로 어떤 길을 갔는지 전부 헤아리고, 또 앞으로 일만 번의 일격, 일격을 어떻게 해낼 것인지를 먼저 생각하고 그대로 검을 쓰라는 의미였다.

모든 것이 한 가지로 같다는 만사여일(萬事一如)의 진짜 의미는 일만 번의 검을 하나같이 휘두르고, 단 한 번의 검에도 일만격을 담아야 한다는 것이었다.

망아지경(忘我之境)에 빠진 석도명의 검 소리가 서서히 변해갔다.

웅, 우웅—

검을 내리칠 때마다 일격 일격이 차곡차곡 쌓이면서 소리가 점점 무거워졌다. 아니, 검 자체가 갈수록 무거워졌다.

어느 순간 석도명은 검을 들어올릴 수가 없었다. 수백 자루의 검이 얹힌 것처럼 검이 너무나 무거워서였다.

"헉, 허억……."

거친 숨소리를 뱉어내며 석도명이 눈을 떴다. 그와 동시에 거짓말처럼 손에 들린 검이 가벼워졌다.

석도명은 궁금해졌다. 과연 일만 번이 실린 검은 얼마나 무거울까? 그걸 과연 자신의 힘으로 들어올릴 수 있을까?

하지만 석도명의 생각은 길게 이어지지 못했다. 주변이 왁자지껄했기 때문이다.

"너, 너, 너 지금 뭘 한 거냐?"

"저게…… 말이 되나?"

"진짜 태산압정 맞아?"

단호경과 그 수하들이 석도명을 둘러싼 채 수군거리고 있었다.

심하게 말을 더듬는 단호경을 보면서 석도명은 고개를 갸웃거렸다. 대체 뭘 봤기에 다들 이 난리라는 말인가? 설마 자신의 깨달음을 벌써 눈치챈 것일까?

석도명이 자신을 향한 단호경의 손가락 끝을 따라 손에 들린 검을 내려다봤다.

"헛!"

대체 얼마나 시간이 흐른 걸까? 어느새 설핏 해가 기울어 사방이 제법 어둑어둑해지고 있었다.

헌데 그 어스름 속에서 석도명의 검이 은은하게 빛을 냈다. 빛이라고 하기에는 너무나 약했지만 유독 석도명의 검만 눈에 밝게 들어오고 있으니 기이한 일이었다. 검은 빛을 잃고 서서히 평범한 모양으로 되돌아갔다.

"너 대체 뭔 짓을 한 거냐고!"

단호경이 멱살이라도 잡을 듯이 거칠게 다가섰다. 험상궂은 표정과 달리 단호경은 가볍게 떨고 있었다. 구화진천무의 한 구절인 열화결(熱火訣)이 떠오른 탓이다.

빛과 소리와 뜨거움이 더해지니 불이 타오른다.

석도명은 처음에 자신의 검에서 불의 소리를 들었다. 그리고 이제는 빛을 보여줬다.

자신은, 아니 자신의 가문은 내내 어둠 속에서 헤매고 있는데 이 어설픈 악사는 저 혼자 성큼성큼 나가고 있는 것이다. 구화진천무의 단 한 초식도 제대로 펼칠 수 없으면서 말이다.

단호경이 갈라진 음성으로 다시 물었다.

"너, 구화진천무의 빛을 본 거냐?"

"일만격으로 가는 길을 찾았을 뿐입니다."

석도명이 빙그레 미소를 지었다.

제10장
과거(過去)가 남긴 매듭

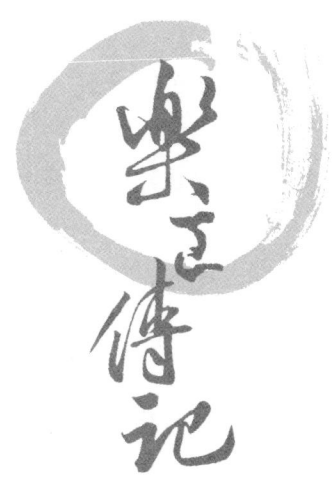

석도명이 검으로 단호경을 놀라게 한 뒤 다시 며칠이 흘렀다.

이른 아침 해운관 마당이 단호경의 칼 소리로 요란하다. 며칠째 되풀이 되고 있는 풍경이다.

"대체 일은 언제 하는 겁니까? 이렇게 칼만 휘둘러도 월급이 제때 나오나요?"

석도명이 뚱하게 물었다.

오늘도 아침부터 단호경에게 끌려나와 검을 손에 쥐는 게 영 내키지 않은 기색이다. 그도 그럴 것이 밤늦게 일을 마치는

과거(過去)가 남긴 매듭 291

처지에 아침잠을 설치는 게 보통 성가시지 않았다.

하지만 석도명의 검에서 빛을 본 뒤로 검에 미쳐 있는 단호경의 귀에 그 말이 들어갈 리가 없다.

"임마, 무림맹 무사들에게는 무공 수련이 가장 중요한 일과라고!"

단호경이 퉁명을 떨며 석도명에게 목검을 내밀었다.

"이게 뭡니까?"

"보면 몰라? 목검이잖아."

"진검을 들어야 진심이 조금이라도 더 담긴다고 하지 않았던가요?"

단호경이 난처한 표정을 지었다.

분명히 진심 운운하며 석도명의 손에서 목검을 빼앗아 간 건 단호경 본인이다. 헌데 이제 와서 다시 목검을 내밀어야 하다니, 영 면목이 서질 않는다.

"진심이고 나발이고 검 값은 누가 대냐고? 무림맹 월급이 그렇게 많은 게 아니거든."

"하, 그렇군요."

석도명이 빙그레 웃음을 지었다.

요 며칠 사이에 단호경과 비무를 하면서 부러뜨린 검이 얼추 열 자루가 넘었다.

아무리 싸구려 검이라고 해도 날마다 잘라 먹어서는 그 비용을 감당할 재간이 없으리라.

"자자, 얼른 해보자고!"

단호경이 석도명 앞에서 자세를 잡았다. 석도명은 자세를 취하기 전에 비단 손수건으로 눈부터 가렸다.

"제길, 오늘도 눈을 가리겠다고? 너무 불공평한 거 아니야? 나는 내공도 안 쓰는데."

"하하, 그게 불만이면 풀지요."

"됐다, 됐어!"

석도명이 손수건을 풀려고 하자 단호경이 되레 손사래를 쳤다.

석도명을 이기려는 게 아니라, 어디까지나 일만격의 묘리를 얻는 게 목적이다. 석도명이 손수건을 풀면, 그러니까 일만격의 구결을 제대로 펼치지 못한다면 무슨 소용이 있겠는가?

석도명의 목검이 서서히 좌우로 움직였다. 태산압정에 이어 요즘 집중적으로 익히고 있는 횡소천군의 초식이다.

구화진천무의 빛을 얻었으니 본격적으로 구화진천무의 본(本) 초식을 익혀보라는 단호경의 권유에도 불구하고 석도명은 서두르지 않았다.

태산압정 다음에는 횡소천군을 하는 게 당연한 거 아니냐면서 말이다.

그저 좌우로 허공을 가르는 단순한 칼질이 쉬지 않고 계속되면서 점점 속도가 붙었다.

한 번, 두 번, 세 번…….

석도명이 허공에 수백 번의 횡소천군을 펼쳐내는 동안 단호경도 지지 않겠다는 듯이 똑같은 동작을 따라 하고 있었다.

 모르는 사람이 보면 비무가 아니라 허공에 칼질 잘하기를 겨루는 것으로 생각할 만한 광경이다.

 하지만 이유 없는 칼질이 아니다. 일만격 일만고의 구결을 따라 검에 검을 쌓고 있는 중이었다.

 석도명이 어느 순간 허공에 목검을 멈춰 세웠다. 휘두른 만큼의 무게가 검에 쌓여 적당히 묵직해졌다고 느낀 다음이다.

 "저는 됐습니다."

 석도명의 말에 단호경의 눈썹이 꿈틀거렸다. 자신은 전혀 준비가 된 것 같지 않았기 때문이다. 아니, 솔직히 말해서 석도명이 시킨 대로 죽어라 노력을 해도 단 한 번도 검이 묵직해지는 느낌을 받은 적이 없었다.

 자기만 또 헛칼질을 해댔다는 생각에 단호경이 버럭 소리를 질렀다.

 "준비고 나발이고 와라!"

 그 외침이 끝나기가 무섭게 석도명이 좌에서 우로 목검을 그었고 단호경이 이를 받아쳤다.

 퍽.

 짧은 타격음과 함께 단호경의 목검이 터져나갔다. 부러진 게 아니라 말 그대로 허리부분이 요란하게 터져 버린 것이다.

 "쓰벌, 또 부러졌네. 대체 나는 왜 안 되냐고!"

단호경은 걷잡을 수 없이 화가 끓어올랐다. 지금이라도 마음만 먹으면 석도명을 요절내는 것은 파리를 죽이기보다 쉬운 일이다.

초식이든, 내공이든 감히 석도명이 자신에게 비교나 되겠는가? 헌데 횡소천군, 이 단순한 초식에서 번번이 자신의 검만 부러져나가니 거의 미칠 지경이었다.

저런 생초짜도 하는 일을 왜 자신은 하지 못하는가 말이다.

석도명이 답답하다는 듯이 단호경을 바라봤다.

"거듭 말씀드리지만 '지나갔으되 끊이지 않고, 오고 있으나 깨닫지 못한다!' 이 구절을 먼저 헤아려야 합니다. 일만격의 요체는 그저 검을 만 번 휘두르라는 게 아닙니다. 단 한 번에 일만 번의 행(行)함을 실으라는 것이 아닌가 싶습니다. 한 번 한 번의 검이 이어지려면 검이 지나간 자리도, 다가올 자리도 그 가운데 단 하나도 놓쳐서는 안 되는 거죠."

석도명의 충고에 단호경은 다시 한 번 머리를 흔들었다.

> 과이부절(過而不絶), 지나갔으되 끊이지 않고
> 도래미성(到來未省), 오고 있으나 깨닫지 못하는구나.
> 탕탕익중(湯湯益重), 흔들수록 무거우니
> 충충유랑(充充愈朖), 채울수록 밝아진다.

석도명의 이야기는 일만격 일만고 다음에 이어지는 구결을 설명하는 것이었다. 아무리 검을 휘둘러도 무거워지지 않는데 석도명은 이미 밝아지는 경지까지 보여줬으니 어찌 속이 상하지 않겠는가.

"젠장, 네놈은 소리라도 듣고 일만격을 깨우쳤다지만 나는 어쩌라고……."

단호경은 석도명처럼 소리를 듣는 재주를 갖지 못한 게 문제인 것만 같아서 절로 불평이 나왔다.

"그래서 저도 고민을 좀 했습니다."

석도명이 마당을 가로질러 안으로 들어가더니 작은 북을 들고 나왔다.

"이게 뭐냐?"

"보면 모릅니까? 북이죠."

"그걸 누가 몰라, 뭐에 쓰는 물건이냐고?"

석도명이 북을 바닥에 놔 놓고는 단호경에게 말했다.

"이제부터 목검으로 북을 치는 겁니다. 그러면 자신의 검이 어떤 소리를 내는지 들을 수 있겠죠."

"하! 장난하냐, 장난해?"

"뭐, 싫으면 말고요."

석도명이 슬쩍 북을 치우는 시늉을 했다. 날마다 시달리다 보니 성미 급한 단호경을 상대하는 요령이 조금은 생기고 있었다.

단호경이 다급하게 손을 내저었다.

"야야, 일단 한 번 둬봐! 험, 그래 어떻게 소리를 내면 되는 건데."

"우선은 북소리가 고르게 나도록 하는 겁니다. 그리고 소리와 소리를 잇는다는 기분으로 검을 움직여 보세요."

"이렇게 말이지?"

둥. 둥. 둥.

단호경이 새 목검을 손에 쥐고 태산압정의 수법으로 목검을 내리쳤다. 가볍게 북을 친 것 같았는데도 북에서는 진격을 알리는 듯 요란한 소리가 울려 퍼졌다.

"그러다 북 터집니다."

"젠장, 검은 잔뜩 분질러 먹은 주제에 지금 북 값을 걱정하는 거냐?"

"북 값이 아니라 소음을 걱정하는 거죠. 아직 이른 아침인데."

단호경이 연신 투덜대면서 계속 북을 내리쳤다. 이윽고 소리가 잦아들면서 북은 들릴 듯 말 듯 낮게 울기 시작했다.

석도명이 그 모습을 보면서 한 마디를 덧 붙였다.

"악사가 악기를 처음 다룰 때는 말입니다. 소리를 크게 낸다거나, 빠르게 내는 건 그다지 중요하지 않습니다. 제일 먼저 한 음, 한 음 바른 소리(正音)를 내는 법을 익혀야 하죠. 검의 길을 기억하고, 북의 소리를 새겨보세요. 제가 드릴 수 있는 말씀은 거기까지 입니다."

석도명이 뚱한 얼굴의 단호경을 한 번 바라보고는 낮게 한숨을 내뱉으며 돌아섰다.

'에고, 사부님은 나를 보면서 얼마나 속이 터지셨을까?'

뭔가를 배우고 그 참된 의미를 깨닫는 것도 힘들었지만, 자신이 안다고 생각하는 걸 남에게 전하는 일은 그보다 훨씬 어려웠다. 더구나 자기 눈에는 훤히 보이는 길을 남이 쫓아오지 못하는 걸 지켜보는 건 더 답답한 일이었다.

그때 단호경의 수하들이 숙소에서 나오며 수선을 떨어댔다.

"아씨, 새벽부터 뭔 북소리가 이렇게 요란해?"

"그러게. 조장, 이제는 칼춤이라도 배우려는 게요?"

그 가운데 반삼근(半三斤)이라는 눈치 빠른 무사 하나가 석도명에게 다가와 말을 걸었다.

"하이고, 오늘도 석 악사가 조장을 열 받게 했나 보네. 맞소?"

석도명이 대답을 하기도 전에 다른 무사들이 먼저 상황을 정리했다.

"야야, 저기 걸레가 된 목검은 뭐야?"

"크크크, 뻔하지 뭐. 조장이 또 당한 거 아니겠어."

벌써 여러 날 계속된 석도명과 단호경의 기이한 비무를 지켜본 터라 모두들 힘들이지 않고 정황을 읽어낸 것이다.

수하들의 낄낄거리는 소리를 들으면서도 단호경은 고개조차 돌리지 않고 묵묵히 목검을 내리치기만 했다. 그만큼 절박하고 갈증이 난다는 증거였다.

그 와중에 또 누군가가 단호경의 염장을 지르는 소리를 했다.

"야, 이러다가 석 악사가 조장보다 고수가 되는 거 아냐? 검을 잡은 지 몇 달이나 됐다고……."

"지랄하지 마라! 실력이 안 되면 검도 못 빼고 목이 달아나는 게 강호다. 어느 미친놈이 저 짓을 하도록 얌전히 기다려 주겠냐?"

단호경의 수하들 가운데 최고참인 천리산이 냉랭하게 쏘아붙이고 나섰다.

검을 모은답시고 석도명이 수백 번이나 허공에 칼질을 한 다음에야 검을 쓰는 모습을 두고 하는 소리였다. 실전은 고사하고 비무에서도 그런 식으로 상대방을 기다려 줄 사람은 없을 테니 석도명의 재주가 다 쓸모없다는 뜻이다.

그 한 마디에 모두들 꿀 먹은 벙어리가 된 것처럼 입을 다물고는 슬금슬금 흩어졌다.

단호경과 석도명과 천리산, 그 세 사람의 미묘한 관계에 말려들고 싶지 않았기 때문이다.

무림맹을 그만 두겠다고 한바탕 소동을 벌였다가 주저앉은 뒤로 천리산은 부쩍 말수가 줄었다.

하지만 단호경을 향한 냉랭함은 오히려 더욱 짙어진 느낌이었다. 특히나 단호경이 끌고 들어온 석도명에 대해서는 노골적으로 반감을 드러내기 일쑤였다.

과거(過去)가 남긴 매듭

'썩을 놈, 악사 나부랭이가 얄팍한 재주를 믿고 너무 나대는구나.'

천리산이 석도명을 한 차례 흘겨보고는 마당 한편으로 걸어가 자신만의 무공수련을 시작했다.

그러나 마음이 복잡해서 천리산은 좀처럼 검에 집중을 할 수가 없었다. 어린 악사 놈이라고 깔보기에는 확실히 석도명의 성취가 놀라웠다.

후배들에게 하나 둘씩 추월을 당하다 못해 이제는 근본 없는 악사에게까지 쫓긴다는 생각이 드니 가슴에서 뜨거운 불덩어리가 치밀어 올랐다.

"후우, 나는 대체 어쩌라고."

이제 곧 해가 바뀌면 나이가 마흔이라는 사실을 떠올리며 천리산은 애꿎은 하늘을 향해 어지러이 검을 휘둘러댔다.

한편 석도명은 석도명대로 심사가 편치 않은지 담장 옆 고목 아래 주저앉아 깊은 생각에 빠져 있었다.

"그래, 아무도 기다려 주지 않겠지."

천리산이 석도명 때문에 마음이 어지럽다면, 석도명은 정작 천리산의 한 마디를 가슴에 품고 있었다.

아무리 자신이 구화진천무의 구결대로 검에서 빛을 내고, 불을 뿜어낸다고 해도 지금 같은 방식으로는 써먹을 수가 없을 터였다. 천리산의 말마따나 미친놈이 아니고서야 누가 멍하니 기다리고만 있겠는가?

"검을 손에 쥐자마자 바로 일만 개의 검이 쌓인다면 얼마나 좋을까? 아니, 생각만 하면 턱하니 튀어나오는 게 더 좋을 텐데."

순간 석도명의 머릿속에서 뭔가가 번쩍였다.

일만고 일만격(一萬考 一萬擊), 일만 번 생각하고 일만 번 휘두른다.

일만 번 생각하라는 구절이 문득 다르게 새겨졌기 때문이다.

'정말로 일만 번을 머릿속으로만 생각해도 검이 쌓이는 건 아닐까?'

석도명은 또다시 눈이 크게 뜨이는 기분이었다.

검에 검을 쌓는답시고 허공에 무한정으로 칼질을 하게끔 기다려 줄 사람이 없다는 건 바보라도 알 수 있는 일이다.

구화진천무를 만든 사람이라고 어찌 그 단순한 이치를 몰랐겠는가? 굳이 일만 번 생각하라는 말을 되풀이해서 강조한 것을 보면 휘두르는 일 못지않게 생각하는 게 중요하다는 의미가 아니겠는가 말이다.

석도명이 새로 얻은 깨달음을 직접 실험해 보려고 몸을 일으키려는 순간, 누군가가 다가섰다.

"저, 석 악사……."

단호경의 수하들 가운데 제일 먼저 석도명과 태산압정의 초식으로 얽힌 바 있는 막내 구엽이 주저하며 말을 걸어왔다.

그 뒤에는 구엽과 비슷한 또래인 냉원보(冷元堡)와 곽석(郭奭)이 똑같이 어색한 자세로 서 있는 게 보였다.

석도명이 이상한 느낌을 받으며 엉거주춤 몸을 일으켜 세웠다. 그들에게 뭔가 중요한 용건이 있는 것 같아서다.

석도명과 단호경이 의형제를 맺은 뒤로 단호경의 수하들과는 좀처럼 호칭이 정리되지 않는 사이였지만 오늘 구엽의 어조는 어느 때보다 공손했다. 모두들 석도명보다는 최소한 서너 살 이상 많은데도 말이다.

"예, 어쩐 일이신가요?"

"저, 그게 말입니다. 정말로 소리로 무공을 가다듬을 수 있는 건가요?"

주저하며 말문을 연 구엽을 보며 석도명이 미소를 지었다. 구엽을 비롯한 세 사내들이 뭘 궁금해 하는지를 알았기 때문이다.

단호경이 날마다 석도명을 붙잡고 씨름을 하다못해 이제 북까지 치고 있는 것을 보면서 뭔가를 느낀 것이리라. 그리고 묻고 있는 것이다. 소리를 통해서 자신들도 무공을 높일 방법이 없겠는가 하고.

단호경을 만난 뒤로 석도명은 배움에 목말라 하는 사람에게 크게 너그러워져 있었다. 세 사내에게 작은 도움이라도 주고 싶어졌다.

"제마환검에 대해서 어떻게 생각합니까?"

고목 밑에 자리를 잡고 앉자마자 냉원보가 거두절미(去頭截尾)하고 본론을 꺼냈다.

석도명이 잠시 망설이다가 말을 시작했다. 일전에 천리산이 펼치는 제마환검의 소리를 듣고 느낀 바가 있어서 말해 주려다가 천리산이 퉁명을 떠는 바람에 하지 못했던 이야기다.

"잘은 모릅니다만, 물어보시니 제마환검의 소리에 관해서만 한 가지를 말씀드리지요."

"그게 뭡니까?"

"어서 말씀해 주세요."

사내들이 긴장한 눈빛으로 석도명을 주시했다.

"잘은 모르겠지만 제마환검의 여섯 초식은 기본적으로 서로 다른 소리가 납니다. 어느 것은 무겁고, 어느 것은 경쾌하며, 또 다른 것은 밝고 화려하지요. 헌데 그것을 억지로 눌러서 같은 소리를 내려고 하는 듯한 느낌이 듭니다. 음악으로 말하자면 다른 악기를 가지고 똑같은 소리를 연주하려고 하는 것과 같다고나 할까요?"

곽석이 고개를 갸웃거리며 나섰다.

"제마환검의 각 초식이 본시 서로 다른 문파에서 가져온 것이니 소리가 다를 수밖에 없겠지요. 그런 초식을 하나의 검법으로 묶다보니까 자연히 같은 소리가 나게 되는 것일 테고요.

결국 여섯 초식의 소리가 완전히 같아지면 바로 절정의 무공이 되는 게 아닐까요?"

그 말에 냉원보와 구엽이 일제히 고개를 끄덕였다. 자신들이 원하는 것이야말로 제각각인 여섯 개의 초식을 하나로 만들어 주는 일이었기 때문이다.

"음, 그런 거였군요. 매끄럽게 연결하는 거."

"예, 그렇죠. 바로 그겁니다. 저희도 조장처럼 북이라도 갖다 놓고 열심히 연습하면 되는 겁니까?"

"정말 그러면 소리를 같게 만들 수 있나요?"

사내들의 음성은 기대에 들떠 있었다.

하지만 그 기대와 달리 석도명은 무겁게 고개를 저었다.

"제가 배우기로는 '본성(本性)을 버린 것은 소리가 아니다'라고 했습니다. 소리를 꾸밀 수는 있겠지만 꾸민 것은 진성(眞聲)이 될 수 없다는 겁니다. 그러니까 처음부터 다른 소리를 억지로 꿰맞추어 봐야 상승의 무공이 만들어질까요?"

"에휴……."

"결국 애초에 잘못 된 거군요. 제마환검이라는 검법은."

세 사람의 얼굴에 떠오른 실망감이 너무 커서였을까? 석도명의 얼굴이 한껏 무거워졌다.

얼마간의 시간이 흐른 뒤 석도명이 어렵사리 입을 열었다.

"개인적인 생각입니다만, 저라면 차라리 반대로 해보겠습니다."

"예?"

세 사람의 눈이 똑같이 휘둥그레졌다.

* * *

밤을 밝히던 화월촌의 등불이 하나둘 꺼져가는 시간이다.

취객들이 빠져나간 으슥한 심야에 세 사내가 사춘각의 골방에 모여 앉았다.

"자, 쭉 한잔 들이키시게. 피로가 확 달아날 걸세."

심기전이 석도명을 향해 진한 웃음을 머금으며 술잔을 권했다.

"저…… 술은 잘 하지 못합니다."

석도명이 당황하며 손을 저었다.

아닌 게 아니라 그동안 술을 배울 기회가 없었다.

사부는 생전에 밖에서 종종 취해서 돌아오곤 했지만 단 한 번도 집안에 술을 들이지 않았다. 화월촌에서 악사 노릇을 하면서도 이렇게 정색을 하고 앉아서 술잔을 기울이기는 이번이 처음이었다.

"자자, 애들도 아니고 뭘 그리 몸을 사리는가?"

"그러게. 장부는 술이 통해야 뜻도 통하는 법이네. 우리가 오늘 허심탄회하게 술잔부터 열어놓자 이걸세. 허허허."

심기전에 이어 3인자를 자처하는 양삼재가 수선을 떨며 거들고 나섰다.

'헐, 이 밤에 부른 게 술 때문이었나?'

석도명이 잠시 고민을 하다가 단숨에 술을 넘겼다. 겁 모르고 들이킨 터라 목구멍이 메케하게 타올랐지만 석도명은 애써 담담한 표정을 유지했다.

"어이쿠, 술도 아주 잘하는구먼. 젊은 사람이 못하는 게 없어요. 술이면 술, 연주면 연주, 무공이면 무공. 껄껄껄."

심기전이 박수를 치며 호탕하게 웃었다.

"아닙니다. 잘하기는요. 그리고 무공은 하지 못합니다."

일만격의 의미를 깨달은 게 사흘 전의 일이다. '나도 못한 걸 네놈이 어떻게 했냐'고 절망감에 떨던 단호경을 생각하면 스스로 무공을 하지 못한다고 말하고 다니는 게 왠지 떳떳하지 못한 기분이기는 했다.

'무공을 한다고 하는 게 더 말이 안 되지.'

석도명이 가볍게 고개를 저었다.

단호경에게 무공을 배운 건 고작 넉 달 남짓한 짧은 기간이다. 주악천인경의 비기(秘技)에 힘입어 단호경도 하지 못한 일만격의 묘리를 깨달은 건 천운이라고밖에는 할 수 없는 일이었다.

겨우 그 정도의 실력을 갖고 어디 가서 무공을 배웠다고 할 수 있겠는가?

더욱이 심기전은 지금 자신이 상당문 사람들 앞에서 구궁무한진인지 뭔지를 통과했을 때의 일을 언급하고 있는 것이니 그걸 두고 무공이라고 말할 수는 없는 일이었다.

"에이, 당 무사가 데려온 사람이라는 걸 다 아는데. 우리끼리 뭘 자꾸 숨기고 그러나?"

"글쎄 말이야. 겸손이 너무 지나친 거 아닌가?"

"아닙니다. 두 분도 보셨듯이 상당문의 소문주가 직접 확인하지 않았습니까? 제가 무공을 못 한다는 걸 말입니다."

심기전과 양삼재가 당환지의 이름까지 거론하면서 뭔가를 자꾸 떠보려는 듯한 느낌이 들어서 석도명은 더욱 단호하게 부인을 할 수밖에 없었다.

"허어, 그러면 그게 정말 음악으로 가능한 건가? 쇳소리로 검을 울게 하는 거 말일세."

심기전이 기대와 의구심이 뒤섞인 얼굴로 석도명을 빤히 바라보며 물었다.

"예, 악사란 본시 소리를 다스리는 사람이 아니겠습니까?"

"허허, 소리를 다스린다. 정말 기가 막힌 이야기구먼."

"아아, 과연 그런 거였나?"

심기전과 양삼재가 연이어 탄성을 내뱉는 바람에 석도명은 혼자 머쓱해져서는 맛도 모르는 술을 다시 들이켰다. 다른 사람의 칭찬과 관심이 아직은 익숙하지 않은 탓이다.

심기전이 은근한 목소리로 물었다.

"그거 어려운가?"

"예?"

"그러니까 극성(極聲)이라는 것이 우리도 배울 수 있는 기술이냐는 말일세."

난처하기 짝이 없는 물음이었다.

'어쩐지 은밀하게 부르더라니.'

사춘각의 다른 악사들과 마찬가지로 한동안 자신과는 거리를 두던 사람들이다.

갑자기 보자고 하기에 의아했는데 확실히 꿍꿍이가 있었다. 자신의 재주가 궁금한 것이다. 아니, 한 걸음 더 나가 가르쳐 줄 수 없냐는 은근한 청탁이었다.

"글쎄요, 저도 사부님께 겨우 겨우 배우기는 했지만……."

"험, 사부님이 계셨구먼. 그런 걸 캐묻다니 내가 결례를 범했네."

심기전이 이내 정색을 했다.

자고로 사제지간에 전해지는 비전은 함부로 묻는 게 아니었다. 혹시나 해서 떠봤다가 석도명이 바로 사부를 거론하자 가르쳐 줄 마음이 없다는 뜻으로 알아들은 것이다.

석도명의 입장에서도 더 이상 뭐라고 할 수가 없었다.

사부의 한이 담긴 주악천인경을 남에게 쉽게 털어놓을 수도 없거니와, 눈부터 버려야 한다는 등의 이야기를 어떻게 하겠는가?

"이해해 주시니 감사합니다."

"하하하, 아닐세. 자, 술이나 마시자고."
"허허허, 그럽시다."
 심기전과 양삼재가 애써 밝은 목소리로 술잔을 들었지만 그 얼굴에 스쳐간 것은 한 가닥 실망이었다.
 그때부터 두 사람은 말없이 술잔을 돌리기만 했다.
 미안한 마음에 석도명은 두 사람이 주는 잔을 거절하지 못하고 고스란히 받았다.
 석도명의 얼굴에 취기가 오르자 심기전과 양삼재가 다시 이것저것을 지나가듯이 묻기 시작했다.
 '고향이 어디냐'에서부터 '당환지는 어떻게 알게 된 거냐', '대갓집 자제들과는 언제 인연을 텄느냐' 등등의 질문이 이어졌다.
 하지만 정작 석도명은 술에 취해서 제대로 답을 할 수 없었다. 아니, 자신이 뭐라고 대답을 하고 있는지조차도 언제부턴가 제대로 의식을 하지 못했다.
"어이, 잘 나갈 때 좀 도와줘……."
 심기전이 술잔을 건넬 때마다 되풀이하는 한 마디를 끝으로 석도명은 어느 순간 완전히 정신을 잃고 말았다.

 "한심한 놈! 소리를 다스려야지, 계속 소리에 끌려 다니기만 할 거냐?"
 "제가 끌려 다니고 있습니까?"
 "그래 이놈아! 한 가닥 기운을 뽑아내서 마음대로 휘둘러야 하는데, 네놈은 고작 칼자루에 매달려 있질 않더냐?"

"헉! 사부님이 그걸 어떻게?"

유일소의 냉랭한 음성에 석도명은 뒷골이 서늘해지는 기분이었다. 자신이 무공을 배우고 있다는 걸 사부가 대체 어떻게 알았을까? 아니, 몰래 무공을 익히다가 들켰으니 이제 무슨 경을 칠 것인가?

'아니, 사부님이 왜 여기 계시지?'

석도명은 문득 세상을 떠난 유일소가 자기 앞에 서 있다는 사실이 이상했다.

정신을 모아 유일소를 똑바로 보려고 했지만 정신을 집중하면 할수록 사부의 모습은 점점 어두워지기만 했다.

'꿈이구나.'

석도명은 흐릿한 의식 속에서 어렴풋이 깨달았다.

잠이 깊었던 것일까? 꿈을 꾸고 있다는 걸 알면서도 석도명은 정작 꿈에서 깨지 못했다.

꿈속에서 석도명은 검을 들고 구화진천무를 수련하는가 싶더니, 이내 주악천인경을 펼쳤다.

사부의 모습을 본 탓인지 꿈에서조차 석도명은 죽기 살기로 주악천인경을 외우면서 소리의 기운을 끌어 올렸다.

그러더니 어느 순간부터 석도명은 사춘각을 헤매고 다니고 있었다.

"야야, 물도 안 뿌리고 마당을 쓸면 어떻게 해?"
"이런, 대문 앞에다 어떤 놈이 토해 놓은 거야?"
"어이쿠, 계월이 너 눈이 퉁퉁 부었다. 울었냐?"
"흥, 울긴 누가 울어?
"설환지 뭔지 그년을……."
"형님, 설화는……."
"요즘 주방에서 생선 조달이 잘 안 된다고."
"구 지배인이 알아서 처리……."
"언니, 내 귀걸이……."
"이 방 아직도 자?"
"들어가서 깨워!"

 꿈인지, 생시인지 몽롱한 가운데 석도명은 사춘각 구석구석을 누비면서 사람들이 주고받는 대화를 주워들었다.
 그때였다.
"일어나시죠! 청소해야 합니다."
 쾅쾅쾅.
 누군가가 거칠게 방문을 두드리는 소리에 석도명은 두 눈을 떴다.
"헛, 여기가 어디야?"
 석도명이 후다닥 일어나 주변을 둘러봤다.
 어젯밤 심기전, 양삼재와 함께 술을 마시던 방이다.
 두 사람은 어디로 갔는지 석도명 혼자 난장판이 된 방구석에서 잠을 자고 있었다. 창밖이 훤한 것을 보니 제대로 늦잠을 잔 모양이다.

방문이 열리며 일꾼 하나가 고개를 디밀었다.

"일어나셨습니까? 청소할 시간인데요."

"아, 예. 미안합니다."

석도명이 지끈거리는 머리를 두 손바닥으로 감싸 쥐고는 주섬주섬 일어섰다.

"야, 빨리 하자고, 오시(午時; 오후 1시)가 코앞이야."

또 다른 일꾼 하나가 들어와 동료를 바삐 재촉했다.

"수고들 하세요."

남들이 한창 바쁜 시간에 늦잠을 자던 모습을 내보인 게 민망해서 석도명이 서둘러 방을 빠져나갔다. 그러나 무슨 까닭에서인지 석도명은 문을 나가기 직전에 문득 멈춰 섰다.

'이 목소리.'

두 사내의 음성은 조금 전 꿈속에서 사춘각을 돌아다니다가 들은 것이었다.

'에고, 꿈과 현실이 완전히 뒤죽박죽이 됐던 거로군.'

석도명이 가볍게 고개를 흔들며 밖으로 걸어 나갔다. 아무래도 잠에서 깨기 직전에 두 사람이 문밖에서 떠드는 소리를 들은 게 그만 꿈과 뒤섞인 것 같았다.

본채 앞마당을 가로질러 가던 석도명이 다시 걸음을 멈추고 공손히 고개를 숙였다. 저편에서 지배인 구진서가 바삐 걷고 있는 게 보였기 때문이다.

구진서는 뭐가 그리 급한지 주방장 도팔신과 일꾼 몇을 거느리고 발걸음을 재촉하고 있었다.

"빨리 가세. 허참, 당장 오늘 저녁에 쓸 생선이 부족하다니……."

"죄송합니다. 저도 하느라고 했는데……."

구진서가 사라진 뒤에도 석도명은 얼이 빠진 표정으로 마당 한가운데 우두커니 서서 움직일 줄을 몰랐다.

꿈에서 가주 도강훈과 구진서가 생선 문제로 대화를 나누던 장면이 생생하게 떠올랐다. 꿈인 줄 알았는데 꿈이 아니었다.

'헛, 정말로 자면서 주악천인경을 펼친 건가?'

석도명은 꿈속에서 보고 들은 것을 하나씩 되살려봤다.

토막토막 나 있던 기억들이 자리를 찾으면서 확실히 뚜렷하게 느껴지는 게 있었다.

꿈속에서 사춘각을 헤집고 다닌 게 아니라 잠든 사이에 자신의 의념이 진짜로 여기저기를 돌아다니면서 사람들의 대화를 엿듣고 다닌 것이다.

잠을 자면서 돌아다니는 사람이 있다는 이야기는 들어 봤어도, 의념이 제멋대로 돌아다닌다는 건 상상도 못한 일이었다.

"몽유병도 아니고 대체 뭐하는 짓인지."

어이없다는 듯이 혼잣말을 중얼거리던 석도명의 얼굴이 갑자기 굳어졌다. 잠결에 들은 대화 가운데 한 부분이 떠올랐기 때문이다.

"설환지 뭔지 그년을……."
"형님, 설화는……."

분명히 상당문의 두 형제, 막한소와 막창소의 목소리였다.
석도명이 서둘러 걷기 시작했다.
자신이 꿈을 꾼 게 아니라면 지금 두 형제가 정연에 대해서 이야기를 나누고 있을 터였다. 그리고 그들의 입에서 결코 좋은 이야기가 나올 것 같지 않았다.
인적이 없는 뒷담 밑으로 자리를 옮긴 석도명이 서둘러 암중수심의 구결을 끌어올려 소리를 받아들였다.
어둠 속에서 떠오른 석도명의 의념이 거침없이 달려갔다. 사춘각에 눌러앉은 막한소의 방을 향해서였다.

"이놈아, 계집은 그렇게 다루는 게 아니라고 했지 않느냐?"
"형님, 저는 더 이상 그런 식으로 살지 않을 겁니다."
방 안에서는 두 형제가 제법 언성을 높이고 있었다.
"네놈이 그러든 말든, 나는 내 식대로 갈 거야."
"대체 설화를 욕보여서 뭘 얻겠다는 겁니까?"
"이놈 봐라, 설화 이야기만 나오면 눈에 쌍심지를 켜네. 왜? 고이 아껴뒀다가 네놈이 데리고 살려고?"
"그리 못할 것도 없지요."
보아하니 큰형인 막한소가 정연에게 험한 짓을 하겠다고 하는 걸 동생인 막창소가 뜯어 말리는 중이었다.

'누가 누구를 데리고 산다고?'

석도명은 막창소가 정연과 같이 살겠다는 이야기에 이상하게 가슴이 떨렸다.

막창소가 정연을 마음에 두고 있다는 건 비밀도 아니다. 지난 번 잔치 자리에서 노골적으로 정연을 도운 사실을 두고 사춘각 내부에서도 쑥덕이는 사람들이 많았으니 말이다.

그런데 막창소가 정색을 하고 정연에 대한 본심을 밝히니 왠지 편치 않았다.

아니, 다른 사내가 정연과의 미래를 꿈꾸고 있다는 사실이 생각 이상으로 불편했다.

막한소가 막창소의 말에 격한 반응을 보였다.

"뭐? 이놈 이거 장가도 안 가고 산속에 들어앉아 무공만 닦더니 살짝 맛이 간 거 아냐? 기녀를 마누라로 들이겠다니!"

"기녀든 뭐든 저는 상관 안 합니다."

"흐흐흐, 웃긴 소리 그만해라. 기녀는 어차피 사내들의 노리개일 뿐이야. 적당히 갖고 놀면 그만인 게다."

막한소가 기가 막힌 얼굴로 연신 웃음을 토해냈지만 막창소의 태도는 심각하기 그지없었다.

"제게 설화는 노리개가 아닙니다. 그리고 형님과 제가 여기에 온 것은 사춘각을 손에 넣기 위해서지, 설화를 다치게 하기 위해서가 아니잖습니까?"

"푸흐흐, 이놈아 말은 그리 하면서 정작 설화한테 잔뜩 몸이 달아 있는 건 네놈이잖아. 누가 모르는 줄 아느냐? 그 계집 발을 치료하라고 온갖 약재를 가져다 바치고 있는 걸. 어디 그뿐이냐? 날마다 그 계집의 처소 주변을 강아지새끼처럼 맴돌고 있으니…… 쯧!"

"아니, 그건……."

"됐다, 됐어. 조금만 기다리라고. 풍화장의 장례만 끝나면 사춘각을 온전히 손에 넣게 될 테니 그때는 곧장 설화를 품게 해주마. 흐흐흐, 물론 이 형님께서 먼저 맛을 봐야겠지만."

"형님!"

정연을 품겠다는 말에 막창소가 버럭 소리를 질렀다.

"허, 네가 지금 눈을 부릅떴냐? 왜? 운소한테 한 것처럼 나한테도 칼을 들이대려고?"

"저는……, 그렇게 되지 않기만을 바랄 뿐입니다."

"우하하! 개놈 말하는 것 좀 봐라. 검술 실력이 조금 나아졌다고 세상이 다 네것 같으냐? 똑바로 들어 처먹어라. 나는 아버님 뒤를 이을 상당문의 소문주라고! 네놈이 나와 가문의 뜻을 거스르고 미쳐 날뛰게 두지는 않아!"

"하아……."

두 형제의 설전은 그리 오래 가지 못했다. 막한소가 분을 못 이겨 혼자 날뛴 반면, 막창소는 이따금 한숨을 내쉬는 것 외에는 달리 대꾸를 하지 않았기 때문이다.

잠시 뒤 막창소가 방을 나가는 것으로 두 사람의 대화는 완전히 끝이 났다.

놀란 가슴을 억누르며 두 사람의 말을 엿듣고 있던 석도명이 서둘러 의념을 불러들이면서 눈을 떴다.
"누이를 어쩌겠다고?"
풍거열 장주의 장례가 끝나는 대로 사춘각과 풍화장의 관계가 정리되고, 상당문이 대신 그 자리를 차지할 계획임은 이미 알려진 사실이다.
그리 되면 상당문과 첫 단추를 흉하게 꿴 정연이 곤욕을 치르게 될 것이라고 했다.
하지만 상당문의 소문주라는 자가 저런 식으로 지독한 생각을 갖고 있음을 직접 확인하고 나니 석도명은 마음이 다급했다.
석도명이 어딘가를 향해 서둘러 뛰어갔다.

"허, 그놈 급하기는 어지간히 급했던 모양일세. 이마에 땀이나 닦아라. 보기 흉하다."
석도명이 찾아간 사람은 당환지였다. 상당문의 잔치 이후로, 아니 자신의 정체를 밝힌 뒤로 그나마 가슴 속의 이야기를 털어놓고 할 수 있는 사람은 당환지뿐이었다.
자신에게 매정했던 과거가 있다고 하나, 그래도 정연에 대해서만은 한결같은 그 마음을 믿을 수 있기 때문이다.

 헌데 막운소가 한 이야기를 전해 듣고도 당환지는 별로 놀라는 기색이 아니었다.

 "지금 땀 좀 흘리는 게 대숩니까? 누이가 위험하다는데."

 "허참, 상당문의 아들 세 놈이 개망나니라는 건 세상이 다 아는 이야기다. 아니, 그래도 막내 놈은 그나마 정신을 차렸다고 봐야 하나?"

 "그걸 아시면서 이렇게 태평이십니까? 풍화장의 장례식이 얼마 안 남았다면서요?"

 시간이 얼마 없지 않느냐는 석도명의 추궁에 당환지는 빙긋이 웃음을 지었다.

 "그놈 말귀가 어둡구나. 상당문의 망나니 놈들에 대해서는 다 알고 있다고 하지 않더냐. 설마 그 정도 대비도 안 했겠냐는 말이다."

 "아······."

 석도명이 조금은 안도하는 기색을 보이자 당환지가 말을 이어갔다.

 "네놈이 정연이를 걱정하는 마음은 충분히 안다만, 혼자 날뛰어봤자 소용없는 일이다. 경거망동하지 말고 조용히 기다려라. 조만간 상황이 정리될 테니, 그때까지 정연이를 놀라게 하거나, 상당문에서 경계심을 품게 만들면 절대로 안 된다. 마당에 뛰어 들어온 늑대를 어설프게 건드렸다가는 제 식구가 먼저 다치는 법이야."

"정말로 괜찮은 거겠죠? 혹시라도 제가 도울 일이……."

"후후, 돕는다. 뭘 도울 건데?"

"글쎄요. 아무도 모르게 엿듣는 건 자신이 있습니다만."

석도명이 머리를 긁적였다.

정연을 위해서는 뭐든지 하고 싶지만, 생각해 보니 딱히 해 줄 수 있는 일이 없었다.

"엿듣는다. 그것도 네놈이 익힌 별난 재주 가운데 하나더냐?"

"엿듣는 법을 배운 건 아닌데, 결과적으로 뭐든 들을 수 있게 되기는 했지요."

당환지가 고개를 갸웃거렸다. 석도명에 대해서 또다시 알 수 없는 의혹이 일었기 때문이다.

"너 진짜로 뭘 배운 거냐? 일전에 상당문의 소문주가 네놈 몸을 훑었는데 무공을 익힌 건 아니라며?"

"제가 배운 건 음악이라고 이미 말씀을 드렸잖아요."

"허, 그걸 믿으라는 말이냐? 그날 밤 네놈이 한 짓을 두고 사람들이 하나같이 무공이라고 믿고 있는데 말이다. 쯥, 내 눈으로 직접 봤어야 했는데……."

당환지는 정연을 돌보느라 그날 잔치 자리를 먼저 떠난 게 못내 아쉽다는 듯 입맛을 다셨다.

"저……."

"뭐냐? 말해 봐라."
"사실은 무공을 익히고 있기는 합니다."
"그래, 역시 그런 거지?"
"그렇지만 그게, 겨우 넉 달을 배웠거든요."
"뿌헐, 그걸 배웠다고 할 수는 없지."
당환지가 이내 허탈한 얼굴을 했다
"그렇기는 하지요. 헌데 이상한 건 제가 배운 음악이 무공하고 자꾸 섞이는 것 같습니다. 일전의 일도 그런 게 아닐까 싶어서 고민 중이에요."
석도명이 지금까지 누구에게도 털어놓지 못한 고민을 어렵게 털어놓았다.
"뭐, 음악이 무공하고 섞인다고?"
석도명이 저간의 사정을 간략히 밝혔다.
당환지는 좀처럼 믿기지 않는 얼굴이었다.
"소리를 다스린다. 그리고 소리를 통해 무공을 깨닫는다. 만류귀종이라고는 하지만 상상도 못한 일이구나."
"만류귀종이요……?"
"그래, 궁극의 깨달음은 결국 하나의 도로 통한다는 말이지. 인간의 경지를 벗어난 저 높은 곳에서는 음악도 무공도 어쩌면 다를 게 없을지도 모르지."
"예."
당환지의 대답이 기대에 못 미쳤음에도 석도명은 그 말을 진지하게 받아들이는 눈치였다.

 그 모습을 보면서 당환지는 문득 대견한 마음이 들었다. 정연에게 빌붙어 살던 그 한심한 녀석이 어느새 저렇게 자라 자신은 알 수도 없는 신묘한 세계에 깊이 발을 들이고 있었다.

 '쯧, 나는 너를 이끌어 줄만 한 수준이 아니로구나.'

 석도명이 자신으로서는 감당할 수 없는 고민에 빠져 있다고 생각하면서 당환지가 진심을 담아 한 마디를 건넸다.

 "잘 모르겠다만, 내 생각에는 네가 어느 한쪽으로만 방향을 정해놓고 스스로를 제한할 필요는 없지 않을까 싶구나. 마음이 가는 대로, 생각이 열리는 대로 열심히 쫓아가다 보면 결국은 어디에든 도달하겠지."

 "예, 그리 해볼 생각입니다."

 석도명이 천천히 고개를 숙였다. 지금까지 열심히 살지 않은 것은 아니었으나, 앞으로 더더욱 분발해야 하겠다는 각오와 함께.

*　　　*　　　*

 며칠 뒤 정연은 막창소를 마주하고 있었다. 거듭되는 막창소의 방문을 마냥 거절하기가 어려웠던 탓이다.

 "어쩐 일이신가요?"

 막창소를 맞은 정연의 음성은 서늘했다.

"후우, 걱정이 돼서 말이오. 보내 준 약도 전부 돌려보내고."

"다른 사람에게 신세를 지는 일은 하고 싶지 않습니다."

막창소의 얼굴이 굳어졌다. 자신의 마음을 뻔히 알면서도 이를 절대로 받아들이지 않겠다는 말이었기 때문이다.

"낭자는 언제나 내게 너무 차갑구려."

막창소가 서운함을 감추지 못했다.

아버지와 형제들 앞에서까지 드러내 놓고 도움을 줬다. 감사의 인사는 못할망정 이렇게 야속하게 굴어야 하는가 하는 원망마저 들었다.

"소협께서 제게 해주신 일은 모르지 않습니다. 허나 제가 그걸 받아들일 수 없습니다."

"내가 무슨 일을 했는지 그런 건 중요하지 않소. 다만 내가 진심으로 낭자를 걱정하고 있다…… 그 마음만 알아주시오."

막창소의 음성은 가늘게 떨리고 있었다. 정연을 위해서라면 아까울 게 없는데, 상대가 그 마음을 알아주지 않으니 스스로 서글픈 심정이었다.

그게 조금은 효과를 발휘한 것일까? 정연이 조용히 고개를 숙였다.

"그 마음…… 기억하지요."

정연은 이내 고개를 숙이고 다시 들지 않았다. '당신의 마음은 알겠으니 이만 물러나 달라'는 의미다.

그 모습을 애처롭게 바라보던 막창소가 깊게 한숨을 지었다. 그리고 뭔가를 결심한 듯이 주먹을 불끈 쥐었다.

"내가 이런 말을 하면 안 되는데 말이오. 이대로 가면 낭자가 위험해지오. 내 형들이 낭자를 가만두지 않을 거요. 시간이 별로 없소이다."

"각오는 하고 있습니다. 어쨌거나 그 모든 게 결국은 소협의 가문에서 벌이는 일이 아닌가요?"

정연의 물음은 두 가지로 해석될 수 있는 것이었다.

네 가문이 하는 짓이니 너도 그 책임에서 자유로울 수 없다는 책망 같기도 했고, 다른 한편으로는 가문의 뜻을 어겨가면서 자신을 도우려는 이유가 뭐냐고 묻는 것 같기도 했다.

"낭자를 위해서라면 나는 뭐든 할 수 있소이다. 가문이 아니라, 황제가 나선다고 해도 낭자를 향한 내 마음을 바꿀 수는 없소! 이 순간 나는 내가 상당문의 사람이라는 게 원망스럽구려."

막창소의 애끓는 외침에 정연은 가슴 한쪽이 아려오는 느낌이었다.

자신이 수모를 당할까봐 제 형을 검으로 막아선 사내다. 구궁무한진 안에서 표창을 밟게 되자 내놓고 신호를 보내주기도 했다. 그리고 그동안 그가 보내온 약들은 하나같이 구하기 힘든 것들이었다.

'과거의 소문과는 너무도 다른 사람이구나.'

비록 연정은 느끼지 못했지만 정연은 막창소에게 조금은 미안한 마음이 들었다. 상대방은 진심을 다해서 걱정을 해주고 있는데 자신은 오직 가시 돋친 말만을 돌려주고 있지 않은가.

정연의 눈빛에 스민 한 가닥 망설임을 읽기라도 했는지 막창소가 용기를 내서 고백을 이어갔다.

"내 손으로 낭자를 지켜주고 싶지만, 나 혼자서 상당문 전부와 맞설 수는 없는 일이오. 낭자는 정녕 이대로 앉아서 여인의 몸으로 감내할 수 없는 수모를 겪을 생각이오? 낭자가 그런 일이 당할 걸 생각하면 나는 당장이라도 피를 토하고 죽고 싶은데 말이오."

"제게 무엇을 바라시는지요?"

"일단 화를 피해야 하오. 나와 함께 떠납시다. 당장은 고생스럽겠지만 내 반드시 아버님과 형들을 설득해서 낭자와 번듯한 가정을 이룰 것이오. 낭자도 언제까지 뭇 사내들에게 웃음을 팔면서 살 수는 없지 않겠소? 내 낭자를 평생 행복하게 해주겠소이다."

"……."

막창소의 말에 정연은 아무 대답도 하지 않았다.

좀처럼 대답이 없는 정연의 태도가 답답하다는 듯이 막창소가 다시 입을 열었다.

"낭자는 내 진심을 정녕 모르시겠소?"

정연이 그제야 침중한 얼굴로 답했다.

"그 마음도 기억하겠습니다. 하지만 소협과 저는 서로 맞설 수는 있으나, 함께할 수는 없는 사이입니다."

막창소가 놀란 표정으로 되물었다.

"그게 대체 무슨 말이오? 우리가 무슨 불구대천의 원수라도 되는 게요?"

"그 말씀은 드리지 않는 게 나을 것 같습니다."

정연은 그 말을 끝으로 굳게 입을 다물었다.

"그런 게 어디 있소? 나는 꼭 들어야 하겠소이다!"

정연이 원망스러운 눈길로 막창소를 올려다봤다.

"꼭 아셔야 한다면…… 예, 말씀드리지요. 그게 소협이 보여주신 진심에 대한 예의겠지요."

"어서 말해 주시오."

이윽고 정연의 입에서 오랜 세월을 가슴에 담아둔 사연이 흘러나오기 시작했다.

"저는 어릴 적에 동생을 두 번 잃었습니다. 그 한 번은 고향에서였지요. 약값이 없어서 동생이 죽는 걸 옆에서 그냥 지켜봐야 했습니다. 그리고 두 번째는 10년 전 바로 이곳 화월촌에서 있었던 일이랍니다."

"허어, 동생을 잃었소? 그게 대체……."

막창소는 묘한 불안을 느끼면서 말꼬리를 흐렸다. 왜 하필이면 10년 전인가?

과연 막창소의 불길한 예감은 빗나가지 않았다.

"10년 전에 누군가가 저를 납치하려고 했습니다. 제게는 동생과 다름없는 아이를 내세워 저를 꾀어냈지요. 다행인지 불행인지 저는 겨우 화를 면했으나 그 아이는 죽었습니다."

막창소의 목울대가 소리 없이 움직였다. 긴장을 이기지 못하고 자신도 모르게 마른침을 삼킨 것이다.

막창소의 불안을 알지 못하는 정연이 꼿꼿하게 이야기를 이어갔다.

"저를 납치하려고 했다가 그 아이를 죽인 건 바로 상당문의 사람이었습니다."

"아니, 어떻게 그런 말도 안 되는……."

막창소는 너무 놀라서 제대로 말을 이을 수 없었다.

다른 사람이 아니라 바로 자신의 소행이다. 헌데 자기가 정연의 동생을 죽였다니?

처음 듣는 이야기, 아니 아예 있지도 않은 일이다.

'그 비리비리한 꼬마 놈을 말하는 거로군. 근데 그놈을 내가 죽여?'

막창소는 억울해서 미칠 지경이었다.

분명히 울며 매달리는 그 성가신 놈에게는 아량을 발휘해 손도 대지 않았다. 아니, 솔직히 말해서 손만 살짝 댔다.

헌데 어떤 놈이 자신에게 살인 누명을 씌웠다는 말인가? 한 놈은 진짜로 죽였지만 두 놈까지 죽이지는 않았는데 말이다.

문제는 그 일을 자기 입으로 설명할 수 없다는 것이다. 자신이 납치범임을 먼저 털어놓지 않는 한은 아는 체도 할 수 없는 일이었다.

'끙, 미치겠군. 당환지인지, 뭔지 그 개자식이 무슨 일을 꾸민 거냐고?'

막창소의 복잡한 심사를 알 리 없는 정연의 말이 계속 됐다.

"결국 저 때문에 아무것도 모르는 어린아이가 억울하게 죽음을 당했어요. 숨이 붙어 있는 한 저는 그 사실을 잊을 수 없습니다. 그 아이를 죽이고, 제 가슴에 평생 씻을 수 없는 한을 심어준 게 바로 소협의 가문이지요. 그런데 저에게 그 가문의 여자가 되라는 겁니까? 저는, 절대로…… 그리 할 수가 없습니다."

"아니, 낭자 그 참담한 마음은 알겠지만 세상일이라는 게 알려지지 않는 곡절이라는 게 있는 법이오. 꼭 상당문 사람이 그랬다는 보장도 없고……, 험."

당황해 어쩔 줄 모르는 막창소에게 정연이 쐐기를 박고 나섰다.

"정말로 상당문이 그 일과 무관하다면 소협께서 직접 그 사실을 밝혀주세요. 제 동생을 죽인 자가 누군지도 찾아주시고요. 그게 오해였음이 깨끗이 밝혀진다면 저도 다시 생각해 보지요."

"내 알아보리다. 험험."

더 이상 정연 앞에 버티고 있기가 힘들어진 막창소가 서둘러 빠져 나갔다.

마음 같아서는 당장이라도 당환지에게 달려가 '그 꼬마를 네놈이 묻은 거냐' 고 따져 묻고 싶었다.

아니 없는 죄를 뒤집어씌운 대가로 당환지부터 직접 파묻어 주고 싶었다. 그러나 자신의 죄를 먼저 자복하지 않는 한 내놓고 그럴 수는 없는 일이다.

"하아, 결국 순리로는 풀 수 없는 건가?"

정연의 처소에서 물러나면서 막창소가 장탄식을 내뱉었다.

한때의 잘못이 자신과 정연 사이를 돌이킬 수 없는 것으로 만들고 말았다는 후회가 몰려왔다. 아니, 그보다 억울해서 미칠 것만 같았다.

막창소는 답답했다. 자기 죄를 밝히지 않고는 결백을 밝힐 수 없으니 수렁에 빠진 꼴이었다.

"난, 절대 포기하지 않아. 그깟 죄는 딴 놈한테 뒤집어씌워도 될 테고. 그래도 안 된다면……."

무슨 결심을 굳혔는지 막창소가 불끈 주먹을 움켜쥐었다.

〈3권에서 계속〉

FANTASY STORY & ADVENTURE

흡혈왕 바하문트

Bahamoont the Blood

쥬논 판타지 장편 소설

판타지의 연금술사 쥬논!
『앙신의 강림』, 『천마선』, 『규토대제』
그 화려했던 시대가 저물고, 새로운 신화로 돌아왔다!

붉은 땅, 고대 흉왕의 무덤에서 권능을 얻은 바하문트.
악마의 병기 플루토의 절대 지배자!

이제 모든 질서를 파괴하는 피의 전쟁을 선포한다!

dream books
드림북스

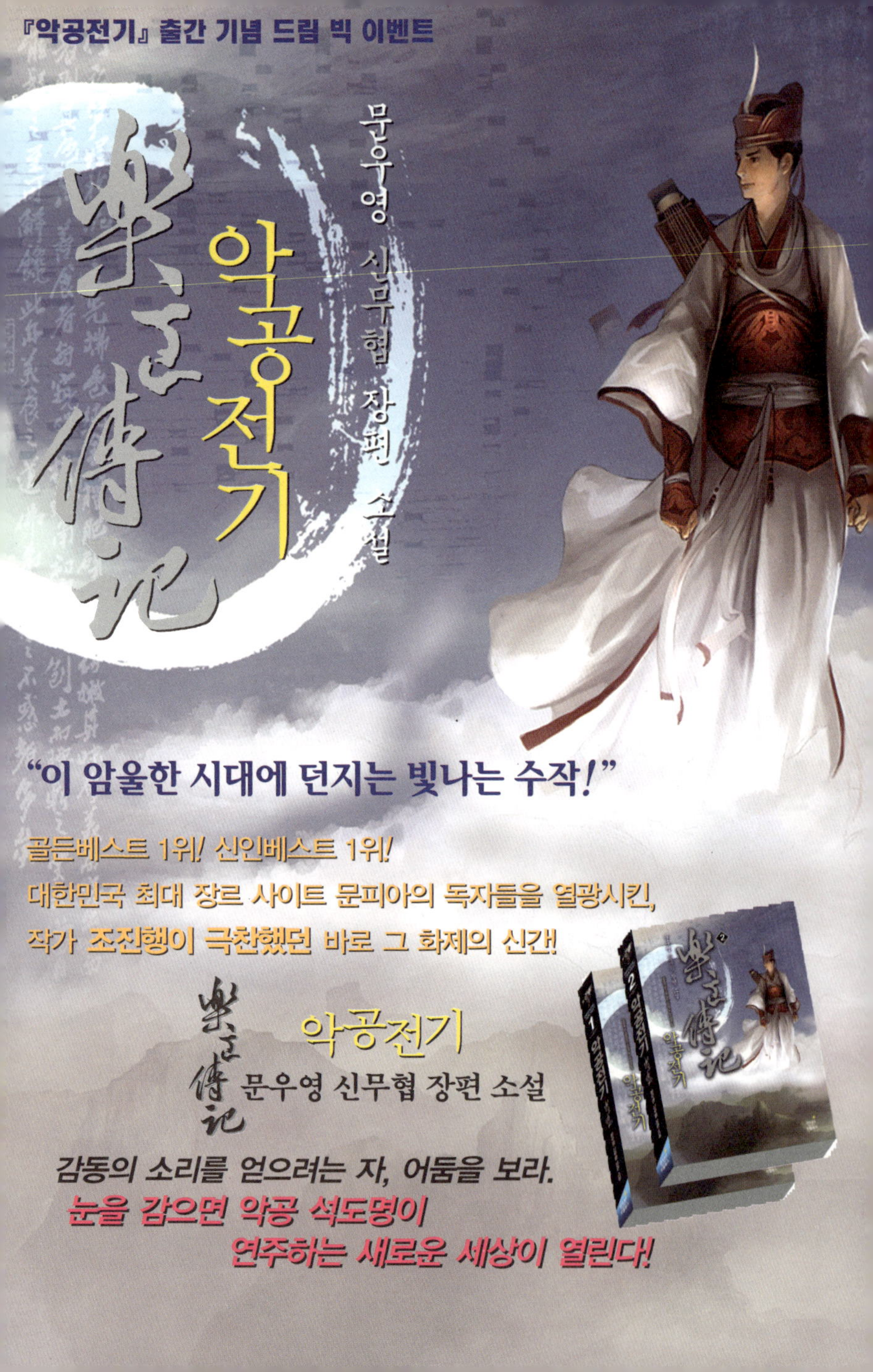

『악공전기』 출간 기념 드림 빅 이벤트

악공전기
문우영 신무협 장편 소설

"이 암울한 시대에 던지는 빛나는 수작!"

골든베스트 1위! 신인베스트 1위!
대한민국 최대 장르 사이트 문피아의 독자들을 열광시킨,
작가 조진행이 극찬했던 바로 그 화제의 신간!

악공전기
문우영 신무협 장편 소설

감동의 소리를 얻으려는 자, 어둠을 보라.
눈을 감으면 악공 석도명이
연주하는 새로운 세상이 열린다!

❖ EVENT ONE ❖

책을 구입하신 분들 중 추첨을 통해 아래의 사은품을 드립니다.

[사은품]

1등(1명) : PMP + 『악공전기』 3권(작가 친필사인)
2등(3명) : MP3 & 스피커 + 『악공전기』 3권(작가 친필사인)

[응모요령]

1,2권 띠지에 부착된 응모권을 오려 2권에 들어 있는 애독자 엽서에 붙여 보내주세요.
(응모권은 2개 모두 보내주셔야 합니다.)

❖ EVENT TWO ❖

이벤트를 진행하는 인터넷 서점(yes24,인터파크)에서 책을 구입하신 분들 중 추첨을 통해 20명에게 아래의 사은품을 드립니다.

[사은품]

『악공전기』 3권(작가 친필사인) + 문화상품권 1만원

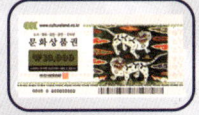 

❖ EVENT THREE ❖

『악공전기』 1,2권을 모두 읽고 감상평을 올리시는 분들 중 21명을 추첨하여 사은품을 드립니다.

[사은품]

서평 으뜸상(1명) : 『악공전기』 3권(작가 친필사인) + 에어기타
서평 우수상(20명) : 『악공전기』 3권(작가 친필사인)

[응모요령]

책을 읽고 이벤트를 진행하는 인터넷 서점(yes24,인터파크) 서평란에 올려주시고, 그 내용을 복사하여(이메일, 아이디 기재) 한 번 더 '드림북스 홈페이지 감상란'에 올려주세요.

[이벤트 기간] 2008년 3월 5일~2008년 4월 5일
[당첨자 발표] 2008년 4월 15일(당사 홈페이지 및 장르문학 전문 사이트에 발표합니다.)

☞ 드림북스 홈페이지 http://www.sydreambooks.com
☞ 드림북스 블로그 http://www.blog.naver.com/dream_books
☞ 문피아 사이트 http://www.munpia.com/출판사 소식/드림북스
☞ 조아라 사이트 http://www.joara.com/출판사 소식

※ 수령하실 사은품은 이미지와 다를 수 있습니다.
※ 사은품은 『악공전기』 3권 발행 후 일괄 배송합니다.

조진행 신무협 장편 소설
ORIENTAL FANTASY STORY & ADVENTURE

최고의 작품만을 선보이는 무협의 거장!
『천사지인』,『칠정검칠살도』,『기문둔갑』의
베스트셀러 작가 **조진행**이 심혈을 기울인 역작!

대림사(大林寺) 구마선사가 남긴 유마경(維摩經)의 기연.
월하서생 서문영, 붓을 꺾고 무림의 길로 나선다!

이제, 과거 시험은 작파하고 무공을 배우겠다!

dream books
드림북스

SHORTS
소방안전관리자
기출예상문제집
1급

**시험직전 꼭!
합격을 좌우하는
알짜 꿀팁**

서울고시각

01 소방안전관리제도

Chapter 1 소방안전관리제도

1 소방안전관리 대상물의 구분

(1) 특급 소방안전관리 대상물
① 50층 이상 or 높이 200미터 이상인 아파트
② 30층 이상 or 높이 120미터 이상(아파트 제외)
③ 연면적 10만제곱미터 이상(② 및 아파트 제외)
※ 제외 : 동·식물원, 철강 등 불연성 물품 저장·취급 창고, 위험물 저장 처리 시설 중 위험물제조소등, 지하구

(2) 1급 소방안전관리 대상물
① 30층 이상 or 높이 120미터 이상인 아파트
② 연면적 1만5천 제곱미터 이상, 층수가 11층 이상인 것(아파트 제외)
③ 가연성 가스를 1천톤 이상 저장·취급하는 시설
※ 제외 : 동·식물원, 철강 등 불연성 물품 저장·취급 창고, 위험물 저장 처리 시설 중 위험물제조소등, 지하구

(3) 2급 소방안전관리 대상물
① 옥내소화전설비, 스프링클러설비, 물분무등소화설비를 설치하는 특정소방대상물
② 가연성가스 100톤 이상 1,000톤 미만 저장·취급하는 시설
③ 지하구
④ 공동주택
⑤ 보물 or 국보로 지정된 목조건축물

(4) 3급 소방안전관리 대상물
간이스프링클러설비 또는 자동화재탐지설비를 설치하는 특정소방대상물
(특급·1급·2급 대상물 제외)

시험 직전 꼭! 합격을 좌우하는 알짜 꿀 Tip

(5) 소방안전관리보조자 대상물
  ① 300세대 이상 아파트
  ② 연면적 15,000m² 이상
  ③ ①, ② 제외한 공동주택, 의료시설, 노유자시설, 수련시설 및 숙박시설(바닥면적 1,500m² 미만 and 24시간 상시 근무 제외)
  ※ 동일 구역(같은 필지) 내 2개 이상의 소방안전관리 대상물이 있는 경우 높은 급수에 따름.

▶ 소방안전관리보조자 최소 선임기준

대상	기본 선임	추가 선임
300세대 아파트	1명	초과 300세대마다 1명
연면적 1만5천m² 이상 특정소방대상물	1명	연면적 1만5천m²마다 1명
		방재실에 자위소방대 24시간 상시근무 and 소방펌프차, 소방물탱크차, 소방화학차, 무인방수차 운용 3만m²마다 1명 추가 선임
공동주택(기숙사), 의료시설, 노유자시설, 수련시설 및 숙박시설	1명	

2 소방안전관리자의 선임자격

구분	선임자격	자격시험 응시자격
특급	① 소방기술사, 소방시설관리사 ② 소방설비기사 자격 취득 후 **5년** 이상 1급 실무경력 ③ 소방설비산업기사 자격 취득 후 **7년** 이상 1급 실무경력 (5년+2글자 = 7년) ④ 소방공무원으로 **20년** 이상 근무경력 ⑤ 특급 시험 합격자	① 1급 5년 이상 실무경력 ② 1급 선임자격 갖춘 후 특급·1급 7년 이상 실무경력 ③ 소방공무원 10년 이상 근무경력 ④ 특급 보조자로 10년 이상 실무경력
1급	① 소방설비기사, 소방설비산업기사 ② 소방공무원으로 **7년** 이상 근무경력 ③ 1급 시험 합격자	① 5년 이상 2급 이상 실무경력 ② 2급 선임자격 취득 후 특급·1급 보조자로 5년 이상 실무경력 ③ 2급 선임자격 취득 후 2급 보조자로 7년 이상 실무경력 ④ 산업안전(산업)기사 자격 취득 후 2년 이상 2·3급 실무경력
2급	① **위험물**기능장, 위험물산업기사, 위험물기능사 ② 소방공무원으로 **3년** 이상 근무경력 ③ 2급 시험 합격자	① 소방본부 또는 소방서에서 1년 이상 화재진압 또는 보조 업무 종사경력 ② 의용소방대원 3년 이상 근무경력 ③ 군부대 및 의무소방대 1년 이상 근무경력 ④ 자체소방대 3년 이상 근무경력 ⑤ 경호공무원 또는 별정직공무원 2년 이상 근무경력 ⑥ 경찰공무원 3년 이상 근무경력 ⑦ 보조자로 3년 이상 실무경력 ⑧ 3급 안전관리자로 2년 이상 실무경력 ⑨ 건축·산업·기계·전기 등 기사 자격자
3급	① 소방공무원으로 **1년** 이상 근무경력 ② 3급 시험 합격자	① 의용소방대원 2년 이상 근무경력 ② 자체소방대원 1년 이상 근무경력 ③ 경호공무원 또는 별정직공무원 1년 이상 근무경력 ④ 경찰공무원으로 2년 이상 근무경력 ⑤ 보조자로 2년 이상 실무경력

02 소방관계법령

Chapter 1 　소방기본법 : 공공의 안녕질서 유지, 복리증진

1 　총칙

(1) 소방대상물 : 건축물, 차량, 항구에 매어둔 선박, 선박건조구조물, 산림…
　　　　　　　　　　　　　　　↳ 항해 중인 선박×

(2) 관계인 : 소유자·관리자, 점유자
　　　　　　　　　　　　↳ 시공자×

(3) 소방대 : 소방공무원, 의무소방원, 의용소방대원

(4) 소방대장 : 현장에서 소방대를 지휘하는 자(소방본부장 또는 소방서장)

2 　한국소방안전원

(1) 설립 목적 : 소방기술과 안전관리기술의 향상
　　　　　　　　　　　　↳ 검사기관×

(2) 업무
　① 소방기술과 안전관리에 관한 교육 및 조사·연구
　② 소방기술과 안전관리에 관한 각종 간행물 발간
　③ 화재예방과 안전관리의식 고취를 위한 대국민 홍보
　④ 소방업무에 관하여 행정기관이 위탁하는 업무
　⑤ 소방안전에 관한 국제협력
　⑥ 그 밖에 회원의 복리증진 등 정관이 정하는 사항

3 벌칙

5년 이하 징역 or 5천만원 이하 벌금	① 화재진압・인명구조 또는 구급활동 방해 ② 소방대 출동 방해・활동 방해・장비 훼손 ③ 소방차출동 방해 ④ 구출・소화활동 방해 ⑤ 소방용수 정당한 사유 없이 사용, 효용 침해 및 사용 방해
3년 이하 징역 or 3천만원 이하 벌금	소방대상물 및 토지 강제처분 방해 or 강제처분 불이행
100만원 이하의 벌금	① 소방대의 생활안전활동 방해 ② 소방대 도착 전 구호・소화・불 확산 방지 의무 위반 ③ 피난명령위반 ④ 물 사용 방해, 수도 개폐장치 사용 or 조작 방해 ⑤ 긴급조치 방해

(1) 500만원 이하의 과태료
   화재 또는 구조・구급이 필요한 상황을 거짓으로 알린 사람

(2) 200만원 이하의 과태료
   ① 소방자동차의 출동에 지장을 준 자
   ② 소방활동구역을 출입한 사람
   ③ 한국소방안전원 또는 이와 유사한 명칭을 사용한 자

(3) 100만원 이하의 과태료
   소방자동차 전용구역에 주차하거나 전용구역에의 진입을 가로막는 등의 방해행위를 한 자

(4) 20만원 이하의 과태료
   아래의 지역 또는 장소에서 화재로 오인할 만한 우려가 있는 불을 피우거나 연막소독을 실시하고자 하는 자가 신고를 하지 아니하여 소방자동차를 출동하게 한 자
   ① 시장지역
   ② 공장・창고 밀집지역
   ③ 목조건물 밀집지역
   ④ 위험물의 저장 및 처리시설 밀집지역
   ⑤ 석유화학 제품을 생산하는 공장지역
   ⑥ 그 밖에 시・도 조례로 정하는 지역 또는 장소

Chapter 2 ▶ 화재예방의 예방 및 안전관리에 관한 법률

1 화재 예방조치

(1) 화재예방강화지구
① 시장지역
② 공장·창고가 밀집한 지역
③ 목조건물이 밀집한 지역
④ 노후·불량건축물이 밀집한 지역
⑤ 위험물 저장 및 처리시설 밀집지역
⑥ 석유화학제품을 생산하는 공장이 있는 지역
⑦ 산업단지
⑧ 소방시설, 소방용수시설, 소방출동로가 없는 지역
⑨ 소방관서장이 지정한 지역

2 소방안전관리자의 업무 내용

① 피난계획에 관한 사항과 소방계획서의 작성 및 시행 ┐
② 자위소방대 및 초기대응체계의 구성·운영·교육 ┤ 관계인은
③ 피난시설, 방화구획 및 방화시설의 유지·관리(대행) ┤ 못함
④ 소방훈련 및 교육(연 1회 이상) ┘
⑤ 소방시설이나 그 밖의 소방관련 시설의 유지·관리(대행)
⑥ 화기취급의 감독
⑦ 소방안전관리에 관한 업무수행에 관한 기록·유지
⑧ 화재발생 시 초기대응
⑨ 소방안전관리에 필요한 업무

3 소방안전관리자의 선임 및 신고(위험물안전관리자도 동일)

(1) 선임기간 : 30일 이내
(2) 신고기간 : 소방서장에게 14일 이내

4 실무교육

소방안전관리자	소방안전관리보조자	그 이후 ⇨	2년 마다
선임된 날부터 **6개월** 이내	① 선임된 날부터 **6개월** 이내 ② **경력**으로 선임된 보조자 **3개월** 이내		
강습교육 or 실무교육 받은 후 **1년 이내 선임**된 경우 → 강습·실무교육 **이수한 날** 강습·실무교육 수료로 인정			

5 벌칙

1년 이하 징역 또는 1천만원 이하 벌금	소방안전관리자 자격증을 다른 사람에 빌려주거나 빌리거나 이를 알선한 자
300만원 이하 벌금	① 소방안전관리자, 총괄소방안전관리자, 소방안전관리보조자를 선임하지 아니한 자 ② 소방시설·피난시설·방화시설 및 방화구획 등이 법령에 위반된 것을 발견하였음에도 필요한 조치를 할 것을 요구하지 아니한 소방안전관리자 ③ 소방안전관리자에게 불이익한 처우를 한 관계인
300만원 이하 과태료	① 소방안전관리업무를 하지 아니한 특정소방대상물의 관계인 또는 소방안전관리대상물의 소방안전관리자 ② 피난유도 안내정보를 제공하지 아니한 자 ③ 소방훈련 및 교육을 하지 아니한 자
200만원 이하 과태료	기간 내에 선임신고를 하지 아니하거나 소방안전관리자의 성명 등을 게시하지 아니한 자
100만원 이하 과태료	실무교육을 받지 아니한 소방안전관리자 및 소방안전관리보조자

시험 직전 꼭! 합격을 좌우하는 알짜 꿀 **Tip**

Chapter 3 소방시설의 설치 및 관리에 관한 법률

1 총칙

(1) 무창층

지상층 중 개구부(환기, 통풍, 출입을 위해 만든 창)의 면적의 합계가 해당 층의 바닥면적의 1/30 이하가 되는 층

▶ 개구부 요건

> ① 크기는 지름 50cm 이상
> ② 높이가 1.2m 이내일 것
> ③ 차량이 진입할 수 있는 빈터를 향할 것
> ④ 장애물이 설치되지 아니할 것
> ⑤ 내부 또는 외부에서 쉽게 열 수 있을 것

(2) 피난층 : 곧바로 지상으로 갈 수 있는 출입구가 있는 층(지하층이라도 피난층이 될 수 있음)

2 건축허가등의 동의 등

(1) 건축허가등의 동의

동의대상	신축·증축·개축·재축·이전·용도변경 또는 대수선의 허가·협의 및 사용승인의 신청 건축물
동의권자	시공지 또는 소재지 관할 소방본부장 또는 소방서장
동의요구자	건축허가등의 권한이 있는 행정기관 ① 건축물, 위험물제조소등 : 건축 허가청 ② 가스시설 : 가스관련 허가권을 가진 행정기관 ③ 지하구 : 도시·군 계획시설사업 실시계획인가의 권한이 있는 행정기관
동의절차	① 5일(특급 10일) 이내 동의여부 회신 ② 보완 필요 4일 이내 기간 정해서 보완요구 가능 ③ 허가기관에서 취소 시 7일 이내 소방본부장 또는 소방서장에게 통보

(2) 건축허가등의 동의 대상물 범위

구 분		연면적 / 층수 / 대수 / 저장용량
㉠ 일반 건축물		400m²
		6층 이상
㉡ 학교시설		100m²
㉢ 노유자시설 및 수련시설		200m²
㉣ 정신의료기관(입원실 없는 정신건강의학과 의원 제외)		300m²
㉤ 장애인 의료재활시설		
㉥ 차고 주차장	건축물이나 주차시설	200m²
	승강기 등 기계장치에 의한 주차시설	자동차 20대 이상
㉦ 지하층 또는 무창층이 있는 건축물	바닥면적	150m²
	공연장	100m²
㉧ 항공기격납고, 관망탑, 항공관제탑, 방송용 송·수신탑		면적 층수 제한 없음
㉨ 조산원, 산후조리원, 위험물 저장 및 처리 시설, 전기저장시설, 지하구		
㉩ 요양병원(의료재활시설 제외)		
㉢에 해당되지 않는 노유자시설	노인 관련시설, 아동복지시설, 장애인 거주시설, 정신질환자 관련시설	
	노숙인 관련시설 중 노숙인자활시설, 노숙인 재활시설 및 노숙인요양시설	
	결핵환자나 한센인이 24시간 생활하는 노유자시설	
㉪ 공장 또는 창고시설로서 저장·취급하는 특수가연물		750배 이상
㉫ 가스시설로서 지상에 노출된 탱크의 저장용량의 합계		100톤 이상

(3) 동의대상 제외
① 소화기구, 자동소화장치, 누전경보기, 단독경보형감지기, 가스누설경보기, 피난구조설비(비상조명등 제외)가 화재안전기준에 적합한 경우
② 추가로 소방시설이 설치되지 않는 경우
③ 소방시설공사의 착공신고 대상에 해당하지 않는 경우

3 방염

(1) 개요 : 연소 확대의 우려가 높은 다중이용시설이나 고층건물에 대하여 법령이 정하는 물품을 방염처리 하도록 의무를 부여함 → 연소확대 방지, 지연

(2) 방염성능기준 이상의 실내장식물 등을 설치하여야 할 장소
　① 근린생활시설 중 의원, 조산원, 산후조리원, 체력단련장, 공연장 및 종교집회장
　② 건축물의 옥내에 있는 시설로 문화 및 집회시설, 종교시설, 운동시설(수영장 제외)
　③ 의료시설, 숙박시설, 방송통신시설 중 방송국 및 촬영소
　④ 노유자시설 및 숙박이 가능한 수련시설
　⑤ 다중이용업소
　⑥ 건축물의 층수가 11층 이상인 것(아파트 제외)
　⑦ 교육연구시설 중 합숙소

(3) 방염대상 물품
　① 창문에 설치하는 커튼류(블라인드 포함)
　② 카펫, 벽지류(두께가 2mm 미만인 종이벽지 제외)
　③ 전시용 합판 또는 섬유판, 무대용 합판 또는 섬유판
　④ 암막·무대막(영화상영관에 설치하는 스크린과 가상체험 체육시설업에 설치하는 스크린 포함)
　⑤ 섬유류 또는 합성수지류 등을 원료로 하여 제작된 소파·의자(단란주점, 유흥주점, 노래연습장에 한함)
　⑥ 건축물 내부의 천장이나 벽에 부착되거나 설치하는 종이류(두께 2mm 이상), 합성수지류, 섬유류, 합판이나 목재, 공간을 구획하기 위하여 설치하는 간이칸막이, 흡음재, 방음재

　▶ 권장물품

　　다중이용업소·의료시설·노유자시설·숙박시설 또는 장례식장에서 사용하는 침구류·소파 및 의자에 대하여 방염처리가 필요하다고 인정되는 경우

(4) ┌ 선처리물품(한국소방산업기술원) : 커튼, 카펫 등 섬유류, 합판·목재류
　　└ 현장처리물품(시·도지사) : 합판·목재류

4 소방시설의 자체점검

(1) 점검대상 및 기술인력

점검구분	점검대상	점검기술인력
작동점검	① 간이스프링클러설비 or 자동화재탐지설비 설치된 경우	관계인, 소방시설관리사, 소방기술사
	①을 제외한 경우	소방시설관리사, 소방기술사
작동점검 제외	① 소방안전관리자를 선임하지 않는 대상 ② **위험물**제조소등 ③ **특급** 소방안전관리대상물	
종합점검	① 스프링클러설비가 설치된 경우 ② **물분무**소화설비가 설치된 **5,000㎡** 이상인 경우 ③ **다중**이용업의 영업장이 설치된 **2,000㎡** 이상인 경우 ④ **제연설비가 설치된 터널**	소방시설관리사, 소방기술사

(2) 자체점검 결과의 조치 등

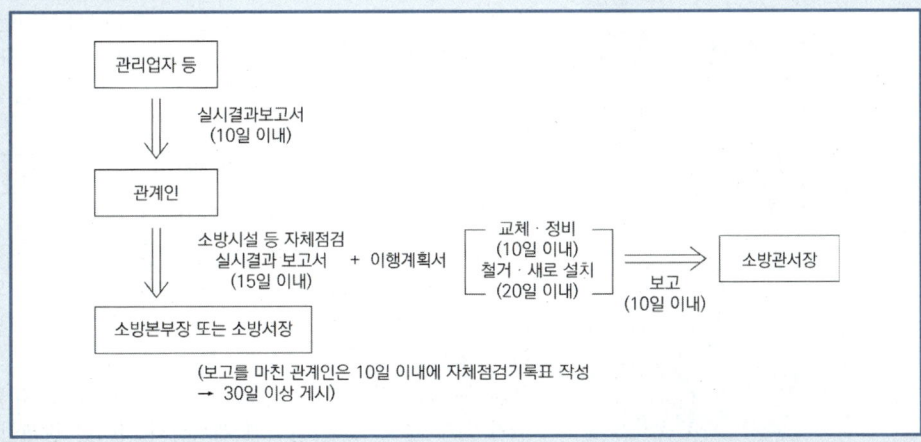

시험 직전 꼭! 합격을 좌우하는 알짜 꿀 Tip

5 벌칙

5년 이하 징역 또는 5천만원 이하 벌금	소방시설에 폐쇄·차단 등의 행위를 한 자
3년 이하 징역 또는 3천만원 이하 벌금	① 소방시설이 화재안전기준에 따라 설치·관리되고 있지 아니할 때 관계인에게 필요한 조치명령을 정당한 사유 없이 위반한 자 ② 피난시설, 방화구획 및 방화시설의 유지·관리를 위하여 필요한 조치 명령을 정당한 사유 없이 위반한 자 ③ 소방시설 자체점검 결과에 따른 이행계획을 완료하지 않아 필요한 조치의 이행 명령을 하였으나, 명령을 정당한 사유 없이 위반한 자
★ 1년 이하 징역 또는 1천만원 이하 벌금	소방시설등에 대하여 스스로 점검을 하지 아니하거나 관리업자 등으로 하여금 정기적으로 점검하게 하지 아니한 자
300만원 이하 벌금	자체점검 결과 소화펌프 고장 등 중대위반사항이 발견된 경우 필요한 조치를 하지 않은 관계인 또는 관계인에게 중대위반사항을 알리지 아니한 관리업자 등
300만원 이하 과태료	① 소방시설을 화재안전기준에 따라 설치·관리하지 아니한 자 ② 공사현장에 임시소방시설을 설치·관리하지 아니한 자 ③ **피난시설, 방화구획 또는 방화시설을 폐쇄·훼손·변경 등의 행위를 한 자** ★ 1차 - 100만원, 2차 - 200만원, 3차 - 300만원 ④ 관계인에게 점검 결과를 제출하지 아니한 관리업자등 ⑤ 점검결과를 보고하지 아니하거나 거짓으로 보고한 관계인 ⑥ 자체점검 이행계획을 기간 내에 완료하지 아니한 자 또는 이행계획 완료 결과를 보고하지 아니하거나 거짓으로 보고한 관계인 ⑦ 점검기록표를 기록하지 아니하거나 특정소방대상물의 출입자가 쉽게 볼 수 있는 장소에 게시하지 아니한 관계인

Chapter 4 다중이용업소의 안전관리에 관한 특별법

1 용어의 정의

(1) 다중이용업

휴게음식점영업 제과점영업	공유주방 운영 ×	• 지하층 : 66m² 이상 • 지상층 : 2층 이상 　　　　100m² 이상	단, 주 출입구가 1층 또는 지상과 직접 접하는 층에 설치되고 영업장의 주된 출입구가 건축물 외부의 지면과 직접 연결된 경우 제외
일반음식점영업	공유주방 운영 ○	• 지하층 : 66m² 이상 • 지상층 : 100m² 이상	
학원	• 수용인원 300명 이상인 것 • 수용인원 100명 이상 300명 미만인 것 중 아래의 것(단, 방화구획으로 나누어진 경우 제외) 　① 하나의 건축물에 기숙사가 함께 있는 경우 　② 하나의 건축물에 학원이 2 이상 있는 경우로서 학원의 수용인원이 300명 이상인 학원 　③ 하나의 건축물에 다중이용업과 학원이 함께 있는 경우		
목욕장업	• 일반목욕장업 : 층별, 면적 구분 없이 수용인원 100명 이상(찜질방 형태의 시설을 갖춘 부분만 산정) • 찜질방 형태의 목욕장업 : 층별, 면적 구분 없이 적용		
층별, 면적 구분 없이 적용되는 것	• **단란주점영업**, 유흥주점영업 • 영화상영관, 비디오물감상실업, 비디오물소극장업, 복합영상물업 • 게임제공업, 인터넷컴퓨터게임시설제공업, 복합유통게임제공업 • 권총사격장, 안마시술소, **노래연습장업, 산후조리업** • 고시원업, 전화방업, 화상대화방업, 수면방업, 콜라텍업, 방탈출카페업, • 키즈카페업, 만화카페업		

시험 직전 꼭! 합격을 좌우하는 알짜 꿀 Tip

(2) 안전시설등

소방시설	소화설비	소화기 또는 자동확산소화기, 간이스프링클러설비(캐비닛형 간이스프링클러설비 포함)
	경보설비	비상벨설비 또는 자동화재탐지설비, 가스누설경보기
	피난구조설비	피난기구(미끄럼대·피난사다리·구조대·완강기·다수인피난장비·승강식피난기)
비상구		
영업장 내부 피난통로		
그 밖의 안전시설		영상음향차단장치, 누전차단기, 창문

2 소방안전교육

교육실시권자		소방청장·소방본부장 또는 소방서장	
교육대상자		다중이용업주, 종업원, 다중이용업을 하려는 자	
소방안전교육의 횟수 및 시기	신규교육	다중이용업을 하려는 자	다중이용업을 시작하기 전
		종업원	다중이용업에 종사하기 전
	수시교육	위반행위가 적발된 날부터 3개월 이내	
	보수교육	신규교육 또는 직전의 보수교육을 받은 날이 속하는 달의 마지막 날부터 2년 이내 1회 이상	

Chapter 5 초고층 및 지하연계 복합건축물 재난관리에 관한 특별법

1 용어의 정의

초고층 건축물	층수가 **50층 이상** or **높이가 200m 이상** 건축물
지하연계 복합건축물	①+② 요건을 모두 갖춘 것일 것 ① 층수가 **11층 이상** or 1일 수용인원이 **5천명 이상**인 건축물로서 지하부분이 지하역사 또는 지하도상가와 연결된 건축물 ② 건축물 안에 문화 및 집회시설, 판매시설, 운수시설, 업무시설, 숙박시설, 위락시설 중 유원시설업의 시설 또는 종합병원과 요양병원이 하나 이상 있는 건축물
관계지역	재난의 예방·대비·대응 및 수습 등의 활동에 필요한 지역으로 대통령령으로 정하는 지역
일반건축물	관계지역 안에서 초고층 건축물등을 제외한 건축물 또는 시설물
관리주체	소유자 또는 관리자(계약에 따라 관리책임을 진 자를 포함)
관계인	소유자·관리자 또는 점유자
총괄재난관리자	초고층 건축물등의 재난 및 안전관리 업무를 총괄하는 자

2 피난안전구역

초고층 건축물	지상층으로부터 **30개 층마다** 1개소 이상 설치
30층 이상 49층 이하 지하연계복합건축물	해당 건축물 전체 층수의 **2분의 1**에 해당하는 층으로부터 상하 **5개층 이내에 1개소 이상** 설치
16층 이상 29층 이하 지하연계복합건축물	지상층별 거주밀도 ㎡당 1.5명을 초과하는 층은 해당 층의 사용형태별 면적의 합의 10분의 1에 해당하는 면적을 피난안전구역으로 설치
초고층 건축물의 지하층이 문화 및 집회시설, 판매시설 등의 용도로 사용되는 경우	해당 지하층 아래의 피난안전구역 면적 산정기준에 따라 피난안전구역을 설치하거나 **선큰**을 설치할 것

3 총괄재난관리자

(1) **지정 및 등록** : 사용승인 또는 사용검사 등을 받은 날부터 30일 이내 지정, 지정한 날부터 14일 이내 지정 등록 신청
(2) **교육** : 지정된 날부터 6개월 이내, 2년마다 1회 이상 보수교육

4 벌칙

5년 이하 징역 or 5천만원 이하 벌금	피난안전구역을 설치·운영하지 아니한 자 또는 폐쇄·차단 등의 행위를 한 자
300만원 이하 벌금	총괄재난안전관리자를 지정하지 아니한 자
500만원 이하 과태료	초기대응대를 구성 또는 운영하지 아니한 자
300만원 이하 과태료	① 다른 법령에 따른 안전관리자를 겸직한 자 ② 상시근무자 또는 거주자에게 재난 및 테러 등에 대한 교육 또는 훈련을 실시하지 아니한 자

Chapter 6 ▶ 재난 및 안전관리 기본법

1 용어의 정의

재난	자연재난	태풍, 홍수, 조류(藻類) 대발생, 조수, 화산활동, 소행성·유성체 등 자연 우주물체의 추락·충돌 등으로 발생하는 재해
	사회재난	화재·붕괴·폭발·교통사고, 환경오염사고, 감염병 또는 가축전염병의 확산 등으로 인한 피해
재난관리		재난의 예방·대비·대응 및 복구를 위하여 하는 모든 활동
안전관리		재난이나 각종 사고로부터 사람의 생명·신체 및 재산의 안전을 확보하기 위한 모든 활동
재난관리책임기관		중앙행정기관 및 지방자치단체, 지방행정기관·공공기관·공공단체 및 재난관리의 대상이 되는 중요시설의 관리기관
재난관리주관기관		재난이나 사고유형별로 예방·대비·대응 및 복구 등의 업무를 주관하도록 대통령령으로 정하는 관계 중앙행정기관
긴급구조		국민의 생명·신체 및 재산을 보호하기 위하여 긴급구조기관과 긴급구조지원기관이 하는 인명구조, 응급처치 및 그 밖에 필요한 모든 긴급한 조치
긴급구조기관		소방청, 소방본부 및 소방서

시험 직전 꼭! 합격을 좌우하는 알짜 꿀 Tip

Chapter 7 위험물안전관리법

1 위험물 개요

(1) 위험물 제조소등의 구분

제조소	1일 지정수량 이상의 위험물을 제조하기 위한 일련의 시설을 갖춘 곳
저장소	① 옥내저장소, 옥외저장소 ② 옥내/옥외탱크저장소 ④ 지하/이동/간이/암반탱크저장소
취급소	① 주유취급소 ② 판매취급소 : 판매하기 위하여 지정수량 40배 이하의 위험물을 취급하는 장소 ③ 이송취급소 ④ 일반취급소

(2) 위험물의 저장·취급

지정수량 이상	제조소등에서 저장·취급	
지정수량 미만	시·도의 조례	
임시저장	① 관할소방서장의 승인을 받아 **90일** 이내의 기간 동안 ② 군부대	
중요기준 및 세부기준 준수	중요기준(화재 등 위해의 예방과 응급조치에 큰 영향을 미치거나 직접적으로 화재를 일으킬 가능성이 大)	1,500만원 이하 벌금
	세부기준(화재 등 위해의 예방과 응급조치에 중요기준보다 상대적으로 적은 영향을 미치거나 간접적으로 화재를 일으킬 수 있는 기준)	500만원 이하 과태료

2 위험물안전관리자

(1) 선임 및 신고 : 해임하거나 퇴직한 때부터 30일 이내 지정, 선임한 날부터 14일 이내 신고
(2) 1인의 위험물안전관리자를 중복 선임할 수 있는 경우
  ① 보일러·버너 또는 이와 비슷한 것으로서 위험물을 소비하는 장치로 이루어진 **7개** 이하의 일반취급소와 그 일반취급소에 공급하기 위한 위험물을 저장하는 저장소(일반취급소 및 저장소가 모두 동일구내 있는 경우)를 동일인이 설치한 경우
  ② 위험물을 차량에 고정하는 탱크 또는 운반용기에 옮겨 담기 위한 **5개** 이하의 일반취급소(일반취급소 간 보행거리 **300m 이내**인 경우에 한함)와 그 일반취급소에 공급하기 위한 위험물을 저장하는 저장소를 동일인이 설치한 경우
  ③ 동일구내에 있거나 상호 보행거리가 **100m 이내**의 거리에 있는 저장소로서 저장소와 저장소의 규모, 저장하는 위험물의 종류 등을 고려하여 다음에 해당하는 저장소를 동일인이 설치한 경우
    ㉠ **10개** 이하의 옥내/옥외 저장소
    ㉡ **30개** 이하의 옥외탱크저장소
    ㉢ 옥내/지하/간이 탱크저장소
    ㉣ **10개** 이하의 암반탱크저장소
  ④ 다음 기준에 모두 적합한 **5개** 이하의 제조소등을 동일인이 설치한 경우
    ㉠ 각 제조소등이 동일구 내에 있거나 상호 보행거리 **100m 이내**의 거리에 있을 것
    ㉡ 각 제조소등에서 저장 또는 취급하는 위험물의 최대수량이 지정수량의 **3,000배** 미만일 것. 다만, 저장소의 경우에는 그러하지 아니하다.
(3) 중복 선임할 경우 대리자의 자격이 있는 자를 지정하여 보조해야 하는 제조소등
  제조소, 이송취급소, 일반취급소(인화점 39℃ 이상인 제4류 위험물만 지정수량의 30배 이하로 취급하는 일반취급소로서 보일러·버너 또는 이와 비슷한 것으로 위험물을 소비하는 장치로 이루어진 일반취급소, 위험물을 용기에 옮겨 담거나 차량에 고정된 탱크에 주입하는 일반취급소는 제외)

시험 직전 꼭! 합격을 좌우하는 알짜 꿀 Tip

3 위험물시설의 설치 및 변경

(1) 설치 및 변경 허가 등 : 시·도지사
(2) 설치허가 제외대상
　① 주택의 난방시설(공동주택 중앙난방시설 제외)을 위한 저장소 또는 취급소
　② 농예용, 축산용 또는 수산용으로 필요한 난방시설 또는 건조시설을 위한 지정수량 20배 이하의 저장소
(3) ┌ 승계신고 : 30일 이내
　　└ 용도폐지 신고 : 14일 이내

4 위험물 제조소등의 점검제도

정기점검 대상	① 지정수량 **10배** 이상 취급하는 제조소 / 일반취급소 ② 지정수량 **100배** 이상 저장하는 **옥외**저장소 ③ 지정수량 **150배** 이상 저장하는 **옥내**저장소 ④ 지정수량 **200배** 이상 저장하는 **옥외탱크**저장소 ⑤ 이송취급소, 암반/지하/이동 탱크저장소 ⑥ 위험물을 취급하는 탱크로서 지하에 매설된 탱크가 있는 제조소·주유취급소 또는 일반취급소
정기점검 실시자	① 제조소등의 안전관리자 ② 위험물운송자(이동탱크저장소에 한함) ③ 안전관리대행기관 또는 탱크시험자(점검 의뢰)
정기점검 대상범위	① 일반점검 : 안전관리자 / 점검기록 3년 보존 / 연 1회 이상 ② 구조안전점검 : 50만 리터 이상의 옥외탱크저장시설 / 점검기록 25년 보존

5 벌칙

(1) 벌금

1년 이상 10년 이하 징역	제조소등 또는 허가 받지 않고 위험물을 저장 또는 취급하는 장소에서 위험물을 유출·방출 또는 확산시켜 사람의 생명·신체 또는 재산에 위험을 발생시킨 자
7년 이상 금고 또는 7천만원 이하 벌금	**업무상 과실로** 제조소등 또는 허가 받지 않고 위험물을 저장 또는 취급하는 장소에서 위험물을 유출·방출 또는 확산시켜 사람의 생명·신체 또는 재산에 위험을 발생시킨 자
5년 이하 징역 또는 1억원 이하 벌금	제조소등의 설치허가를 받지 아니하고 제조소등을 설치한 자
3년 이하 징역 또는 3천만원 이하 벌금	저장소 또는 제조소등이 아닌 장소에서 지정수량 이상의 위험물을 저장 또는 취급한 자
1년 이하 징역 또는 1천만원 이하 벌금	• 탱크시험자로 등록하지 않고 탱크시험자의 업무를 한 자 • 정기점검을 하지 않거나 점검기록을 허위로 작성한 관계인으로서 규정에 따른 허가를 받은 자 • 정기검사를 받지 않은 관계인으로서 규정에 따른 허가를 받은 자 • 자체소방대를 두지 않은 관계인으로서 규정에 따른 허가를 받은 자 • 보고 또는 자료제출을 하지 않거나 허위로 보고 또는 자료제출을 한 자 또는 관계 공무원의 출입·검사 또는 수거를 거부·방해 또는 기피한 자 • 제조소등에 대한 긴급 사용정지·제한명령을 위반한 자
1천500만원 이하 벌금	• 위험물의 **저장 또는 취급**에 관한 **중요기준**을 따르지 않은 자 • 변경허가를 받지 않고 제조소등을 변경한 자 • 제조소등의 완공검사를 받지 않고 위험물을 저장·취급한 자 • 제조소등의 사용정지명령을 위반한 자 • 안전관리자를 선임하지 않은 관계인으로서 규정에 따른 허가를 받은 자 • 업무정지명령을 위반한 자
1천만원 이하 벌금	• 위험물의 취급에 관한 안전관리와 감독을 하지 않은 자 • 안전관리자 또는 그 대리자가 참여하지 않은 상태에서 위험물을 취급한 자 • 위험물의 **운반**에 관한 **중요기준**에 따르지 않은 자

(2) 과태료 : 500만원 이하
　① 위험물의 저장 또는 취급에 관한 세부기준을 위반한 자
　② 정기점검 결과를 점검한 날부터 30일 이내에 점검결과를 제출하지 아니한 자
　③ 위험물의 운반에 관한 세부기준을 위반한 자

03 건축관계법령

Chapter 1 건축관계법령

1 총칙

(1) **방화구획** : 건축물 내부를 방화벽으로 구획 ⇨ 확산방지, 소화 작업 및 피난시간 확보
(2) **지하층** : 바닥으로부터 지표면까지의 평균높이가 해당 층 높이의 1/2 이상인 것
(3) **거실** : 거주, 집무, 작업, 집회, 오락 등의 목적으로 사용되는 방
(4) **건축**

신축	건축물이 없는 대지에 새로이 건축물을 축조하는 것
증축	기존 건축물이 있는 대지 안에서 건축물의 건축면적·연면적·층수 또는 높이를 증가시키는 것
개축	기존 건축물의 전부 또는 일부를 자의로 철거하고 그 대지 안에 종전과 동일한 규모의 건축물을 다시 축조
재축	재해로 멸실된 건축물을 종전과 동일한 규모의 건축물을 다시 축조
이전	건축물의 주요구조부를 해체하지 않고 동일한 대지 안의 다른 위치로 옮기는 것
리모델링	건축물의 노후화를 억제하거나 기능향상을 등을 위하여 대수선하거나 건축물의 일부를 증축 또는 개축하는 행위
대수선	내력벽 30㎡ 이상, 주요구조(기둥, 보, 지붕틀) 증설 or 해체, 3개 이상 수선 또는 변경

(5) **도로** : 보행이나 통행이 가능한 4m 이상의 도로

시험 직전 꼭! 합격을 좌우하는 알짜 꿀 Tip

(6) 내화구조

① 적용대상 : 문화 및 집회시설, 의료시설, 공동주택 등의 주요구조부와 지붕. 다만, 막구조 등은 주요구조부만, 연면적 50m² 이하인 단층의 부속건축물로서 외벽 및 처마 밑면을 방화화구조로 한 것과 무대의 바닥은 제외

② 내화구조의 기준

벽	㉠ 철근콘크리트조 또는 철골철근콘크리트조로서 두께가 10cm 이상인 것 ㉡ 골구를 철골조로 하고 그 양면을 두께 4cm 이상의 철망모르타르(그 바름바탕을 불연재료로 한 것에 한함. 이하 같음) 또는 두께 5cm 이상의 콘크리트블록·벽돌 또는 석재로 덮은 것 ㉢ 철재로 보강된 콘크리트블록조·벽돌조 또는 석조로서 철재에 덮은 콘크리트블록등의 두께가 5cm 이상인 것 ㉣ 벽돌조로서 두께가 19cm 이상인 것 ㉤ 고온·고압의 증기로 양생된 경량기포 콘크리트패널 또는 경량기포 콘크리트블록조로서 두께가 10cm 이상인 것
외벽 중 비내력벽	㉠ 철근콘크리트조 또는 철골철근콘크리트조로서 두께가 7cm 이상인 것 ㉡ 골구를 철골조로 하고 그 양면을 두께 3cm 이상의 철망모르타르 또는 두께 4cm 이상의 콘크리트블록·벽돌 또는 석재로 덮은 것 ㉢ 철재로 보강된 콘크리트블록조·벽돌조 또는 석조로서 철재에 덮은 콘크리트블록등의 두께가 4cm 이상인 것 ㉣ 무근콘크리트조·콘크리트블록조·벽돌조 또는 석조로서 그 두께가 7cm 이상인 것
바닥	㉠ 철근콘크리트조 또는 철골철근콘크리트조로서 두께가 10cm 이상인 것 ㉡ 철재로 보강된 콘크리트블록조·벽돌조 또는 석조로서 철재에 덮은 콘크리트블록등의 두께가 5cm 이상인 것 ㉢ 철재의 양면을 두께 5cm 이상의 철망모르타르 또는 콘크리트로 덮은 것
기둥 (작은 지름≥ 25cm에 한함)	㉠ 철근콘크리트조 또는 철골철근콘크리트조 ㉡ 철골을 두께 6cm(경량골재를 사용하는 경우에는 5cm) 이상의 철망모르타르 또는 두께 7cm 이상의 콘크리트블록·벽돌 또는 석재로 덮은 것 ㉢ 철골을 두께 5cm 이상의 콘크리트로 덮은 것
보 (지붕틀 포함)	㉠ 철근콘크리트조 또는 철골철근콘크리트조 ㉡ 철골을 두께 6cm(경량골재를 사용하는 경우에는 5cm) 이상의 철망모르타르 또는 두께 5cm 이상의 콘크리트로 덮은 것 ㉢ 철골조의 지붕틀(바닥으로부터 그 아랫부분까지의 높이가 4m 이상인 것에 한함)로서 바로 아래에 반자가 없거나 불연재료로 된 반자가 있는 것

(7) 방화구조 : 화염의 확산을 막을 수 있는 성능을 가진 구조
  ① 방화구조 적용 대상 : 연면적 1,000m² 이상인 목조건축물의 그 외벽 및 처마밑의 연소할 우려가 있는 부분, 그 지붕은 불연재료로 해야 함.
  ② 방화구조의 기준

구분	방화구조의 기준
철망모르타르 바르기	바름두께 2cm 이상인 것
① 석고판 위에 시멘트모르타르 또는 회반죽을 바른 것 ② 시멘트모르타르 위에 타일을 붙인 것	두께의 합계 2.5cm 이상인 것
심벽에 흙으로 맞벽치기 한 것	두께와 무관함
한국산업표준이 정하는 바에 따라 시험한 결과 방화 2급 이상에 해당하는 것	

2 면적·높이·층수 등의 산정 및 제한

건축면적	건축물의 외벽(외벽이 없는 경우에는 외곽 부분의 기둥)의 중심선으로 둘러싸인 부분의 수평투영면적
바닥면적	건축물의 각층 또는 그 일부로서 벽·기둥 기타 이와 유사한 구획의 중심선으로 둘러싸인 부분의 수평투영면적
연면적	하나의 건축물의 각층의 바닥면적의 합계
건폐율	대지면적에 대한 건축면적(대지에 2 이상의 건축물이 있는 경우에는 이들 건축면적의 합계로 한다)의 비율
용적률	대지면적에 대한 연면적(대지에 2 이상의 건축물이 있는 경우에는 이들 연면적의 합계로 한다)의 비율

(1) 건축물 높이 산정에서 제외 : 옥상부분 중 건축면적의 1/8 이하인 경우 12m까지
(2) 층수 : 층 구분이 명확하지 않은 경우 4m
(3) 층수 산정에서 제외 : 지하층, 옥상부분 중 건축면적의 1/8 이하(공동주택으로 전용면적 85m² 이하인 경우 1/6 이하)

시험 직전 꼭! 합격을 좌우하는 알짜 꿀 Tip

3 피난시설, 방화구획 및 방화시설의 관리

(1) 피난·방화시설의 범위
  ① 피난시설 : 계단(직통·피난), 복도, 출입구(비상구 포함), 그 밖의 피난시설(옥상광장, 피난안전구역, 피난용승강기 및 승강장 등)
  ② 방화시설 : 방화구획(방화문, 자동방화셔터, 내화구조의 바닥·벽), 방화벽 및 내화성능을 갖춘 내부마감재 등

(2) 피난시설
  ① 직통계단 설치기준

  ▶ 보행거리 기준

구분	보행거리
일반기준	• 30m 이하
건축물의 주요구조부 : 내화구조 또는 불연재료	• 50m 이하 • 층수가 16층 이상인 공동주택의 경우 16층 이상의 층 : 40m 이하
반도체 및 디스플레이 패널 제조공장으로 자동화 생산시설에 자동식 소화설비를 설치한 경우	• 75m 이하 • 무인화 공장 : 100m 이하

(3) 피난계단 및 특별피난계단
  ① 종류

피난계단의 종류	피난 시 이동경로
피난계단	옥내 ⇨ 계단실 ⇨ 피난층
특별피난계단	옥내 ⇨ **부속실** ⇨ 계단실 ⇨ 피난층

② 설치대상

설치대상	직통계단의 종류	
㉠ 5층 이상 지하 2층 이하인 층에 설치하는 직통계단	피난계단 또는 특별피난계단	
㉡ 건축물의 11층 이상(공동주택은 16층) 또는 지하 3층 이하인 층으로부터 피난층 또는 지상으로 통하는 직통계단	특별피난계단	• 갓복도식 공동주택 제외 • 바닥면적 400㎡ 미만인 층은 제외
㉠에서 판매시설의 용도로 쓰는 층으로부터의 직통계단	그 중 1개소 이상은 특별피난계단으로 설치	
건축물의 5층 이상인 층으로서 문화 및 집회시설 중 전시장 또는 동·식물원, 판매시설, 운수시설(여객용 시설만 해당), 운동시설, 위락시설, 관광휴게시설(다중이 이용하는 시설만 해당) 또는 수련시설 중 생활권 수련시설의 용도로 쓰이는 층	직통계단 외에 그 층의 해당 용도로 쓰는 바닥면적 2,000㎡를 넘는 경우는 그 넘는 2,000㎡ 이내마다 1개소의 피난계단 또는 특별피난계단(4층 이하 층에는 쓰지 아니하는 피난계단 또는 특별피난계단만 해당)	

(4) 옥상광장 등의 설치
① 옥상광장 또는 2층 이상인 층에 노대등의 위에 높이 1.2m 이상의 난간을 설치해야 함
② 옥상광장 설치 대상

> **5층** 이상의 층이 다음 용도로 쓰이는 경우
> ㉠ 제2종 근린생활시설 중 공연장·종교집회장·인터넷컴퓨터게임시설제공업소(해당 용도로 쓰이는 바닥면적의 합계가 각각 **300㎡** 이상인 경우만 해당)
> ㉡ 문화 및 집회시설(전시장 및 동·식물원 제외)
> ㉢ 종교시설, 판매시설, 위락시설 중 주점영업 또는 장례시설

(5) 피난용승강기
① 설치대상 : 층수가 30층 이상 or 높이가 120m 이상인 건축물
② 설치기준
㉠ 바닥면적은 승강기 1대당 6㎡ 이상으로 할 것
㉡ 각 층으로부터 피난층까지 이르는 승강로를 단일구조로 연결하여 설치할 것
㉢ 예비전원으로 작동하는 조명설비를 설치할 것
㉣ 승강장의 출입구 부근의 잘 보인 곳에 해당 승강기가 피난용승강기임을 알리는 표지를 설치할 것

시험 직전 꼭! 합격을 좌우하는 알짜 꿀 Tip

(6) 방화구획의 기준

구분	보행거리
면적별 구획	① 10층 이하의 층은 바닥면적 1,000㎡ 이내마다 구획 ② 11층 이상의 층은 바닥면적 200㎡ 이내마다 구획 　다만, 벽 및 반자의 실내마감을 불연재료로 한 경우에는 바닥면적 500㎡ 이내마다 구획 ※ 스프링클러설비 등 자동식 소화설비를 설치한 경우에는 상기면적의 3배 이내마다 구획
층별 구획	매층마다 구획, 다만 지하 1층에서 지상으로 직접 연결하는 경사로 부위는 제외
필로티 등	필로티 등의 부분을 주차장으로 사용하는 경우 그 부분은 건축물의 다른 부분과 구획할 것

(7) 방화문

60분+ 방화문	연기 및 불꽃 차단 60분 이상, 열 차단 30분 이상
60분 방화문	연기 및 불꽃 차단 60분 이상
30분 방화문	연기 및 불꽃 차단 30분 이상 60분 미만

(8) 자동방화셔터 : 비차열 1시간 이상의 내화성능을 확보

(9) 방화시설

① 배연설비

6층 이상 건축물	㉠ 바닥면적 300㎡ 이상의 공연장, 종교집회장, 인터넷컴퓨터게임시설제공업소 및 다중생활시설 ㉡ 문화 및 집회시설, 종교시설, 판매시설, 운수시설 ㉢ 의료시설(요양병원 및 정신병원 제외) ㉣ 교육연구시설 중 연구소 ㉤ 노유자시설 중 아동 관련 시설, 노인복지시설(노인요양시설은 제외) ㉥ 수련시설 중 유스호스텔 ㉦ 운동시설, 업무시설, 숙박시설, 위락시설, 관광휴게시설, 장례시설
다음에 해당하는 용도로 쓰는 건축물	㉠ 의료시설 중 요양병원 및 정신병원 ㉡ 노유자시설 중 노인요양시설・장애인 거주시설 및 장애인 의료재활시설 ㉢ 산후조리원

② 소방관 진입창
　㉠ 설치대상 : 건축물의 11층 이하의 층
　㉡ 설치기준

> - 2층 이상 11층 이하인 층에 각각 1개소 이상 설치할 것
> - 소방차 진입로 또는 소방차 진입이 가능한 공터에 면할 것
> - 창문 가운데에 지름 20cm 이상의 역삼각형을 야간에도 알아볼 수 있도록 빛 반사 등으로 붉은색으로 표시할 것
> - 창문의 한쪽 모서리에 타격지점을 지름 3cm 이상의 원형으로 표시할 것
> - 창문의 크기는 폭 90cm 이상, 높이 1.2m 이상으로 하고, 실내 바닥면으로부터 아랫부분까지의 높이는 80cm 이내로 할 것
> - 두께 6mm 이하인 플로트판유리, 두께 5mm 이하인 강화유리 또는 배강도유리, 두께 24mm 이하인 플로트판유리나 강화유리로 구성된 이중유리 중 어느 하나의 유리를 사용할 것

04 소방학개론

Chapter 1 ▶ 연소이론

1 연소의 조건

(1) 연소의 정의 : 물질이 격렬한 산화반응을 함으로서 열과 빛을 발생하는 현상
(2) 연소의 요소 : 가연성물질, 산소공급원, 점화원, 연쇄반응
(3) 가연성물질의 특성 : 산소와 친화력大, 활성 에너지小, 열전도율↓, 연소열大, 비표면적大, 건조도高
(4) 점화원의 종류 : 화염, 열면, 전기 불꽃, 단열압축, 자연발화
(5) 한계산소농도(LOI : Limited Oxygen Index) : 14~15vol%
(6) 연소하한계와 연소상한계 범위

기체 또는 증기	연소범위(vol%)	기체 또는 증기	연소범위(vol%)
수소	4.1~75	메틸알코올	6~36
아세틸렌	2.5~81	암모니아	15~28
중유	1~5	아세톤	2.5~12.8
등유	0.7~5	휘발유	1.2~7.6

2 연소의 형태

(1) 고체 : 분해(목재, 종이, 석탄), 증발(양초, 플라스틱), 표면(숯, 코크스), 자기연소(제5류)
(2) 액체 : 증발, 분해연소
(3) 기체 : 확산연소, 예혼합연소

3 연소의 특성

(1) 인화점 : 외부로부터 열을 받아 착화가 가능한 가연성물질의 최저온도

(2) 연소점 : 발생한 화염이 꺼지지 않고 지속되는 온도, 인화점보다 5~10℃ 높음
(3) 발화점 : 외부로부터 에너지 공급없이 자체의 열 축적에 의해 착화되는 최저 온도
※ 인화점 < 연소점 < 발화점

Chapter 2 화재이론

1 화재이론

(1) 화재의 정의 : 사회공익·인명 및 경제적 이유로 소화시설등을 이용하여 소화할 필요성이 있는 연소현상
(2) 화재의 분류 : A급(목재 - 재를 남김), B급(유류), C급(전기), D급(금속), K급(주방)

2 화재의 양상

(1) 실내화재의 양상 : 초기 - 성장기 - (flash over : 플래시오버) - 최성기 - 감쇠기

구 분	외 관	연소상황	연소위험	활동위험
초기	창 등의 개구부에서 하얀 연기 분출	실내가구 등의 일부가 독립적으로 연소		
성장기	개구부에서 세력이 강한 검은 연기 분출	• 가구 등에서 천장면까지 화재가 확대 • 실내 전체에 화염 확산	근접한 동으로 연소 확산 위험	
최성기	• 연기의 양 감소 • 강한 화염 분출로 유리 파손	• 실내 전체에 화염 충만 • 연소 최고조	강한 복사열 ⇨ 인접 건물로 연소 확산 위험	구조물 낙하 위험
감쇠기 (감퇴기)	• 지붕이나 벽체 도괴, 대들보나 기둥도 도괴 • 연기는 흑색 ⇨ 백색	화세가 쇠퇴	연소확산 위험 없음	바닥이 무너지거나 벽체낙하 등 위험

시험 직전 꼭! 합격을 좌우하는 알짜 꿀 Tip

① 플래시오버(flash over) : 축적되었던 가연성가스가 일순간에 폭발적으로 화염에 휩싸임(밀폐)
② 백드래프트(back draft) : 신선한 공기가 실내에 유입되어 축적되었던 가연성가스가 폭발(개방), 연기폭발(smoke explosion), 폭풍·충격파, 파이어볼(fireball) 형성
③ 롤오버(roll over) : 화염이 연소되지 않은 가연성가스를 통해 전파

(2) 목조건축물의 화재
① 온도 : 1,100~1,350℃ 고온
② 시간 : 출화~최성기 10분, 최성기~감쇠기 20분

(3) 내화구조건축물의 화재
① 온도 : 800~1,050℃ 저온
② 시간 : 2~3시간, 때에 따라 수시간

3 화재의 현상

① 열 및 화염의 전달 : 전도, 대류, 복사, 접염(接炎)연소, 비화(飛火)
② 연기의 확산 속도
　㉠ 수평 : 0.5~1m/sec
　㉡ 계단실 등 수직 : 2~3m/sec(농연 3~5m/sec)
　※ 보행속도 : 1.0~1.2m/sec

Chapter 3 소화이론

1 연소의 조건에 따른 제어분류

물리적 작용에 의한 소화	제거소화	가연물 제거, 가연물 격리
	질식소화	산소 제거, 한계산소농도(LOI) 이하로 유지
	냉각소화	열을 빼앗음, 물의 증발열(539cal/g) 이용
화학적 작용에 의한 소화	억제소화	연쇄반응 중단(라디칼 생성 억제)

05 위험물·전기·가스 안전관리

Chapter 1 위험물안전관리

1 위험물 정의 및 종류

(1) 위험물의 정의 :「위험물 안전관리법」상 위험물은 '인화성' 또는 '발화성' 물질로 대통령령이 정함
(2) 지정수량 : 대통령령
(3) 위험물의 품명 및 지정수량
  ① 제1류 : 산화성고체(다량의 산소 함유)
  ② 제2류 : 가연성고체
  ③ 제3류 : 자연발화성물질 및 금수성물질(석유에 저장) ※ 황린은 물속에 저장
  ④ 제4류 : 인화성액체(인화하기 쉽다, 증기의 비중은 공기보다 무겁고 약간 혼합되어도 연소, 낮은 발화 온도, 물보다 가볍고 물에 녹기 어렵다)
  ⑤ 제5류 : 자기반응성물질(니트로화합물, 빠른 연소속도)
  ⑥ 제6류 : 산화성액체

2 제4류 위험물(인화성액체)

(1) Slop over
  점성이 큰 중질유와 같은 유류에 화재가 발생하면 유류의 액표면 온도가 물의 비점 이상으로 상승하게 되는데, 이때 소화용수가 연소유의 뜨거운 액표면에 유입되면 급비등으로 부피팽창을 일으켜 탱크 외부로 유류를 분출시키는 현상을 슬롭오버(Slop over) 현상이라 한다.

(2) Boil over
  비점이 다른 성분의 혼합물인 원유나 중질유 등의 유류저장탱크에 화재가 발생하여 장시간 진행되면 비점이나 비중이 작은 성분은 유류표면에서 먼저 증발연소되고 비점이나 비중이 큰 성분은 가열 축적되어 열류층을 형성하고 이 열류층이 화재진행과 더불어 점차 탱크의 저부로 내려와 탱크 저부의 수분을 비등시켜 연소상태의 상부 유류를 비산, 분출하게 하는 현상을 보일오버(Boil over) 현상이라 한다.

(3) BLEVE 현상
인화점이나 비점이 낮은 인화성액체(유류)가 가득차 있지 않는 저장탱크 주위에 화재가 발생하여 저장탱크 벽면이 장시간 화염에 노출되면 윗부분의 온도가 매우 상승하여 재질의 인장력이 저하되고, 내부의 비등현상으로 인한 압력상승으로 저장탱크 벽면이 파열되어 BLEVE 현상을 일으키게 된다.

(4) Pool Fire
개방된 용기에 휘발유, 등유, 경유 등 제4류 위험물이 저장된 상태에서 그 유증기에 불이 붙어서 발생하는 현상을 Pool Fire(액면화재)라 한다.

(5) Zet fire
제4류 위험물을 이송하는 배관, 저장하는 용기로부터 위험물이 빠른 속도로 누출될 때 발생하는 난류확산형 화재로 이로 인한 복사열로 막대한 피해를 일으키는 현상을 Zet fire(분출화재)라 한다.

Chapter 2 전기안전관리

1 주요 화재원인

(1) 단락(합선)에 의한 발화
(2) 과부하에 의한 발화
(3) 누전에 의한 발화

2 감전사고 방지책

(1) 노출 충전부의 보호
(2) 보호절연
(3) 보호접지
(4) 누전차단기 설치 : 감도전류 30mA 이하, 동작시간 0.03초 이하

※ 욕실 등에 콘센트를 시설하는 경우 15mA, 0.03초 전류동작형 누전차단기를 시설하거나 누전차단기가 부착된 콘센트를 시설하고 접지극이 있는 방적형 콘센트를 사용하여 접지하여야 함.

(5) 이중절연구조의 전동기계·기구 사용

Chapter 3 가스안전관리

1 연료가스의 종류와 특성

구 분	주성분	비 중	폭발범위
액화석유가스 (LPG)	프로판(C_3H_8), 부탄(C_4H_{10})	1.5~2 (누출 시 낮은 곳 체류)	• 프로판(C_3H_8) : 2.1~9.5% • 부탄(C_4H_{10}) : 1.8~8.4%
액화천연가스 (LNG)	메탄(CH_4)	0.6 (누출 시 천장쪽에 제출)	5~15%

06 화기취급 감독 및 화재위험작업 허가·관리

소방안전관리자 1급

Chapter 1 화기취급 감독 및 화재위험작업 허가·관리

1 화재감시자 감독수칙

사전확인	☐ 화기취급작업 사전 허가서 발급 여부 ☐ 작업허가서의 안전조치 요구사항 이행 여부 ☐ 작업지점(반경 11m 이내) 가연물의 이동(제거) ☐ 이동(제거)이 불가능한 가연물의 경우 차단막 등 설치 확인 ☐ 소방시설 정상 작동 및 소화기 비치(2대 이상) ☐ 비상연락체계 확인(방재실, 현장 작업책임자 등) ☐ 용접·용단장비 및 개인보호구 상태 점검 ☐ 작업허가서 및 안전수칙 현장 게시
현장감독	☐ 화기취급작업 현장에 상주하며 다른 업무 수행 금지 ☐ 용접·용단 작업에 사용되는 장비의 안전한 사용여부 확인 ☐ 화기취급작업 시 불티의 비산 및 가연물 착화 여부 확인 ☐ 작업 시 위험상황이 발생한 경우, 작업을 즉시 중단
최종확인	☐ 작업종료 후 30분까지 화기취급작업 현장에 상주 ☐ 작업종료 후 3시간까지 화재발생 여부 감시(모니터링)

07 소방시설의 구조 및 점검

Chapter 1 소방시설의 종류 및 기준

1 소화설비

(1) 소화기구 : 소화기, 간이소화용구, 자동확산소화기
(2) 자동소화장치
(3) 옥내소화전설비
(4) (간이 및 화재조기진압용) 스프링클러설비
   ▶ 스프링클러설비의 종류별 특징 및 장·단점

구분	습식	건식	준비작동식	일제살수식	부압식
1차측	가압수 = 소화수				
2차측	소화수	압축공기	대기압상태		부압
헤드	폐쇄형			개방형	폐쇄형
장점	간단·신속	동파방지	동파방지, 헤드보다 감지기가 먼저 작동	초기화재 신속 대처, 층고 높은 장소 소화 可	배관파손 수손피해방지, 진공펌프
단점	동파우려	시간지연, 압축공기로 화재촉진 우려, 유지·관리 어려움	구조복잡, 비용부담	대량살수피해	동파우려 구조복잡

(5) 물분무등소화설비 : 물분무, 미분무, 포, 이산화탄소, 할론, 할로겐화합물 및 불활성기체, 분말, 강화액, 고체에어로졸
(6) 옥외소화전설비

시험 직전 꼭! 합격을 좌우하는 알짜 꿀 Tip

2 경보시설

(1) 단독형경보형감지기
(2) 비상경보시설 : 비상벨설비 및 자동식사이렌설비
(3) 시각경보기
(4) 자동화재탐지설비
(5) 비상방송설비
(6) 자동화재속보설비
(7) 통합감시시설
(8) 누전경보기
(9) 가스누설경보기

3 피난구조설비

(1) 피난기구 : 미끄럼대·피난사다리·구조대·완강기·그 밖의 피난기구
(2) 인명구조기구 : 방열복·공기호흡기·인공소생기·방화복
(3) 유도등 : 피난유도선, 피난구·통로·객석 유도등, 유도표지
(4) 비상조명등 및 휴대용비상조명등

4 소화용수설비

(1) 상수도소화용수설비
(2) 소화수조·저수조 그 밖의 소화용수설비

5 소화활동설비

(1) 제연설비
(2) 연결송수관설비
(3) 연결살수설비

(4) 비상콘센트설비

(5) 무선통신보조설비

(6) 연소방지설비

| Chapter 2 | 소방시설의 구조 및 원리 |

1 소화기구

소형소화기	능력단위 1단위~대형소화기 능력단위 미만	
대형소화기	A급화재	10단위
	B급화재	20단위
분말소화기	가압식소화기	소형(CO_2), 대형(CO_2 or N)
	축압식소화기	지시압력계 0.7~0.98MPa

▶ 분말소화기 소화약제 종류

$NaHCO_3$	탄화수소나트륨	B, C급
$KHCO_3$	탄산수소칼륨	B, C급
$NH_4H_2PO_4$	제1인산암모늄	A, B, C급
$KHCO_3+(NH_2)_2CO$	탄산수소칼륨+요소	B, C급

2 자동소화장치

(1) 주거용 주방자동소화장치의 설치기준

　① 소화약제 방출구는 환기구의 청소부분과 분리되어 있어야 하며, 형식승인 받은 유효설치 높이 및 방호면적에 따라 설치할 것

　② 감지부는 형식승인 받은 유효한 높이 및 위치에 설치할 것

　③ 차단장치(전기 또는 가스)는 상시 확인 및 점검이 가능하도록 설치할 것

시험 직전 꼭! 합격을 좌우하는 알짜 꿀 Tip

④ 가스용 주방자동소화장치를 사용하는 경우 탐지부는 수신부와 분리하여 설치한다.
  ㉠ 공기보다 가벼운 가스를 사용하는 경우 : 천장 면으로부터 30cm 이하의 위치에 설치
  ㉡ 공기보다 무거운 가스를 사용하는 경우 : 바닥 면으로부터 30cm 이하의 위치에 설치
⑤ 수신부는 주위의 열기류 또는 습기 등과 주위온도에 영향을 받지 않고 사용자가 상시 볼 수 있는 장소에 설치할 것

3 옥내소화전설비

(1) 방수량 : 130L/min
(2) 방수압 : 0.17~0.7MPa
(3) 수원의 저수량 : 설치개수(최대 2) × 2.6m³ 예 2 × 2.6 = 5.2m³
  ※ 30층 이상이거나 높이가 120m 이상인 고층건축물의 경우 최대 5개
(4) 소화전방수구 설치거리 : 수평거리 25m 이하
(5) 방수구 호스구경 : 40mm(호스릴은 25mm) 이상

4 옥외소화전설비

(1) 방수량 : 350L/min
(2) 방수압 : 0.25~0.7MPa
(3) 수원의 용량 : 설치개수(최대 2) × 7m³ 예 2 × 7 = 14m³
(4) 소화전함 설치거리 : 호스접결구까지 40m 이하
(5) 방수구지름 : 65mm 이상

5 스프링클러설비

(1) 방수량 : 80L/min
(2) 방수압 : 0.1~1.2MPa
(3) 저수량

폐쇄형	30층 미만	헤드 기준개수 × 1.6m³
	30층 이상~49층 이하	헤드 기준개수 × 3.2m³
	50층 이상	헤드 기준개수 × 4.8m³
개방형	헤드 개수 30개 이하	설치헤드수 × 1.6m³
	30개 초과	수리계산에 따를 것

(4) 스프링클러설비 종류
 ① 습식 : 1,2차측 가압수, 폐쇄형헤드
 ② 건식 : 1차측 가압수, 2차측 압축공기 또는 축압된 질소가스, 폐쇄형헤드
 ③ 준비작동식 : 1차측 가압수, 2차측 대기압, 폐쇄형헤드, 감지기 2개
 ④ 부압식 : 1차측 가압수, 2차측 부압수
 ⑤ 일제살수식 : 1차측 가압수, 2차측 대기압, 개방형헤드, 감지기 2개

6 가스계소화설비

(1) 이산화탄소소화설비(질식, 냉각)
 ▶ 장단점

장 점	단 점
심부화재적합, 진화 후 깨끗, 전기화재 적합	사람 질식 우려, 소음 과다, 고압으로 특별 주의 및 관리 필요

시험 직전 꼭! 합격을 좌우하는 알짜 꿀 Tip

Chapter 3 경보설비등 구조 및 원리

1 **자동화재탐지설비** : 감지기, 수신기, 발신기, 음향장치, 표시등, 전원, 배선, 시각경보기, 중계기

(1) 수신기 : P, R형
  ① 경계구역일람도를 비치할 것
  ② 설치높이 : 0.8m 이상 1.5m 이하
  ③ 상시 근무하는 장소에 설치

(2) 발신기 : P, T, M(소방서)형
  ① 설치높이 : 0.8m 이상 1.5m 이하
  ② 수평거리 : 25m

(3) 감지기
  ① 열 감지기 : 차동식(거실, 사무실), 정온식(보일러실, 주방 등)
  ② 연기감지기 : 이온화식(작은 입자, B급화재), 광전식(큰 입자, A급화재, 계단, 복도 등)

(4) 음향장치
  ① 층수가 11층(공동주택의 경우 16층) 이상 특정소방대상물
    ㉠ 2층 이상의 층에서 발화 : 발화층 및 그 직상 4개층
    ㉡ 1층에서 발화 : 발화층·그 직상 4개층
    ㉢ 지하층에서 발화 : 발화층·그 직상층 및 기타의 지하층
  ② 수평거리 : 25m
  ③ 1m 떨어진 곳에서 90db 이상

(5) 시각경보기 : 청각장애인용, 2m 이상 2.5m 이하
         (천장 높이 2m 이하 천장에서 0.15m 이내)에 설치

(6) 배선 : 송배전식

2 비상방송설비

(1) 스피커 설치기준
    ① 실내 1W 이상, 실외 3W 이상
    ② 수평거리 : 25m
    ③ 방송개시 시간 : 10초 이하

3 피난구조설비

(1) 비상조명 : 바닥에서 1럭스(lx) 이상, 유효 작동시간 20분 이상
(2) 휴대용비상조명등 : 다중이용업소 및 숙박시설, 배터리용량 20분 이상
(3) 유도등 : 유효작동시간 20분(11층 이상은 60분) 이상

피난구유도등	높이 1.5m 이상, 출입구에 인접한 곳에
복도통로유도등	높이 1m 이하, 구부러진 모퉁이 등 기점으로부터 보행거리 20m 이내
거실통로유도등	높이 1.5m 이상, 구부러진 모퉁이 및 보행거리 20m 이내
계단통로유도등	높이 1m 이하, 각층의 경사로 참 또는 계단참에

Chapter 4 소화용수설비, 소화활동설비

1 소화용수설비

(1) 소화수조
① 설치위치 : 소방차가 2m 이내에 접근할 수 있는 위치
② 가압송수장치 : 소화수조 또는 저수조가 지표면으로부터 깊이가 4.5m 이상 지하인 경우 설치
③ 채수구 설치 : 20~40m^3 미만 1개, 40~100m^3 미만 2개, 100m^3 이상 3개

2 소화활동설비

(1) 연결송수관 ┌ 건식 - 높이 31m 미만 or 지상 11층 미만
　　　　　　　└ 습식 - 높이 31m 이상 or 지상 11층 이상

(2) 연결살수설비 : 판매·영업시설 - 1,000m^2 이상, 150m^2 이상 지하층 송수구, 배관, 살수헤드

(3) 제연설비 : 차압 40Pa(스프링클러 설치 시 12.5Pa)

(4) 비상콘센트설비 : 11층 이상의 층에 설치, 0.8~1.5m 이하에 설치, 수평거리 50m 이하

(5) 연소방지설비 : 송수구, 배관, 방수헤드

08 종합방재실의 운영

Chapter 1 ▶ 종합방재실의 운영

(1) **구축 효과** : 피해 최소화, 신속 대응, 시스템 안정성 향상, 비용 절감
(2) 종합방재실의 위치
　① 1층 또는 피난층
　② 특별피난계단 출입구 5m 이내인 경우 2층 or 지하 1층
　③ 공동주택인 경우 관리사무소 내
　④ 비상용 승강장, 피난 전용 승강장 및 특별피난계단으로 이동 용이한 곳
　⑤ 재난정보 수집 및 제공, 방재활동 거점 역할 가능 장소
　⑥ 소방대 접근 용이한 곳
　⑦ 화재·침수 피해 우려 없는 곳
(3) 종합방재실의 구조 및 면적
　① 다른 부분과 방화구획(防火區劃)으로 설치할 것. 다만, 다른 제어실 등의 감시를 위하여 두께 7mm 이상의 망입(網入)유리(두께 16.3mm 이상의 접합유리 또는 두께 28mm 이상의 복층유리를 포함한다)로 된 4m² 미만의 붙박이창을 설치할 수 있다.
　② 인력의 대기 및 휴식 등을 위하여 종합방재실과 방화구획된 부속실(附屬室)을 설치할 것
　③ 면적은 20m² 이상으로 할 것
　④ 재난 및 안전관리, 방범 및 보안, 테러 예방을 위하여 필요한 시설·장비의 설치와 근무 인력의 재난 및 안전관리 활동, 재난 발생 시 소방대원의 지휘활동에 지장이 없도록 설치할 것
　⑤ 출입문에는 출입 제한 및 통제 장치를 갖출 것

09 응급처치

Chapter 1 ▶ 응급처치개요

(1) 응급처치의 목적 : 생명을 구하고, 합병증 예방, 회복을 빠르게 함, 의료비 절감
(2) 기도확보(유지) : 구강 내 이물질 제거

Chapter 2 ▶ 응급처치요령

(1) 출혈(체온저하, 호흡/심박 불규칙, 탈수, 동공확대, 혈압저하, 창백)
  ① 성인의 혈액 총량 약 4~6L
  ② 직접압박, 압박점 압박, 지혈대 사용
(2) 화상
  ① 표피화상(1도) : 피부외증, 홍반, 흉터 없음
  ② 부분층화상(2도) : 피부내증, 표피 얼룩, 수포, 진물, 흉터
  ③ 전층화상(3도) : 피부 전층 손상, 매끈, 회색 또는 검은색, 건조, 통증 없음
(3) 심폐소생술 시행방법
  ① 반응의 확인
  ② 119 신고
  ③ 호흡확인(10초 이내 관찰)
  ④ 가슴압박 30회 시행[분당 100~120회, 약 5cm(소아 4~5cm) 깊이]
  ⑤ 인공호흡 2회 시행
  ⑥ 가슴압박과 인공호흡의 반복(30 : 2)
  ⑦ 회복자세

10 소방계획의 수립

Chapter 1 소방계획의 수립

(1) 소방계획의 주요원리
　① 종합적 위험관리
　② 통합적 위험관리
　③ 지속적 발전모델
(2) 소방계획의 작성원칙 : 실현가능, 관계인 참여, 구조화, 실행우선

Chapter 2 자위소방대 및 초기대응대 구성·운영

▶ 구역 설정 기준

구 분	수직구역	수평구역	임차구역	용도구역
적용기준	층	면 적	관리권원	용 도
구역설정	단일 층 or 일부 층(5층 이내)을 하나의 구역으로	하나의 층이 1,000㎡ 초과시 추가 설정 or 대상물의 방화구획 기준으로 구분	관리권원(임차권) 별로 분할 or 다수 관리권원 통합	비거주용도 (주차장, 공장, 강당 등) 제외

Chapter 3 화재대응 및 피난

(1) 화재대응
　① 화재신고 시 소방기관에서 알았다고 할 때까지 전화를 끊지 않는다.
　② 비상연락체계 활용 대원 소집
(2) 피난
　① E/V 절대 이용×
　② 경량간막이 이용 옆 세대로

11 소방안전교육 및 훈련

1 소화교육 및 훈련의 원칙

(1) 학습자 중심의 원칙

(2) 동기부여의 원칙

(3) 목적의 원칙

(4) 현실성의 원칙

(5) 실습의 원칙

(6) 경험의 원칙

(7) 관련성의 원칙

SHORTS
소방안전관리자
기출예상문제집
1급